ullstein

Das Buch

Barbara Schnitzler hat gerade ihr Brautkleid ausgesucht, als sie ihren Verlobten mit einer anderen erwischt. Sie ist am Boden zerstört und heilfroh, als ihre Tante ihr anbietet, zu ihr an den Gardasee zu kommen. Dort beginnt gerade der Sommer, und der Abstand tut Barbara genauso gut wie das unbeschwerte Leben am See. Als sie dann auch noch den attraktiven Christian Wagner kennenlernt, könnte sie sich endgültig von ihrer Vergangenheit lösen. Doch Christian hat ein Geheimnis ...

Die Autorin

Johanna Nellon lebt im schönen Rheinland, ist aber viel auf Reisen und liebt es, über ihre Urlaubsziele zu schreiben.

Von Johanna Nellon sind in unserem Hause bereits erschienen:
Ein Sommer am Chiemsee · Liebesleuchten am Bodensee · Marillenglück und Gummistiefel · Nussgipfel und Alpenglück · Herzklopfen am Bodensee · Die kleine Pension am Ammersee · Ein Sommer am Gardasee

JOHANNA NELLON

Ein Sommer am Gardasee

Roman

Ullstein

Besuchen Sie uns im Internet:
www.ullstein-buchverlage.de

MIX
Papier
FSC® C083411

Originalausgabe im Ullstein Taschenbuch
1. Auflage Juni 2019
2. Auflage 2019

Umschlaggestaltung: bürosüd° GmbH, München
Titelabbildung: www.buerosued.de
Gesetzt aus der Quadraat Pro powered by pepyrus.com
Druck und Bindearbeiten: CPI books GmbH, Leck
ISBN 978-3-548-28972-4

1. Kapitel

Strangers in the Night ertönte es ein wenig verzerrt aus dem Handy, und rasch wischte sich Barbara Schnitzler die nassen Hände an der Jeans ab. Es war Samstagnachmittag, und sie putzte seit zwei Stunden ihre kleine Wohnung. Vor seiner Abreise nach Kanada hatte Sven anderthalb Wochen lang bei ihr gewohnt und das reinste Chaos hinterlassen. Normalerweise hätte sie längst alles in Ordnung gebracht, doch eine Kollegin in der Apotheke war krank geworden, sodass sie Doppelschichten gearbeitet hatte und erst heute dazu kam, gründlich aufzuräumen und sauber zu machen.

»Sven! Wie schön, dass du anrufst, Schatz. Alles in Ordnung bei dir? Kommst du mit der Arbeit voran?«

»Mir geht's wunderbar, Darling. Aber ich habe Sehnsucht nach dir. Große Sehnsucht.«

Der weiche, zärtliche Ton in seiner Stimme ließ Barbara lächeln. »Ich vermisse dich auch.«

Die Türklingel zerriss die romantische Stimmung. Daran änderte auch die Tatsache nichts, dass es sich um einen melodischen Dreiklang handelte.

»Sekunde, Sven, es hat gerade geläutet.« Mit dem Handy am Ohr ging sie zur Tür, öffnete und sah sich einem riesengroßen Rosenstrauß gegenüber. Dahinter, fast ganz versteckt, erkannte sie

Svens lachendes, braun gebranntes Gesicht. Der Rosenstrauß fiel zu Boden, als er die Arme nach ihr ausstreckte und sie an sich zog, um sie lange und leidenschaftlich zu küssen.

Barbara hielt das Handy umklammert, während sie die Arme um Svens Nacken legte und seine Küsse erwiderte.

Erst als sie keine Luft mehr bekam, ließ Sven sie frei. »Na, ist mir die Überraschung gelungen?« Sein Lächeln war ebenso breit wie selbstgefällig, als er sich nach dem Rosenstrauß bückte und ihn ihr in die freie Hand drückte.

»Ja. O ja.« Schnell legte Barbara das Handy auf die schmale Kommode in der ebenso schmalen Diele, ehe sie auch mit der zweiten Hand den überdimensional großen Rosenstrauß umklammerte. Ein Stachel drang in ihren linken Zeigefinger, doch sie unterdrückte den Schmerzensschrei, der sich ihr auf die Lippen drängte. Sekundenlang schoss ihr durch den Kopf, dass ein etwas weniger üppiger Strauß ihr auch gefallen hätte. Aber so war Sven nun mal. Er übertrieb gern, und so war es auch, wenn er ihr Blumen schenkte.

»Was ist passiert?« Sie ging in die Küche links von der Diele und suchte im Wandschrank nach einer passenden Vase. Wie erwartet, gab es so ein großes Teil gar nicht, und so nahm sie einfach den gläsernen Sektkübel. »Hast du Schwierigkeiten bekommen mit den Kanadiern?« Sie ließ Wasser in die provisorische Vase laufen, stellte den Strauß hinein und sah sich dann nach Sven um.

»Ich war früher als erwartet fertig in Vancouver und wollte nur zu dir.« Sven trat hinter sie und legte ihr die Arme um die Taille. Sein warmer Atem streifte ihren Nacken, als er sie hinter dem linken Ohr küsste, wo eine ihrer erogensten Zonen war. Gleichzeitig schob er seine linke Hand höher und streichelte ihre kleine, feste linke Brust. »Hab ich dir gefehlt, Darling? So wie du mir?«

»Aber ja.« Ohne sich aus seinem Griff zu lösen, drehte sie den Kopf und schaute ihn wieder an. Gut sah er aus. Entspannt und gar nicht so, als lägen ein langer Flug und eine anstrengende Woche hinter ihm. Er behauptete immer, Jetlag nicht zu kennen. »Und sag nicht immer Darling zu mir. Du weißt doch, dass ich das nicht mag.«

»Okay, mein geliebter Schatz.« Er ließ sie los, und Barbara begann, die Rosen in dem Sektkühler zu arrangieren.

»Sie sind wunderschön. Danke.« Für zwei Sekunden barg sie das Gesicht in der roten Blütenpracht. Doch die Rosen, so perfekt sie auch waren, verströmten kaum Duft. »Aber so einen Riesenstrauß hättest du mir nicht schenken müssen. Ein paar Nummern kleiner wäre auch ...«

»Nicht schon wieder diese Leier, du Sparfuchs«, fiel er ihr ins Wort. »Dabei hast du es doch gar nicht nötig.« Für einen Moment verzog er das Gesicht, hatte sich aber gleich wieder in der Gewalt. »Außerdem kann ich es mir leisten, dich zu verwöhnen.« Kurz strich er ihr über das blonde Haar, das sie zu einem Pferdeschwanz hochgebunden hatte. »Komm mal mit rüber.« An der Hand zog er sie hinüber in den Wohnraum, der mit hellen Möbeln eingerichtet war. In einem schmalen Glasregal an der Stirnseite standen Karaffen und Gläser. Teilweise waren es Nachbildungen antiker Gefäße, aber auch ein paar jahrhundertealte Apothekerfläschchen sowie Amphoren und kleine Vasen, die Funden aus Italien oder Griechenland nachempfunden waren.

Schon Barbaras Großvater, der ebenso wie sie Apotheker gewesen war, hatte mit dem Sammeln begonnen, und Barbara hütete die wenigen echten Stücke wie einen Schatz.

»Setz dich doch.« Sven drückte sie in einen Sessel direkt unter dem hohen Fenster, durch das die helle Frühlingssonne schien. Er selbst hockte sich auf die schmale Lehne und zog eine kleine blaue Schachtel aus der Hosentasche.

Barbara hielt den Atem an. Sie waren schon lange zusammen, und immer wieder hatte sie daran gedacht, dass Sven und sie einmal heiraten würden. Doch nie hatte er davon gesprochen, im Gegenteil, er war schon einige Male fremdgegangen, und Barbara hatte lange danach an seiner Liebe gezweifelt. Doch immer war er zu ihr zurückgekehrt, hatte seine Seitensprünge bereut und versichert, nur sie wirklich zu lieben.

Und jetzt hatte er einen Ring für sie!

»Hier, für dich.« Sven räusperte sich zweimal, ließ die kleine Schachtel aufschnappen und fragte: »Willst du mich heiraten, Darling? Äh, Barbara-Schatz?«

Für einige Sekunden war Barbara nicht in der Lage zu antworten. Wie paralysiert sah sie auf den schmalen Goldreif, in dessen Mitte ein Diamant funkelte.

»Sven, das ist ... Ich bin sprachlos.« Ihr Blick ging zwischen dem Freund und dem Ring auf dem kleinen blauen Seidenkissen hin und her.

»Sag einfach Ja, das genügt doch.« Er lachte leise, nahm den schmalen Ring und steckte ihn ihr an den Finger. »Also ... ja?«

»Ja! Ja, ja, ja!« Sie umarmte ihn stürmisch.

»Dann ist es ja gut.«

Barbara lehnte sich in seinen Armen zurück und sah ihn an. Gut sah er aus! Sehr gut sogar! Das schmale Gesicht war gebräunt, die graublauen Augen blitzten sie jetzt übermütig an, und das hellbraune Haar war, wie stets, akkurat frisiert. Sie war versucht, mit der Hand durch die exakt geschnittene Frisur zu fahren und es ein wenig zu strubbeln, doch sie wusste, dass Sven das hasste.

Er war, was sein Aussehen betraf, höchst penibel. Stets war er topmodisch gekleidet, seine Schuhe mussten vom italienischen

Edeldesigner sein, ebenso die Anzüge, die er beruflich trug. Doch auch seine Freizeitkleidung war gut und teuer, und Barbara dachte oft, dass er sich gab wie ein männliches Model.

Als Barbara und er sich vor knapp drei Jahren kennenlernten, hatte er gerade bei einer bedeutenden Unternehmensberatung angefangen. Es war kein besonders lukrativer Job, doch Sven erkannte rasch, dass es für ihn der erste Schritt zu einer großen Karriere sein könnte, hier länger auszuharren. Und so arbeitete er sich mit Ehrgeiz und Können, mit sehr viel Einsatz rasch hoch.

Dass sein Privatleben oft zu kurz kam, störte ihn nur wenig. Er hatte ein ganz bestimmtes Ziel vor Augen, und um das zu erreichen, war er bereit, einiges zu opfern.

Barbara wünschte sich hingegen, dass er häufiger daheim war, dass er mehr Freizeit hatte, die sie zusammen verbringen konnten, doch er vertröstete sie stets mit den Worten: »Wenn ich erst Juniorpartner bin, wenn ich das geschafft habe, können wir an Freizeit und sogar an längere Urlaube denken. Der alte Konradts weiß, was ich will, und er fördert mich ungemein. Aber das bedeutet auch, dass ich stets bereit sein muss, dorthin zu fahren, wohin er mich schickt. Eine Absage würde er nicht akzeptieren und es mich spüren lassen. Und das will ich auf keinen Fall riskieren.«

Obwohl sie seinen Ehrgeiz fast krankhaft groß fand, widersprach Barbara ihm nicht, sondern fügte sich. Es war ja auch bewundernswert, wie Sven, der aus kleinen Verhältnissen kam, an sich arbeitete. Von seinem Elternhaus im Schwarzwald sprach er kaum, nur zu Weihnachten schickte er der Mutter, die seit zwei Jahren Witwe war, ein Paket.

Barbara hatte im ersten Jahr ihrer Bekanntschaft versucht, ihn zu einem Besuch der Mutter zu überreden, doch er hatte so brüsk abgeblockt, dass sie keinen zweiten Versuch startete. Was auch immer vorgefallen war zwischen ihm und seinen Eltern – er wollte nicht darüber reden, und das musste sie wohl oder übel akzeptieren.

Es machte ihr allerdings immer noch zu schaffen, dass er so wenig von sich selbst preisgab. Freunde hatte er keine, zumindest gab es niemanden, mit dem er sich privat einmal traf. Nur mit Kollegen ging er hin und wieder aus, und dann war sie nie dabei.

»Du bist alles, was ich brauche«, hatte er schon oft zu ihr gesagt, wenn sie vorschlug, gemeinsam mit ihren Freunden oder Bekannten etwas zu unternehmen. »Die wenige Zeit, die uns zusammen bleibt, sollst du mir allein gehören.«

Sie war unsicher, ob sie sich über diese Einstellung freuen sollte, wusste aber inzwischen, dass er von diesem Standpunkt nicht so leicht abzubringen war. Und so gab sie um des lieben Friedens willen nach und blieb mit ihm allein.

Dass Sven jetzt, wo er von einer wichtigen Dienstreise kam, ans Heiraten dachte und ihr einen Antrag gemacht hatte, ließ sie auf einer rosaroten Wolke schweben.

»Gibt es keinen Champagner bei dir? Ich finde, wir sollten auf unsere Zukunft trinken.« Er schob sie von sich und ging in die Küche, um im Eisschrank nach einer Flasche zu suchen. »Nur Sekt.« Enttäuschung schwang in seiner Stimme mit. »Na ja, für heute wird's gehen.«

»Das ist ein sehr guter Winzersekt. Tante Karoline hat mir ein paar Flaschen geschenkt.« Barbaras Euphorie bekam einen kleinen Dämpfer. Sie mochte es nicht, wenn er sich wie ein Snob benahm.

»Schon gut, Kleines, ich sag ja nichts mehr.« Er reichte ihr ein Glas, und sein Lächeln ließ ihren Groll gleich wieder dahinschmelzen. »Auf uns – und auf unsere Zukunft!«

2. Kapitel

Seit dem frühen Morgen regnete es. Dichte Wolken zogen über den tags zuvor noch blauen bayrischen Himmel, und ein kühler Wind fegte die ersten Blüten von den Obstbäumen.

Dennoch herrschte in Münchens Innenstadt reges Treiben, und Barbara atmete erleichtert auf, als sie nahe beim Viktualienmarkt einen Parkplatz fand. Manchmal hatte es eben Vorteile, nur einen Kleinwagen zu fahren.

Suchend sah sie sich nach ihrer Tante um, doch in dem Gewirr von Schirmen bemerkte sie sie erst, als Karoline Schnitzler dicht vor ihr stand.

»Guten Morgen, Barbara. Das ist nun wirklich kein ideales Wetter, um ein Brautkleid auszusuchen.« Barbaras Tante hielt ihren Schirm schräg, um ihre Nichte kurz auf die Wange zu küssen.

»Mir wäre Sonnenschein auch lieber gewesen. Aber weit ist es ja nicht bis zur Brautmodenboutique. Und wir haben eben nur heute beide frei.« Sie schloss ihren Schirm und hakte sich bei der Tante unter. Der helle Trench schützte vor dem Sprühregen, der jetzt von der Seite kam.

»Du bist also wirklich entschlossen, Sven zu heiraten.« Karoline Schnitzler, fünfundfünfzig Jahre alt und von Beruf Studienrätin, runzelte kaum merklich die Stirn. Sie liebte Barbara wie ein eigenes Kind. Nach dem Tod von Barbaras Eltern, die bei einem Autounfall ums Leben gekommen waren, hatte sie die damals Vierzehnjährige aufgenommen und großgezogen.

Dass Barbara sich in den smarten Sven verliebt hatte, gefiel Karoline Schnitzler gar nicht. Sie hielt den Unternehmensberater für einen Egoisten, der in erster Linie sich selbst liebte. Schon zweimal hatte Barbara ihn bei einem Seitensprung ertappt, doch ihm immer wieder vergeben. Sehr zu Karolines Missfallen. Doch sie sagte nichts mehr zu diesem Thema, schließlich war Barbara alt genug, um zu wissen, was sie tat.

»Aber ja doch!« Ein rascher Seitenblick streifte die Tante. »Wir kennen uns lange genug, und Sven liebt mich wirklich, glaub mir.«

»Leider vergisst er das hin und wieder«, erwiderte Karoline leise. Aber Barbara hatte die Bemerkung doch gehört, und kurz huschte ein Schatten über ihr Gesicht.

»Er hat mir geschworen, dass so was nicht mehr vorkommt«, sagte sie. »Und ich glaube ihm. Er liebt nur mich, Tante Karoline.«

»Oh, jetzt bin ich wieder die alte Tante.« Karoline Schnitzler lachte. »Aber schon gut, ich bin ja still und wünsche dir von Herzen Glück mit deinem Sven.«

Während sie die wenigen Meter zu der Boutique gingen, in der sie als Erstes nach einem passenden Kleid suchen wollten, erzählte Barbara von dem herrlichen Rosenstrauß und dem Ring, den ihr Sven geschenkt hatte.

»Hier, sieh mal!« Stolz streckte sie die linke Hand aus, an der der schmale mattierte Goldreif, in dessen Mitte ein Brillant funkelte, steckte.

»Schön. Sehr schön.« Karoline warf einen kurzen Blick auf das Schmuckstück. »Geschmack hat er ja, das muss man ihm lassen.« Sie zwinkerte der Nichte zu, um den Worten die Schärfe zu nehmen. »Sonst hätte er sich ja auch nicht in dich verliebt.«

»Ach, Tantchen, du kannst es einfach nicht lassen!«

»Ich sag doch gar nichts!«

Die Unterhaltung stockte, denn sie hatten das Brautmodengeschäft erreicht.

Eine Verkäuferin, blond und gertenschlank, eilte sofort auf sie zu und nahm ihnen zunächst die Regenschirme ab.

»Ich suche ein Brautkleid. Nichts allzu Auffälliges bitte.« Barbara sah sich in dem großen hellen Raum um, an dessen Stirnseite ein weit ausladender Glasschrank stand, der mit Brautkleidern bestückt war. An einigen lebensgroßen Puppen waren besonders exquisite Modelle ausgestellt, und in einer Vitrine lagen Haarschmuck und kleine Ansteckblumen.

»Aber gern. Was hatten Sie sich denn vorgestellt?« Die Verkäuferin taxierte sowohl Barbaras Figur als auch ihr Outfit. Unter dem Regenmantel trug Barbara einen schmalen grauen Rock, dazu ein lachsfarbenes Kaschmir-Twinset. Eine Perlenkette, eines der Erbstücke ihrer Mutter, war der einzige Schmuck. »Etwas Elegantes, Schlichtes also?«

Barbara zuckte mit den Schultern. »Offen gestanden habe ich noch keine genaue Vorstellung. Nur nicht zu extravagant bitte. So etwas …« Sie wies auf ein Kleid mit weitem Rock, der mit Spitzenblumen und Strasssteinen bestickt war, »so was kommt nicht infrage.«

Eine knappe halbe Stunde später waren drei Modelle in die engere Wahl gezogen worden. Eines war ganz schlicht gehalten, der einzige Hingucker waren kleine Perlenstickereien am dezenten Dekolleté und an den kurzen Ärmeln.

»Mir gefällt das zweite Modell am besten«, sagte Karoline, als Barbara das schlichte Kleid noch einmal in die Höhe hielt. »Das dritte ist mir zu … na ja, sagen wir mal so, es wirkt zu verspielt. Das passt nicht zu dir.«

Dieses Korsagenkleid besaß einen weiten Tüllrock, und auch Barbara fand, dass es von den dreien am wenigsten geeignet war.

»Das hier stand Ihnen auch wirklich hervorragend. Und Sie haben die richtige Figur, um so ein enges Kleid tragen zu können.« Die Verkäuferin nahm das erwähnte Modell und hielt es Barbara entgegen. Es war ein nur leicht ausgeschnittenes Kleid aus matter Rohseide mit spitzem Ausschnitt und einem breiten Gürtel aus Pailletten in der Taille. Vorn war es einige Zentimeter kürzer als hinten, wo raffiniert eine kleine doppelte Schleppe eingearbeitet war.

»Ziehen Sie das Modell doch noch einmal an. Und vielleicht stecken wir Ihnen dann auch gleich einen Schleier ins Haar, dann können Sie das komplette Outfit prüfen.« Geschäftstüchtig griff die Verkäuferin nach einem kurzen Schleier, der an einem Blütenreif aus künstlichen Rosen angebracht war.

»Nein, nein, so etwas trage ich auf keinen Fall«, wehrte Barbara ab. »Höchstens ein paar echte Blumen im Haar.« Sie sah zu ihrer Tante hinüber, die an einem kleinen Tisch rechts von den Schaufenstern saß und sie mit leicht schräg gelegtem Kopf musterte. »Was meinst du?«

Noch ehe Karoline Schnitzler antworten konnte, stieß Barbara einen unterdrückten Schrei aus. Wie gebannt schaute sie hinaus auf die Straße, wo gerade schräg gegenüber, vor einem neuen, sehr angesagten Bistro, ein rotes Cabrio eingeparkt wurde.

»Nein …« Ihre Stimme erstarb, und ohne dass sie es wollte, traten ihr Tränen in die Augen.

Karoline Schnitzler sprang auf und stellte sich neben Barbara. Auch sie bemerkte jetzt das rote Cabrio, sah die rassige schwarzhaarige Frau, die ausstieg. Und sie sah auch Sven Gerhardsen, der die langen Beine aus dem Cabrio schwang und die Schwarzhaarige anhaltend küsste, ehe die beiden eng umschlungen ins Bistro gingen.

»Dieser Mistkerl!« Karoline machte eine abwehrende Handbewegung in Richtung der Verkäuferin, dann eilte sie Barbara nach, die in eine der Umkleidekabinen gelaufen war. Dort hockte sie, das sprichwörtliche Häufchen Elend, auf der mit gelber Seide bespannten Bank und hielt den Kopf in den Händen verborgen.

»Sag nichts«, stieß sie unter Schluchzen hervor. »Sag nur ja nichts!«

3. Kapitel

Nein, die Welt ging nicht unter. Sie drehte sich weiter, als sei nichts geschehen, als sei ihr Glück nicht an diesem Vormittag in tausend Scherben zersprungen. Als sei sie nicht mit einem lauten Knall von ihrer rosaroten Wolke gefallen.

Der Sprühregen vom Vormittag war heftiger geworden, böiger Wind bog die Äste der Bäume und fegte die Blätter des Mandelbäumchens, das Barbara und eine Nachbarin in den Kübel neben der Haustür gepflanzt hatten, durch die Luft.

»Soll ich nicht doch mit hochkommen?« Karoline Schnitzler sah ihre Nichte besorgt an.

»Nein, nein, ich komme schon klar.« Barbara biss sich auf die Lippe. Ihre Augen waren noch leicht gerötet vom Weinen, doch sie straffte die Schultern und fügte entschlossen hinzu: »Rauswerfen kann ich ihn ganz allein, glaub mir.«

»Hoffentlich bleibst du diesmal hart.« Karoline konnte sich diese Mahnung nicht verkneifen.

»Keine Sorge, ich bin endgültig kuriert. Was er sich heute geleistet hat, war wirklich zu viel.« Sie beugte sich vor und hauchte der Tante einen Kuss auf die Wange. »Mach dir keinen Kopf, ich schaffe das.«

»Melde dich später mal, ja?«

»Mach ich. Versprochen.«

Barbaras Finger zitterten, als sie den Schlüssel ins Schloss der Haustür steckte und aufschloss. Seit zwei Jahren bewohnte sie die hübsche Zweizimmerwohnung in Schwabing. Das Haus gehörte ihrem Chef, dem Apotheker Karl Mitterer. Die Miete war, zumindest für Münchener Verhältnisse, recht moderat, und Barbara hatte nicht gezögert, als ihr Karl beim Einstellungsgespräch die Wohnung in Aussicht gestellt hatte.

»Ich habe Ihren Vater während meines Studiums kennengelernt«, erzählte er. »Während der Semesterferien habe ich in seiner Apotheke gejobbt.« Mitfühlend sah er Barbara an. »Er ist viel zu früh gestorben.«

Barbara nickte.

»Ich bin froh, dass Sie sich bei mir beworben haben. Und ich bin sicher, dass wir sehr gut zusammenarbeiten werden.«

So war es in der Tat. Karl half ihr über die ersten Unsicherheiten, die sie nach dem Studium in der Praxis noch zeigte, freundlich hinweg und förderte sie nach Kräften.

Er war ein ungemein sympathischer Chef. Fünfundfünfzig Jahre alt, ledig, doch fest liiert mit Jonas Treibel, dem siebenundvierzigjährigen Besitzer einer noblen Herrenboutique. Die beiden lebten ebenfalls im Haus, sie bewohnten das großzügige Penthouse, zu dem noch ein kleiner Dachgarten gehörte.

Barbara war froh, dass ihr niemand begegnete, während sie durch das kühle Marmortreppenhaus hinauf zum zweiten Stock stieg. Draußen auf der Straße und bei der Verabschiedung von Tante Karoline hatte sie sich eisern beherrscht, doch jetzt traten ihr wieder Tränen in die Augen. Entschlossen wischte sie sich übers Gesicht.

»Mistkerl, verdammter. Du bist es wirklich nicht wert, dass man auch nur eine Träne um dich weint.«

Langsam wich die Trauer, wichen Entsetzen und Verzweiflung

einer gesunden Wut. In der kleinen Diele hing seine Lederjacke, verströmte diesen ganz besonderen Duft nach Sandelholz und Rauch, der so typisch für Sven war, denn zur Entspannung rauchte er gern einmal eine Cohiba. Natürlich musste es diese teure kubanische Zigarre sein, sie war eines der Statussymbole, die ihm so viel bedeuteten.

Dem Rollkoffer, der gleich neben der Garderobe stand, gab sie einen Tritt. Erst gestern Abend hatte Sven ihr den Koffer in die Wohnung gestellt. »Du kümmerst dich drum, Darling, gell?«

»Nicht mal ein paar Sachen hat er ausgepackt. Das sollte ich wohl machen und seine dreckigen Socken waschen, während er sich amüsiert.« Fest presste sie die Lippen aufeinander, um die Tränen zu unterdrücken.

Im Wohnzimmer ließ sie sich erst einmal in ihren Lieblingssessel fallen, der gleich neben der Tür stand, die zur schmalen Terrasse führte. Sven lästerte gern über den abgewetzten Ledersessel mit den viel zu hohen Lehnen. Doch es war ein Stück aus ihrem Elternhaus, und nie im Leben würde sich Barbara davon trennen. Sie besaß nur noch wenige Dinge aus ihrer Kindheit. Nach dem Tod der Eltern wurde die Eigentumswohnung verkauft, die Möbel ebenso wie das Auto, das nach dem Unfall sowieso nur noch Schrottwert besaß. Auch die Apotheke, noch lange nicht schuldenfrei, musste veräußert werden. Von dem Erlös konnte Barbara sorgenfrei studieren, was sie in der Erinnerung an den geliebten Vater mit Begeisterung tat. Schon als Kind hatte sie zugesehen, wenn der Vater in seinem Labor Salben mischte oder Arzneien zusammenstellte. Für sie hatte immer festgestanden, dass sie einmal in seine Fußstapfen treten würde.

Nach dem Unfalltod der Eltern wurde Barbara von ihrer Tante aufgenommen, die in einer schönen Jugendstilvilla in Gauting lebte. Außer dem alten Sessel hatte Karoline noch einen wunderschönen Kirschholz-Sekretär und ein Service aus Meißner Porzellan für Barbara aufgehoben. Dinge, die Sven leider nicht schätzte. Er liebte moderne Designermöbel und bevorzugte funktionale Gegenstände des täglichen Lebens. Dass manche Dinge einen ideellen Wert besaßen, ignorierte er.

Leicht strich Barbara mit der Hand über das dunkelrote Leder, das vor allem an den Armlehnen abgeschabt war. Dann fiel ihr Blick auf den Rosenstrauß, und abrupt sprang sie auf, nahm die Blumen und stopfte sie kopfüber in den Abfalleimer. Ein wenig taten ihr die unschuldigen Rosen ja leid, doch ihren Anblick konnte sie nicht ertragen.

Auch der Ring an ihrer Hand schien plötzlich zu brennen, und rasch zog sie ihn ab.

Suchend sah sie sich nach dem kleinen blauen Schmuckkästchen um. »Von mir aus kann er ihn einem seiner Betthäschen schenken«, murmelte sie und kroch unter den Couchtisch, wo sie das Kästchen erspäht hatte.

Sie zuckte leicht zusammen, als drei kurze Pfeiftöne erklangen – Svens Handy! Diese kurze Tonfolge hatte er sich auf sein Diensthandy geladen, das er offensichtlich vergessen hatte.

Ehe sie das kleine Gerät ertasten konnte, sprang die Mailbox an. Eine Weile zögerte Barbara, drehte das Mobiltelefon in der Hand hin und her. Sie respektierte die Privatsphäre anderer unter allen Umständen, und nie zuvor war sie auf den Gedanken gekommen, in Svens Handy nach irgendwelchen Nachrichten zu suchen.

Doch heute, heute war alles anders. Noch einmal zögerte sie, dann entsperrte sie das Handy und hörte sich die Nachricht an. Sie war von einem Kollegen, den sie einmal flüchtig kennengelernt hatte.

»Hey, ich bin's, Ben. Wollte nur fragen, ob es geklappt hat?« Ein leises, kehliges Lachen folgte. »Du weißt, wie wichtig es ist, dass du bald einen Ehering am Finger trägst. Der kanadische Kompagnon unseres verehrten Seniors legt Wert auf glücklich verheiratete Mitarbeiter.« Und wieder dieses ironische Lachen. »Also ... Rosen und Ring gut angekommen? Hat Barbara deinen Antrag angenommen? Ich bin sicher, dass sie deinem Charme nicht hat widerstehen können.« Erneut ein Lachen. »Sicher steht jetzt dem Wechsel nach Vancouver nichts mehr im Weg, mein Alter. Melde dich und berichte.«

Vor fünf Minuten hatte Barbara noch geglaubt, dass Svens erneute Untreue sie tief ins Herz getroffen hätte. Doch das, was sie gerade gehört hatte, war der Gipfel aller Unverschämtheiten.

Tief atmete sie ein und aus, um das Rasen ihres Pulses wieder unter Kontrolle zu bekommen. Dieser elende, verlogene Mistkerl! Dieses emotionslose, egoistische Monster!

In die Küche rennen, einen Müllsack hervorkramen und Svens Habseligkeiten darin verstauen war eine Sache von knapp zehn Minuten. Erst als der große dunkelblaue Sack vor der Wohnungstür lag, atmete Barbara erleichtert auf.

Und erst jetzt gestattete sie sich noch einmal zu weinen.

4. Kapitel

Seit gut fünf Minuten stand Sven Gerhardsen nun schon vor Barbaras Wohnungstür. Schweißperlen standen auf seiner Stirn, und die Fingerknöchel schmerzten vom Hämmern gegen den Türrahmen.

»Mach auf, verdammt noch mal! Lass uns reden! Das mit Angie, das hat doch gar nichts zu bedeuten.«

Wieder klingelte er Sturm, hämmerte dann mit der Faust gegen die Tür.

»Barbara, Liebes, lass uns reden. Es ist doch alles nicht so dramatisch, wie du es siehst. Angie und ich ... Da war nicht wirklich was. Wir kennen uns von früher und haben im Grunde nur Wiedersehen gefeiert. Ich liebe nur dich, das weißt du doch.«

Aber Barbara ließ sich nicht dazu bewegen, ihm zu öffnen. Geschweige denn, ihm zuzuhören oder gar seine Entschuldigung anzunehmen.

»Bitte, Barbara-Schatz, sei lieb und mach endlich auf! Hast mich jetzt lange genug zappeln lassen.« Noch einmal hämmerte er gegen die Tür, dass es durchs ganze Haus schallte.

»Verdammt, verdammt, verdammt!« Sven presste die Lippen fest aufeinander. Er fühlte sich schrecklich. Allerdings nicht, weil ihn sein schlechtes Gewissen quälte, sondern weil er seine beruflichen Zukunftsträume in weite Ferne gerückt sah. Zu blöd aber auch, dass Barbara ihn gesehen hatte. Doch wie hätte er ahnen sollen, dass sie heute mit ihrer Tante unterwegs gewesen war, um ein Brautkleid auszusuchen.

Er haderte mit Barbara, mit Karoline, die ihn ebenso wenig ausstehen konnte wie er sie, mit sich selbst. Warum zum Teufel hatte er sich auch mit Angie in der Innenstadt treffen müssen! Weiter draußen, in einer kleinen verschwiegenen Pension, hätten sie es doch mindestens so nett gehabt. Doch Angie hatte unbedingt in die angesagte neue Location gehen wollen, und er hatte ihrem Charme wieder einmal nicht widerstehen können.

»Du bist ein Idiot«, murmelte er vor sich hin, dann versuchte er erneut, Barbara zum Öffnen der Tür zu überreden.

»Jetzt reicht's aber, mein Lieber.« Unvermittelt stand Karl Mitterer vor ihm. »Sie schreien mir ja das ganze Haus zusammen.«

»Sie macht nicht auf, die dumme Zicke.« Sven hatte sich kaum noch in der Gewalt vor lauter Wut. »Dabei will ich doch nur mit ihr reden und ihr erklären, dass alles gar nicht so tragisch war.«

»Frau Schnitzler möchte aber nicht mit Ihnen sprechen. Nie mehr.« Karl, fast einen halben Kopf größer als der auch nicht gerade kleine Sven, stellte sich dicht vor ihn. »Und deshalb verlassen Sie jetzt mein Haus. Unverzüglich.«

»Und wenn nicht, ha?«

Karl Mitterer blieb gelassen. »Sie wissen genau, dass es simple Möglichkeiten gibt, Sie von hier entfernen zu lassen. Ein Anruf bei der Polizei genügt.«

»Sie ... Sie ...« Auf Svens Stirn schwoll eine dicke Ader, und er ballte die Hände hilflos zu Fäusten.

»Gehen Sie! Beruhigen Sie sich, und dann versuchen Sie in ein paar Tagen nochmals mit Barbara zu reden. Vielleicht haben Sie dann mehr Glück.«

»Klugscheißer.« Sven bückte sich und griff nach dem Koffer,

der Reisetasche und dem blauen Sack mit den restlichen Habseligkeiten. »Wir sehen uns noch.« Es sollte wie eine Drohung klingen, doch der Apotheker hörte genau Svens Verzweiflung heraus.

Erst als unten die Haustür ins Schloss gefallen war, läutete Karl bei Barbara.

»Er ist weg. Und ich bin sicher, so rasch kommt er nicht zurück.«

»Danke. Danke Ihnen sehr, Herr Mitterer.«

»Keine Ursache. Wenn er noch mal zurückkommt und Sie belästigt, dann rufen Sie mich ruhig an.« Ein paar Sekunden blieb er abwartend vor Barbaras Tür stehen, doch als sie nicht öffnete, ging er zurück in seine Wohnung.

Kurz zuvor hatte ihn seine junge Mitarbeiterin angerufen, ihn in zwei knappen Sätzen informiert und um Hilfe gebeten.

»Ich kann ihn jetzt nicht sehen«, hatte sie gesagt. »Bitte schicken Sie ihn fort.«

Das hatte Karl nur zu gern getan. Er mochte Barbara, und er wünschte ihr einen besseren Partner als Sven Gerhardsen, den er für einen egoistischen Windhund hielt.

Barbara saß einfach nur da und starrte aus dem Fenster, ohne wirklich zu bemerken, was draußen vor sich ging. In ihrem Innern war alles leer. Nur ein dumpfer Schmerz in der Herzgegend zeugte davon, wie enttäuscht und verletzt sie war. Es war nicht das erste Mal, dass Sven sie betrogen hatte, doch sie hatte ihm geglaubt, dass es nur flüchtige, unbedeutende Ausrutscher gewesen waren.

»Ich liebe in Wirklichkeit nur dich«, hatte er immer wieder beteuert. »Diese anderen … Sie haben meiner Eitelkeit geschmeichelt, das ist alles. Und Angie … Die kenne ich seit der Schulzeit. Schon damals war sie hinter mir her, und jetzt hat sie es einfach drauf angelegt, mich zu verführen.«

Dumm war sie gewesen, diesen fadenscheinigen Erklärungen zu glauben und ihm zu verzeihen. Wer weiß, wie oft er sie hintergangen hatte. Sicher häufiger als die beiden Male, bei denen sie ihn ertappt hatte.

Ihr Blick fiel auf das gerahmte Foto auf der kleinen Vitrine. Es zeigte Sven und sie beim gemeinsamen Urlaub auf den Malediven. Sie presste die Lippen zusammen, sprang auf und fegte das Bild mit einer schnellen Bewegung zu Boden. Erst als das Glas auf dem Boden zersplitterte, kam sie zu sich. Fahrig strich sie sich übers Gesicht.

»Er ist es nicht wert, dieser Mistkerl, dieser verlogene Egoist«, murmelte sie und ging in die Küche, um eine Kehrschaufel zu holen.

Gemeinsam mit den Scherben und dem zerbrochenen Rahmen warf sie auch die Beziehung zu Sven in den Müll.

5. Kapitel

Schon seit vierzehn Tagen grassierte eine Grippewelle in München und Umgebung. In der Apotheke gaben sich die Kunden die Klinke in die Hand, die vor allem Mittel gegen Husten, Heiserkeit und Fieber verlangten.

Immer wieder erklärten Karl Mitterer und seine drei Mitarbeiter den Leuten, dass sie an einer fiebrigen Erkältung litten, doch sicher nicht an einer echten Grippe. Davon waren höchstens zehn Prozent der Erkrankten betroffen, und sie bekamen ihre Medikamente von den Ärzten verschrieben.

Es gab also sehr viel zu tun, und abends war Barbara dann so müde, dass sie kaum noch die Energie aufbrachte, an Sven und seinen Betrug zu denken.

Er hatte noch zwei Versuche unternommen, mit ihr zu reden, hatte sie sowohl vor der Apotheke als auch vor der Wohnung abzupassen versucht. Doch Barbara war ihm rechtzeitig ausgewichen.

Sie wollte ihn nicht mehr sehen, wollte ihn vergessen.

Endgültig!

Aber das war verdammt schwer. Immer und immer wieder geisterte er durch ihre Träume, dann sah sie ihn in den Armen einer anderen, hörte sein Lachen, sah seine verliebten Blicke, die nicht ihr galten, und wachte stets tränenüberströmt auf.

An einem Sonntag im April traf sie sich mit ihrer Tante zu einem gemütlichen Abendessen in einem Lokal in Gauting, das einer Freundin von Karoline gehörte. Es war ein schon recht lauer Abend, der Tag war sonnig und klar gewesen. Wie Scherenschnitte standen die Berge am noch hellen Abendhimmel, ein rosiger Schein hüllte die Bergspitzen ein.

Sie gehörten zu den ersten Gästen an diesem Abend, und der Restaurantleiter wies ihnen einen Tisch mit einem wunderbaren Blick auf die Alpen zu.

»Es wird Zeit, dass du mal rauskommst. Siehst nicht gerade prickelnd aus.« Tante Karoline war so direkt wie immer, doch ihr Blick war voller Sorge auf Barbara gerichtet. »Du hast sogar abgenommen, gell?«

»Ja. Aber nicht viel.«

»Das ist gelogen. Du bist nicht nur blass, sondern hast auch ganz eingefallene Wangen.« Über den Tisch hinweg legte Karoline die Hand auf Barbaras. »Kind, du musst mal ausspannen. Urlaub machen oder ...« Sie zögerte. »Am besten nähmst du dir mal eine Auszeit.«

»Und wie soll die aussehen?«, fragte Barbara kopfschüttelnd. »Ich hab einen Job, schon vergessen?«

»Natürlich nicht. Aber deine Gesundheit geht vor.«

Für einen Moment stockte die Unterhaltung, denn ein Kellner servierte den bestellten Prosecco.

»Mir geht's ganz gut«, versicherte Barbara, nachdem sie den ersten Schluck getrunken hatte.

»Wer's glaubt, wird selig.«

Während der nächsten Stunde genossen sie das vorzügliche Essen und ließen das brisante Thema ruhen. Erst beim abschließenden Espresso kam Karoline Schnitzler wieder darauf zurück.

»Ich hab mir etwas überlegt«, begann sie zögernd. »Du solltest unbedingt auf andere Gedanken kommen. Abschalten. Etwas Neues erleben, neue Eindrücke sammeln.«

»Aha!« Barbara verzog fast unmerklich das Gesicht.

»Ja. Genau das brauchst du.«

»Ach, Tantchen, hör auf. Mir geht's schon wieder ganz gut.«

»Klingt vollkommen überzeugend. Vor allem, wenn man dich ansieht.« Karoline Schnitzler legte leicht den Kopf zur Seite und schaute die Nichte mit zusammengekniffenen Augen an.

»Den Blick kenne ich.« Barbara seufzte auf. »Schieß los, was hast du dir ausgedacht?«

»Ich mir? Gar nichts. Wie käme ich dazu?«

»Lüg nicht, Tantchen. Ich kenne dich schon mein ganzes Leben lang und weiß genau, wann du flunkerst.«

»Also gut. Dann hör zu.« Karoline beugte sich ein wenig vor. »Du erinnerst dich bestimmt an meine alte Internatsfreundin Antonia Moretti? Sie lebt seit Jahren am Gardasee, besitzt dort eine exklusive Boutique. Bei ihr könntest du privat wohnen und eine Weile Urlaub machen.«

Barbara wusste nicht, ob sie sich ärgern oder freuen sollte. Irgendwie war die Vorstellung, mal aus München fortzukönnen, wo so vieles sie an Sven erinnerte, recht verlockend. Doch dass Karoline über ihren Kopf hinweg gehandelt hatte, ärgerte sie. Schließlich war sie kein kleines Mädchen mehr, über das die Tante wachen und bestimmen konnte.

»Na, was meinst du?«

Barbara zögerte. »Du hast ja schon alles vorbereitet, oder?«

»Nein.« Karoline schüttelte den Kopf. »Gar nichts hab ich. Nur ein paar Überlegungen angestellt. Aber ich könnte mir vorstellen, dass dir ein paar Wochen in Italien guttun würden.«

Für ein paar Augenblicke blieb es still. Von der Straße her war das Sirenengeheul eines Unfallwagens zu hören, und automatisch sahen die beiden Frauen aus dem Fenster, konnten jedoch nichts erkennen.

»Da war sicher wieder einer auf der kurvenreichen Strecke zu schnell unterwegs.« Karoline seufzte. »Vor einer Woche erst ist einer unserer älteren Schüler mit seinem Roller verunglückt. Wenn er Pech hat, wird er für den Rest seines Lebens im Rollstuhl sitzen.«

»Das ist tragisch.« Barbara presste die Lippen aufeinander. Solch ein Schicksal war wesentlich schlimmer als das Wissen, einem untreuen Liebhaber aufgesessen zu sein.

»Weißt du was?« Mit einem kleinen Lächeln sah sie die Tante an. »Ich denke über deinen Vorschlag nach. Allzu weit ist es ja nicht von München bis zum Gardasee. Wenn es mir nach ein paar Tagen nicht gefällt, dann komme ich eben zurück.«

»Gute Idee!«

»Nun freu dich nicht zu früh. Erst einmal muss ich mit Herrn Mitterer sprechen, ob er mir so spontan freigeben kann.«

6. Kapitel

Wie so häufig staute sich auf der Brennerautobahn der Verkehr. Seit einer Stunde regnete es, der Himmel war grau und die Bergspitzen zum größten Teil hinter dichten Wolken verborgen.

Barbara sah auf das Navigationsgerät ihres Wagens. Es zeigte einen längeren Stau infolge eines Unfalls an. Sie seufzte auf. Da war sie extra früh losgefahren, um schon am frühen Nachmittag in Gardone Riviera zu sein, doch damit würde es wohl nichts werden, wenn es weiterhin in diesem Schneckentempo voranging.

Kurz sah sie auf die Uhr – gerade mal elf! Ob wohl Herrn Mitterers ältere Cousine, die in Passau lebte und ebenfalls Apothekerin war, bereits in München eingetroffen war? Sie war seit einem Jahr im Vorruhestand, weil sie sich um ihre Enkel kümmern wollte. Doch als Herr Mitterer sie gefragt hatte, ob sie wohl für eine Zeit lang bei ihm aushelfen wolle, hatte sie sofort zugestimmt.

»Ich denke mal, dass ihr die Zwillinge der Tochter, die gerade mal laufen lernen, zu stressig sind. Da ist ihr mein Angebot sicher ganz recht gewesen.« Der liebenswerte Apotheker hatte Barbara kurz die Hand auf die Schulter gelegt. »Sie brauchen wirklich eine kleine Auszeit, Barbara, da hat Ihre Frau Tante schon recht. Bleiben Sie, solange Sie wollen. Wir kommen schon zurecht.«

»Es ist mir aber unangenehm, so plötzlich um Urlaub bitten zu müssen.«

»Ach was, das lässt sich schon regeln mit Bettinas Hilfe. Was nicht heißt, dass ich für immer auf Sie verzichten möchte.« Als Barbara noch weitere Einwände machen wollte, hatte er entschieden abgewehrt. »Kein Wort mehr. Genießen Sie die Tage am Gardasee, und kommen Sie gesund und fröhlich zurück.«

»Ja dann ... Wenn Sie wirklich einverstanden sind ...«

»Bin ich. Viel Vergnügen.«

Er hat gut reden, dachte Barbara, während sie sich einen frischen Kaugummi aus der Handtasche fischte. Er und sein Jonas sind ein Herz und eine Seele, ich kenne kein Paar, das so gut harmoniert.

Sie zuckte zusammen, als ein Ball gegen die Windschutzscheibe prallte. Sekunden später sah sie zwei Jungs quer über die Fahrbahn laufen.

»Vorsicht!« So schnell es ging, löste sie den Sicherheitsgurt und öffnete die Tür. Der Ball lag links von ihr auf dem Grünstreifen, und die beiden Jungs, beide etwa zehn Jahre alt, liefen auf der Suche danach zwischen den Wagen hin und her.

Wenn es gleich weitergeht, gibt es ein Unglück, schoss es Barbara durch den Kopf, und rasch bückte sie sich nach dem Ball.

»Hier ... hier ist euer Ball!« Sie hielt den roten Fußball hoch über ihren Kopf. Regen lief ihr übers Gesicht, doch sie spürte ihn kaum. Ihr Augenmerk war auf die beiden Jungs gerichtet, die auf sie zugelaufen kamen. »Vorsicht! Passt auf!«

»Danke!« Der größere der Jungs streckte schon die Arme nach dem Spielzeug aus.

»Hier. Bitte. Aber seid vorsichtiger! Woher kommt ihr überhaupt? Ihr könnt doch nicht auf der Autobahn spielen.« Sie sah sich um. »Wo sind denn eure Eltern?«

Noch ehe eines der Kinder antworten konnte, kam eine junge blonde Frau aufgeregt auf sie zugelaufen.

»Tim, Luca ... Was macht ihr denn für einen Unsinn! Ihr könnt doch nicht einfach weglaufen!«

»Der Ball ... Mami, der Ball ist mir aus der Hand gerutscht, und deshalb sind wir hinterhergelaufen.« Der größere der beiden Jungen biss sich auf die Lippe und sah mit schräg gelegtem Kopf zu seiner aufgeregten Mutter hoch.

»Wie konntet ihr nur einfach aussteigen!« Kopfschüttelnd, doch sichtlich erleichtert, dass nichts passiert war, legte die Frau die Arme um die Jungs. Dann sah sie Barbara an. »Danke, dass Sie die beiden aufgehalten haben. Sie sind einfach aus dem Wagen gesprungen.«

»Tim hat den Ball aus dem Fenster gehalten, nur um mich zu ärgern. Dabei ist das mein Ball!« Der kleinere der Jungs sah trotzig erst seine Mutter, dann den älteren Bruder an.

»Darüber reden wir noch. Und jetzt kommt zurück ins Auto.« Noch einmal nickte sie Barbara zu. »Danke für Ihr schnelles Eingreifen.«

»Schon gut. Es ist ja zum Glück nichts passiert. Aber jetzt sollten Sie sich beeilen, ich glaube, es geht weiter.«

Tatsächlich löste sich der Stau langsam auf, doch es wurde Nachmittag, bis Barbara in Gardone Riviera ankam.

In dem beliebten Urlaubsort herrschte jetzt, im Frühling, noch nicht allzu viel Hektik. Doch es waren schon etliche Touristen unterwegs, die Straßen waren belebt, und auf dem See, der in einem dunklen Blau zu ihrer Linken lag, dümpelten die ersten Segelboote im lauen Wind.

Es dauerte eine Weile, bis sie die schmale Einfahrt fand, die sich zwischen einem großen Café und der Boutique von Antonia Moretti befand. Zwei hohe Oleanderbüsche, an denen die ersten

Blüten zu sehen waren, begrenzten die Einfahrt, die zu einem kleinen Hinterhof führte. Hier standen zwei Motorroller dicht neben einem runden Tisch mit drei weiß lackierten Holzstühlen.

Kaum dass Barbara ausgestiegen war, kam eine schlanke, elegant gekleidete Frau aus dem Haus mit weit ausgebreiteten Armen auf sie zugeeilt.

»Na endlich! Ich warte ja schon seit dem Mittag auf dich. Sei herzlich willkommen am Gardasee, Barbara.«

Sekundenlang zögerte Barbara, dann ließ sie sich umarmen. Sie hatte Antonia Moretti vor etwa zwanzig Jahren zum letzten Mal gesehen. Damals war sie noch ein Kind gewesen und konnte sich nun gar nicht mehr so richtig an die Boutiquebesitzerin erinnern.

»Ich freue mich, dass Sie mich aufnehmen wollen, Frau Moretti. Und ich hoffe sehr, dass ich Ihnen keine allzu großen Unannehmlichkeiten mache. Ich wollte mir ja eigentlich eine Pension oder ein Hotelzimmer suchen, aber …«

»Papperlapapp! Das ist typisch deutsch. Du bleibst natürlich hier als mein Gast. Und sag bitte Antonia zu mir.« Herzlich lächelte sie Barbara zu. »Blass bist du. Hast wirklich eine Luftveränderung nötig.« Sie hakte sich bei Barbara unter. »Aber komm erst mal rein. Der Begrüßungs-Prosecco steht schon lange kalt. Dein Gepäck holen wir später.«

Sie führte Barbara durch einen schmalen Gang in den vorderen Bereich des Hauses.

»Das ist mein kleines Refugium.« Antonia wies mit einer weit ausholenden Geste in einen nicht sehr großen und spartanisch eingerichteten Raum. Außer einer Liege, zwei Korbsesseln und einem Tischchen stand nur noch ein alter Schreibtisch darin.

»Hierhin ziehe ich mich um die Mittagszeit zurück, wenn kaum Kundschaft kommt. Vorne ist immer was los, und ich will schließlich ungestört mal die Füße hochlegen können.« Sie deutete auf einen der Sessel. »Nimm bitte Platz. Hast du Hunger?«

»Nein danke. Aber ein Glas Wasser nehme ich gern.«

»Wasser! Kommt ja nicht infrage. Erst mal ein Glas für den Kreislauf. Dann gehen wir rüber zu Maria und essen eine Kleinigkeit.«

Barbara konnte nicht länger widersprechen, denn dem Temperament Antonias hatte sie im Moment nichts entgegenzusetzen. Also trank sie einen ersten Schluck Prosecco und spürte, dass ihr der leichte Alkoholgehalt des kalten Getränks guttat. Der Reisestress verschwand rasch, und die herzliche Art ihrer Gastgeberin ließ die Fremdheit zwischen ihnen bald schwinden.

»Du machst jetzt eine Weile hier Urlaub«, entschied Antonia. »In den ersten Tagen schaust du dir einfach die Umgebung an und machst eine Rundfahrt über den See, damit du alles besser kennenlernst. Die Sehenswürdigkeiten kannst du dann später entdecken. Erst mal ist Ruhe angesagt.«

Sie lächelte Barbara zu. »Du wirst sehen, die Gegend ist Balsam für die Seele.«

Antonia goss die Gläser erneut voll. Sie war eine sehr attraktive Mittfünfzigerin mit italienischem Temperament. Ein elegantes, dezent gelb-blau gemustertes Seidenkleid betonte ihre gute Figur. Das dunkle, kurz geschnittene Haar war mit grauen Strähnen durchzogen, doch es machte sie nicht älter, im Gegenteil, sie sah ungemein apart aus.

»Und ich falle dir wirklich nicht zur Last?«

»Im Gegenteil! Ich bin froh über ein wenig Unterhaltung.«

Daran glaubte Barbara allerdings nicht, sie konnte sich gut vorstellen, dass Antonia einen großen Bekanntenkreis besaß, und die Kunden ihres Geschäfts sorgten schließlich auch für Abwechslung.

Aber sie widersprach nicht, hatte auch nichts mehr dagegen, als Antonia erklärte, dass es jetzt Zeit für einen Imbiss sei.

»Kannst du denn dein Geschäft so einfach schließen?«

»Muss ich nicht. Wir setzen uns nach draußen, von dort kann ich den Eingang gut überblicken und rübergehen, falls jemand kommt.« Sie hielt kurz inne. »Bis vor wenigen Tagen hatte ich noch eine Aushilfskraft, aber die musste ich entlassen.«

»Warum?«

»Leider hat sie in die Kasse gegriffen.«

»Wie ärgerlich.« Barbara folgte ihr durch das Ladenlokal bis zum Café *Puccini*, das sich auf der anderen Seite der Toreinfahrt befand. Ein gutes Dutzend Tische stand auf dem asphaltierten Platz, und die meisten waren schon besetzt. Hellgelbe Tischdecken, gelbe Sitzkissen und breite Blumenkübel als Raumteiler, in denen es üppig blühte, wirkten sehr einladend. Das gesamte Lokal machte einen ansprechenden Eindruck.

Eine junge Bedienung hastete zwischen den Tischen hin und her, nur knapp nickte sie Antonia zu.

»Setz dich schon mal hierhin.« Antonia wies auf einen kleinen runden Tisch, von dem aus man gut hinüber zur Boutique sehen konnte. »Ich schau mal nach Maria. Sie stammt auch aus München, lebt aber schon eine Ewigkeit hier am See.«

Doch die Besitzerin des Cafés war im Moment so beschäftigt, dass sie keine Zeit fand, den Besuch ihrer Freundin zu begrüßen. So aßen Antonia und Barbara allein ein Stück der köstlichen Aprikosentarte. Dann entdeckte Antonia zwei Kundinnen, die sich für die Strandkleider interessierten, die draußen vor der Boutique auf einem Ständer hingen. Eilig ging sie hinüber zur Boutique und ließ Barbara für eine Weile allein zurück.

Sie sah hinaus auf den See, der im hellen Sonnenlicht glänzte, als hätte jemand einen silbernen Schleier über das blaue Wasser gelegt. Am anderen Ufer, nur schemenhaft zu erkennen, erstreckten sich die Ausläufer des Monte-Baldo-Massivs. Zwei große Ausflugsschiffe kreuzten sich in der Mitte des Sees, und eine Autofähre näherte sich dem Anleger.

Barbaras Aufmerksamkeit wurde auf einen Rollerfahrer gelenkt, der mit hohem Tempo in die Einfahrt einbog, kurz hupte und dann abbremste. Der junge Mann, mit einer schwarzen Jeans und einem weißen T-Shirt bekleidet, setzte den Helm ab, und seine langen schwarzen Haare fielen ihm ins Gesicht. Mit einer schnellen Geste strich er sie zurück.

Ein junges Mädchen, das allein an einem Tisch im Café gesessen und einen Cappuccino getrunken hatte, sprang auf, rannte auf ihn zu und küsste ihn ungeniert lange und innig.

Barbaras Herz krampfte sich zusammen. So innig hatten sie und Sven sich eine kleine Ewigkeit lang nicht mehr begrüßt. Ihre Hand zitterte leicht, als sie nach der Kaffeetasse griff und den letzten Schluck trank.

Vorbei.

Die Ära Sven war endgültig vorbei.

Jetzt musste sie ihn nur noch aus ihrem Leben – und den Erinnerungen – verbannen.

7. Kapitel

Der Gardasee glänzte goldfarben in der frühen Morgensonne. Noch waren keine Boote und Touristen zu sehen, die sich später mutig in die noch kühlen Fluten wagen würden.

Nur eine Entenfamilie, die einen ersten Ausflug in den See machte, hinterließ kleine Kreise auf der Wasseroberfläche.

Seit vier Tagen wohnte Barbara jetzt bei Antonia, und sie hatte in dieser Zeit schon einige der Sehenswürdigkeiten des Ortes kennengelernt. Neben der wunderschön angelegten Seepromenade beeindruckten sie vor allem die feudalen Villen und ehemaligen Herrenhäuser. Inzwischen waren die meisten der Palazzi zu Hotels umgebaut worden. Etliche lagen in herrlich angelegten parkähnlichen Gärten, in denen Palmen standen und neben frühen Rosensträuchern Oleander und Magnolien ihre Blüten zeigten. Einen ganz besonderen Duft verströmten die überall sprießenden Minzestauden.

»Was willst du heute unternehmen?« Antonia, passionierte Frühaufsteherin, kam in die Küche, wo Barbara gerade das benutzte Frühstücksgeschirr in die Spülmaschine räumte.

»Ich weiß es noch nicht.« Barbaras Stimme klang ein wenig belegt. Sie fühlte sich an diesem Morgen wieder sehr deprimiert. In der Nacht hatte sie von Sven geträumt und war mit Tränen in den Augen aufgewacht.

Verdammt noch mal, warum geisterte dieser Mistkerl immer noch durch ihre Träume? Warum konnte sie ihn nicht vergessen? Sie hatte doch jetzt so viel Neues gesehen, so herrliche Eindrücke zu verarbeiten. Doch was tat sie? Träumte davon, dass er sie leidenschaftlich liebte, ihr ewige Liebe schwor – und dann zu einer anderen ging, die schon in seinem Wagen auf ihn wartete, um hämisch lachend mit ihm davonzufahren.

In der Erinnerung an diesen Traum stiegen Barbara wieder Tränen in die Augen.

»Süße, sei nicht traurig.« Antonia legte ihr den Arm um die Schultern. »Kein Mann ist es wert, dass man auch nur eine Träne um ihn weint.«

»Stimmt. Aber das ist nun mal leichter gesagt als getan.«

»Hast ja recht.« Antonia zögerte, dann schlug sie vor: »Du brauchst etwas, das dich vom Grübeln ablenkt. Eine Aufgabe. Und ich weiß auch schon, was du tun könntest.«

»Und das wäre? Ich spreche nicht gut genug Italienisch, um in einer Apotheke zu arbeiten.«

»Sollst du ja auch nicht. Aber bei mir in der Boutique könntest du aushelfen. Was meinst du? Interessierst du dich für Mode?«

Barbara zögerte. »Na ja, nicht allzu sehr, offen gestanden.« Sie biss sich auf die Lippe. »Sven hat oft gesagt, ich würde mich zu schlicht kleiden und hätte keinen eigenen Stil.«

»Na ja, ein seriöses Outfit schadet nicht, aber …« Mit leicht schräg gelegtem Kopf sah Antonia sie an. »Ein wenig mehr Chic wäre nicht schlecht.«

Barbara trug hellblaue Jeans, darüber einen weißen Baumwollpulli mit halbem Arm. Einziger Schmuck waren Perlohrringe.

»Komm mal mit in den Laden. Ich suche dir ein paar Sachen aus, die mit Sicherheit zu dir passen.«

»Das muss doch nicht sein! Und wenn, dann zahle ich alles.«

»Schon gut, darüber reden wir dann später.«

Ganz gezielt ging die Boutiquebesitzerin zu einem Regal, in dem helle Leinenblusen hingen. Eine hellblaue, vorn gepaspelt und mit einem kleinen Stehkragen versehen, gefiel Barbara auch sofort. Doch bei der violetten Bluse, auf der kleine Schmetterlinge in hellem Pink zu tanzen schienen, schüttelte sie den Kopf. »Viel zu verspielt.«

»Unsinn! Zieh sie einfach mal an.«

Und tatsächlich stand diese Bluse ihr ganz besonders gut. Auch das grüne Leinenkleid mit dem ausgestellten Rock und dem runden Ausschnitt war wie für sie gemacht. Gerade als sie in die Kabine gehen und es wieder ausziehen wollte, denn es erschien ihr viel zu teuer, betraten zwei Damen um die vierzig den Laden.

»Das ist das Kleid, Véronique! Genau so eins suche ich schon seit Wochen!« Eine der Damen eilte mit ausgestreckter rechter Hand auf Barbara zu. »Wunderbar! Haben Sie das Modell auch in meiner Größe?«

Ein wenig hilflos sah Barbara sich nach Antonia um, doch die schien gerade an einer Vitrine am Ende des Raums beschäftigt zu sein.

Was tun? Die beiden Kundinnen hielten sie für eine Verkäuferin!

Einen Moment zögerte sie, dann ging sie zu dem schmalen hohen Schrank, aus dem Antonia das Kleid geholt hatte, und schob die dort hängenden Kleider suchend hin und her. Schließlich hielt sie ein ganz ähnliches Modell in die Höhe.

»Das hier müsste Ihnen passen.« Sie zwang sich zu einem verbindlichen Lächeln. »Die Modelle sind fast identisch. Nur der Ausschnitt ist anders.«

»Na ja, die Farbe auch.« Die potenzielle Kundin zögerte. »Aber ich könnte es ja mal anprobieren.«

»Bitte sehr, gern. Dort hinten ist die Umkleidekabine.«

Eine Viertelstunde später kam es ihr wie ein Wunder vor, dass die Kundin nicht nur das Kleid, sondern auch noch einen Kaschmirschal und eine silbrig glänzende Strandtasche gekauft hatte.

»Na also! Da hab ich ja endlich eine neue Mitarbeiterin!« Antonia war begeistert. »Ich hoffe doch, du hilfst mir aus?«

Nur noch kurz zögerte Barbara, dann nickte sie.

8. Kapitel

»Barbara, wo steckst du? Und warum bist du nicht an dein Handy gegangen? Seit Stunden versuche ich, dich zu erreichen!«

»Annette!« Barbara schluckte schwer. Wieder einmal drohten ihr Tränen die Stimme zu ersticken. Wie sehr hatte sie die Freundin in den letzten Wochen vermisst. »Ich bin am Gardasee.«

»Wow! Hat Sven was gutzumachen? Hat er dir den Urlaub spendiert?«

»Sven ... Die Sache ist vorbei.«

»Die ›Sache‹«, Annette betonte das Wort ganz explizit, »war der größte Irrtum deines Lebens. Endlich bist du wach geworden und hast den Mistkerl in die Wüste geschickt. Gratuliere. Was ist passiert?«

So kurz wie möglich schilderte Barbara, was vorgefallen war und warum sie sich jetzt am Gardasee aufhielt.

»Ach Gottchen, Süße, und ich war nicht da, um dir beizustehen.«

»Wie war es denn in Südafrika?«

»Wunderbar! Ein tolles Land, und meine Verwandten haben mir unendlich viel gezeigt. Am meisten hat mir die Gegend um Oudtshoorn gefallen. Dort gibt es viele Straußenfarmen. Ich war in wunderschönen kleinen Orten. Du wärst hin und weg. Leider war das Handynetz nicht überall gut.«

»Das hab ich gemerkt.« Barbara biss sich auf die Lippe. »Ich hab es in der ersten Nacht, als es mir ganz mies ging, ein paarmal versucht, dann nicht mehr. Ich wollte dir den Urlaub nicht vermiesen.«

»Aber jetzt bin ich wieder da, und wenn du willst, komme ich zu dir. In ein paar Stunden kann ich da sein. Ich lasse die Praxis einfach noch ein paar Tage länger in den Händen meiner beiden Mitarbeiterinnen. Die haben das ganz gut gewuppt ohne mich. Wo bist du denn?«

»In Gardone Riviera. Bei einer Freundin meiner Tante. Mir geht's ganz gut hier, mach dir keinen Kopf.«

»Ob ich das tue oder nicht, überlass mal mir.« Annette klang entschlossen. »Wenn du wirklich für ein paar Tage ohne mich klarkommst, schau ich hier mal kurz nach dem Rechten, bin aber spätestens in zehn Tagen bei dir. In Ordnung?«

»In Ordnung.«

»Und wir telefonieren jeden Abend.«

»Versprochen, Mama.« Wider Willen musste Barbara lachen. Annette hatte eine Art an sich, der man einfach nicht widerstehen konnte. Sie war nur wenige Monate älter als Barbara, tat aber gern so, als hätte sie ihr Jahrzehnte an Lebenserfahrung voraus.

Auf den ersten Blick wirkte Annette recht flippig. Das blonde Haar trug sie manchmal hellrot gefärbt, es hatte auch schon eine lilafarbene Phase gegeben. Als Barbara sie zuletzt gesehen hatte, waren die Haare raspelkurz gewesen, was der superschlanken Annette allerdings gut stand. Genauso, wie die ausgefallene bunte Kleidung zu ihr passte, die sie gern trug.

Das alles täuschte im ersten Moment darüber hinweg, dass sie recht ernsthaft sein konnte. Vor allem in ihrem Beruf als Physiotherapeutin war sie seriös, hatte als Beste ihres Jahrgangs vor Jahren die Ausbildung abgeschlossen und sich dann so rasch wie möglich mit einem kleinen Erbe selbstständig gemacht. Inzwischen hatte sie zwei fest angestellte Mitarbeiterinnen und einen älteren Physiotherapeuten, der aushalf, wenn Not am Mann war.

»Sag mal, was treibst du denn den ganzen Tag da unten im Süden? Faulenzen passt doch nicht zu dir.«

Barbara zögerte. »Ich hab wirklich ein paar Tage lang nichts getan, mir nur die Gegend angeschaut und ...«

» ... und deine Wunden geleckt. Verstehe! Und was machst du jetzt, wo du dich ein bisschen gesammelt hast?«

»Ich soll in Antonia Morettis Boutique aushelfen. So heißt die Freundin meiner Tante. Sie ist sehr sympathisch und hat mich so freundschaftlich aufgenommen, als würden wir uns schon ewig kennen. Und ich soll, wie gesagt, ein wenig in ihrem Laden arbeiten.«

»Du?« Das klang ebenso zweifelnd wie ungläubig.

»Warum nicht? Ich habe schon ein paar Sachen verkauft.«

»Aber du verstehst doch nichts von Mode! Hast dich doch nie dafür interessiert!«

»Das kann man alles lernen. Und das werde ich.«

»Dann bin ich aber gespannt. Wir reden morgen weiter, meine Süße, einverstanden?«

»Einverstanden.« Kurz zögerte Barbara, dann fügte sie leise hinzu: »Ich bin froh, dass du wieder da bist.«

9. Kapitel

Der erste wirklich heiße Tag des Jahres neigte sich dem Ende zu. Die Restaurants und Cafés, die während der großen Wärme nicht allzu gut frequentiert worden waren, belebten sich nun, und auch die vielen großen und kleinen Geschäfte entlang der Seepromenade von Gardone Riviera füllten sich mit Käufern oder solchen, die unentschlossen oder gelangweilt in den ausgestellten Sachen stöberten.

Antonia bediente zwei Urlauberinnen gleichzeitig, während Barbara versuchte, eine füllige Engländerin mit heller Haut und weißblonden Haaren davon abzubringen, ein gelbes Kleid mit schwarzen Tupfen zu kaufen. Stattdessen zeigte sie ihr ein taubenblaues Leinenkleid und ein weinrotes Ensemble.

Die Kundin zögerte, dann schüttelte sie den Kopf und machte Anstalten, den Laden wieder zu verlassen. Im letzten Moment konnte Antonia sie darin hindern.

»Zeig ihr bitte die neuen Modelle.« Antonia wies nach hinten, wo an einem Ständer vier Kleider hingen, die sie am Morgen für unverkäuflich erklärt und aussortiert hatte.

»Aber ...«

»Nun mach schon, bitte. Ich denke, das blaue Modell mit den Schmetterlingen wäre ideal für die Kundin.«

Barbara hielt den Atem an. Sie fand das Kleid unmöglich,

doch die Kundin war, als sie es sah, sofort begeistert. Mit einem schlechten Gewissen kassierte Barbara den stolzen Preis, den die Engländerin jedoch klaglos zahlte.

»Das Kleid war immer noch viel zu jugendlich für die Dame«, meinte Barbara, als sie später mit Antonia allein war. »Noch nicht mal ich hätte es gewollt.«

»Du musst lernen, Ware zu verkaufen, davon lebe ich.« Antonia zuckte mit den Schultern. »Und das blaue Kleid war immer noch viel, viel besser als das gelbe mit den Punkten. Ich weiß inzwischen, dass Engländerinnen einen ganz speziellen Geschmack haben.« Sie schmunzelte. »Das Schmetterlingskleid war genau das, was die Damen ihrer Altersklasse lieben. Tupfen natürlich auch, aber das war dann doch ein bisschen zu gewagt. Da hätte sogar ich Gewissensbisse bekommen. Schließlich will ich die Leute gut beraten. Aber wenn jemand unbedingt etwas Jugendliches will, dann kann man nichts machen.«

»Das Kleid ist tatsächlich was für Achtzehnjährige.«

»Unsinn, du bist viel zu konservativ. Tupfen sind wieder in. Du solltest mal in die Zeitschriften schauen, die da hinten ausliegen.«

Barbara seufzte auf. Es war nicht das erste Mal, dass sie beinahe eine Kundin verloren hätte. Aber sie konnte nun mal nicht aus ihrer Haut. Wenn sie das Gefühl hatte, dass ein Kleid oder ein anderes Teil nicht zu der Kundin passte, ließ sie das deutlich erkennen.

»Sag es ehrlich, Antonia, ich bin als Verkäuferin eine Niete«, stellte sie selbstkritisch fest. »Von Mode verstehe ich nicht viel, und das merken auch die Kunden. Ich bin richtiggehend geschäftsschädigend. Tut mir leid.«

»Unsinn! Das wird schon noch.« Antonia sah aus dem Fenster. Insgeheim musste sie Barbara recht geben. Sie war wirklich keine sehr große Hilfe. Doch sie wollte sie nicht brüskieren. Zudem hoffte sie, dass Barbara sich nach und nach mehr für Mode interessieren würde.

»Ach nein, da ist er ja mal wieder!«, rief sie plötzlich. »Hat sich fast drei Wochen lang nicht blicken lassen, der Junge.«

»Wer?«

»Claudio. Mein Neffe.« Ein Seufzer folgte.

»Was ist mit ihm?«

Antonia zuckte mit den Schultern. »Nichts. Er ist nur ... na ja, wie soll ich sagen? Er lebt nicht das Leben, das ich mir für ihn gewünscht hätte.«

»Was macht er denn? Beruflich, meine ich.« Interessiert, aber so diskret wie möglich sah Barbara hinaus zur Straße, wo ein gut aussehender Italiener mit einer jungen Frau redete. Er stand neben seinem schwarz lackierten Roller und lachte strahlend, und es war deutlich zu erkennen, dass er mit der schlanken Blondine zu flirten versuchte.

»Er sieht gut aus.« Barbara drehte sich wieder zu Antonia um, die jetzt ein paar Kleidungsstücke, die sie den Kundinnen gezeigt hatte, zurück in die Schränke räumte.

»Stimmt. Das weiß er leider auch nur zu gut.«

Claudio Moretti war schlank und groß. Zu einer schwarzen Jeans trug er ein schwarzes, eng anliegendes T-Shirt, das den muskulösen Oberkörper betonte. Das dunkle, leicht gewellte Haar trug er ein wenig zu lang. Aber es stand ihm, fand Barbara, recht gut. Nur dass er zu viel Haargel benutzte, mochte sie nicht.

Der junge Mann beendete seine Unterhaltung mit der Blondine, hob zum Abschied winkend die Hand und kam mit langen Schritten auf die Boutique zu.

»Hallo, Antonia!« Er umarmte die Tante, dabei ließ er keinen Blick von Barbara. »Wie geht's meiner Lieblingstante?«

»Bis eben recht gut.«

»Na, wunderbar. Du hast jetzt Hilfe im Laden?« Lächelnd streckte er Barbara die Hand aus. »Ich bin Claudio.«

»Barbara Schnitzler.«

Antonia trat neben Barbara und legte ihr kurz den Arm um die Schultern. »Barbara ist ein lieber Gast aus Deutschland, und sie arbeitet nur vorübergehend hier«, erklärte sie. »Und du? Mal wieder ohne Job?«

Claudio grinste und wandte sich ausschließlich an Barbara. »Sie ist sauer auf mich, weil ich mein Studium geschmissen habe und keinen festen Job annehmen will.« Lässig zuckte er mit den Schultern. »Aber ich liebe nun mal meine Freiheit.«

»Und ... was machst du den ganzen Tag?« Da er sie duzte, tat sie es umgekehrt jetzt auch.

»Ich jobbe als Reiseleiter. Manchmal auch als Skilehrer in den Dolomiten. Da war ich bis vor zwei Monaten. Hab einen Kumpel vertreten, der verhindert war.«

»Wer's glaubt«, murmelte Antonia.

Claudio ging nicht darauf ein, lächelte Barbara weiterhin zu und sagte: »Der Job macht einfach Spaß. Man lernt immer neue Leute kennen. Außerdem fahre ich gern Ski, und so lässt sich das Angenehme mit dem Nützlichen verbinden. Manchmal arbeite ich aber auch als DJ.« Er hob die Hände in die Höhe. »In den letzten Tagen hab ich allerdings bei einem Freund in Limone ausgeholfen. Er besitzt einen der wenigen noch am See existierenden Zitronenhaine. Da musste einiges getan werden.«

»Jetzt? Im Frühjahr?« Antonia sah ihn misstrauisch an.

»Unkraut wächst das ganze Jahr über, liebe Tante. Und die Bäume müssen auch verschnitten werden.« Er wandte sich wieder an Barbara. »Sorry, aber ich hab gleich noch was vor. Jobtechnisch. Sehen wir uns morgen wieder?«

»Ich bin hier.«

»Ich dann auch.« Er zwinkerte ihr zu. »Tantchen hat hoffentlich meine Bude nicht an dich vermietet und mich ausquartiert.«

»Red nicht so einen Unsinn.« Antonia war sichtlich verärgert. Das schien Claudio allerdings nicht zu kümmern. Er hob winkend die Hand. »Bis morgen, bella Babsi! Ciao, Tantchen.« Und schon war er verschwunden.

»Er ist ein Hallodri.« Antonia fuhr sich mit der Hand übers Haar. »Meine Schwester hat ihn nach dem viel zu frühen Tod ihres Mannes zu sehr verwöhnt. Er ist einfach leichtsinnig und kennt keine Pflichten.«

»Er ist doch ganz nett. Und wenn er arbeitet, ist das auch in Ordnung.« Barbara öffnete einer mit Tüten bepackten Kundin weit die Tür. »Ich arbeite ja auch nicht in meinem Beruf«, fügte sie noch leise hinzu, ehe sie sich bei der neuen Kundin nach deren Wünschen erkundigte.

Antonia erwiderte nichts, doch sie sah stirnrunzelnd hinter ihrem Neffen her, der gerade seinen Roller startete und quer über die Seepromenade davonfuhr.

Der Rest des Tages verging wie im Flug. Antonia hatte neue Ware bekommen, die ausgezeichnet und eingeräumt werden musste, und Barbara half, so gut sie konnte.

In der Nacht träumte sie von Sven. Er saß auf einem schwarzen Motorroller, winkte mit übergroßen Trauringen und goss einen ganzen Korb gelber Zitronen über ihr aus, als sie ihm erklärte, dass sie ihn auf keinen Fall heiraten würde.

10. Kapitel

In der Vorsaison blieb Antonias Boutique am Sonntag geschlossen, später, wenn die Touristen in Scharen zum Gardasee kamen, würde sie auch sonntags für einige Stunden das Geschäft öffnen.

Als Barbara zum Frühstück kam, saßen Claudio und Antonia bereits am Küchentisch und genossen Croissants und Milchkaffee.

»Was hältst du von einer Tour rund um den See? Ich könnte dir ein paar nette Orte zeigen, die nicht so bekannt sind, aber sehr reizvoll.«

Barbara zögerte. Kurz sah sie zu Antonia hin. Die schien den Vorschlag ihres Neffen gutzuheißen, denn sie nickte Barbara zu.

»Ja, das wäre doch nett«, meinte sie. »Du bist jetzt schon eine Weile hier, hast aber noch nicht sehr viel erlebt. Und schließlich bist du hergekommen, weil du Abwechslung wolltest.«

»Och, einiges hab ich mir schon angeschaut.«

»Aber mit mir als Reiseführer wirst du besonders interessante Dinge sehen.« Claudio trank seinen Kaffee aus. »Also, was ist? Hast du Lust? Ich hab mir von einem Freund einen Wagen geliehen, musst nicht auf dem Soziussitz meines Rollers mitfahren.« Er grinste jungenhaft.

»Wir hätten auch meinen Wagen nehmen können.« Barbara

goss sich noch eine Tasse Kaffee ein. Dabei sah sie zu Antonia hinüber, und die nickte ihr aufmunternd zu.

»Nein, nein, so ist es sicher angenehmer. Ich kenne mich schließlich gut hier in der Gegend aus.«

Davon konnte sich Barbara wenig später überzeugen, denn ein paar Meter von der Boutique entfernt, auf dem Parkplatz eines Hotels, stand ein schnittiges schwarzes Cabrio.

»Steig ein, bitte.« Galant hielt Claudio ihr die Tür auf, schwang sich dann, ohne die Fahrertür zu öffnen, hinters Steuer.

»Als erstes Ziel hab ich mir Sirmione ausgesucht«, erklärte er. »Um diese Zeit ist es dort noch nicht ganz so voll wie im Hochsommer. Ab Ende Mai pilgern Tausende zur Wasserburg der Scaliger. Sie ist eine der besterhaltenen Burgen, die die Ritter damals gebaut haben. Jeder, der zum Gardasee kommt, meint, sie besuchen zu müssen.«

»In Malcesine gibt es auch eine. Die hab ich mir vor Jahren schon mal angeschaut, als ich mit meiner Tante hier war. Doch das ist ewig lange her.« Barbara lachte. »Damals war ich, glaub ich, gerade mal fünfzehn und hatte für altes Gemäuer sehr wenig übrig.«

»Alte Gemäuer gibt es überall hier in der Gegend. Rund um den See und in der näheren Umgebung finden sich Burgen oder Kastelle, die an die Herrschaft der Scaliger erinnern. Sie waren von 1260 bis 1387 die Herren von Verona und haben rund um den Gardasee ihre Spuren hinterlassen.«

»Ah, jetzt kommt der Reiseleiter in dir zum Vorschein.« Barbara lachte.

»Man tut, was man kann. Ich hab Tantchen versprochen, mich zu benehmen und dir alles zu erklären.« Claudio grinste. »Sie ist ganz in Ordnung, die Gute, aber leider viel zu ernst. Darum haben wir hin und wieder Stress. Aber das soll dich nicht kümmern. Ich zeige dir gern, wie schön es hier am See ist.« Er lenkte den Wagen von der Hauptstraße ab auf eine weniger befahrene Landstraße. »Hier sind wir fast genauso schnell am Ziel«, erklärte er, »aber du siehst ein bisschen was vom Hinterland. Das ist recht reizvoll.«

»Ja, das stimmt. Allerdings hab ich, als ich vor ein paar Tagen mal allein herumgefahren bin, keinen einzigen Zitronenhain gesehen. Hier in der Gegend gibt es nur Weinberge und Olivenhaine, hab ich den Eindruck.«

»Das stimmt. Hier im Süden suchst du die Zitronen vergebens. Es sei denn, in einigen Hotelgärten oder Parks sind Bäume zur Zierde angepflanzt worden.«

»Und warum ist das so?«

Claudio zuckte mit den Schultern. »Der Anbau hier im nördlichen Italien lohnt nicht. Alle Zitronen, die du heute hier in der Gegend kaufen kannst, kommen aus Sizilien.«

»Aber du arbeitest doch in einem Zitronenhain, hast du gesagt.«

»Stimmt. Aber mein Freund produziert nur für den Eigenbedarf, es ist mehr ein Hobby als ein Geschäft. Manchmal gibt er ein paar Früchte an Freunde ab oder verkauft junge Bäume an Hotelbesitzer. Aber auch damit ist nicht wirklich Geld zu verdienen. Er besitzt allerdings eine recht große Limonaia, so nennt man die Haine hier. Charakteristisch dafür sind eckige Steinpfeiler auf langen Terrassen. Die Anlage, auf der etliche Gewächshäuser stehen, ist ein Hobby von ihm.« Er hielt an einer roten Ampel. »Ein schlauer Mensch hat mal ausgerechnet, dass eine Zitrone vom Gardasee rund zehn Euro kosten müsste.«

»Verrückt.«

»So ist es nun mal.« Claudio legte den rechten Arm auf die Rückenlehne von Barbaras Sitz. »Aber denk jetzt nicht an so etwas.

Genieß den Tag. Du siehst gut aus, weißt du das? Schon ein bisschen braun, und deine Haare ...«

»Was ist mit meinen Haaren?« Spontan tastete Barbara zu ihren Haaren, die sie heute offen trug. Nur an den Seiten hielten zwei Achatkämme, die sie einmal in Idar-Oberstein gekauft hatte, die Locken aus dem Gesicht.

»Wunderschön sind sie.« Ehe sie ihn daran hindern konnte, fuhr er ihr mit den Fingern durchs Haar.

»Lass das bitte.«

»Schon gut. Sorry.« Rasch legte er die Hand wieder ans Lenkrad. »Wir sind gleich da. Das merkst du am Verkehr.« Er grinste. »Die enge Landzunge ist total zugebaut und autofrei, zum Castello müssen wir ein Stückchen laufen. Aber um diese Zeit gibt es noch Parkplätze genug.«

Barbara nickte nur. Sie fühlte sich plötzlich doch ein wenig unsicher, aber Claudio gab sich wieder ganz locker. Wahrscheinlich hat er mir nur ein Kompliment machen wollen, sagte sie sich. Sei nicht so empfindlich. Er ist ein netter Kerl.

Bis Claudio das Cabrio auf einem jetzt noch im Schatten liegenden Platz eingeparkt hatte, schwiegen sie.

»Ein Glück, dass du Sneakers angezogen hast.« Er wies auf ihre hellen Schuhe. »Mit hohen Absätzen wärst du hier schlecht beraten.«

»Das war mir klar.«

»Dir vielleicht. Du ahnst nicht, was ich bei meinen Führungen schon alles erlebt habe.«

Sehr anschaulich gab er zwei Anekdoten zum Besten, während sie, so wie etliche andere Touristen, hinüber zum Castello gingen, dessen Türme von Weitem zu sehen waren.

»Die sogenannten Schwalbenschwanzzinnen auf den Türmen

sind ganz typisch für die Scaligerburgen«, erzählte Claudio. »Und keine ist besser erhalten als diese hier.«

Davon konnte sich Barbara wenig später überzeugen. Fasziniert sah sie auf die Zugbrücke, dem einzigen Zugang zur Festung, die über einen tiefen Wassergraben führte. Sie bewunderte die Burganlage und die alte, von riesig wirkenden Mauern umschlossene Hafenanlage. Allerdings schaute sie auch lächelnd ein paar Schwänen zu, die gemächlich auf dem ruhigen Wasser ihre Bahnen zogen.

Ein kleiner Junge, der sich weit über die Steinbrüstung beugte, warf ihnen ein paar Brotbrocken zu, was die stolzen Tiere bewog, sich doch ein wenig schneller zu bewegen. Erst als die Mutter den Jungen von der Mauer fortzog, was er mit lautem Protestgeschrei quittierte, zogen die Schwäne weiter.

Barbara hatte dem Kind lächelnd zugeschaut, dabei hörte sie Claudio zu, der gerade erklärte: »Das Kastell erhebt sich vor dem ersten der drei felsigen Hügel, die dem Ort Sirmione sein Profil geben. Es entstand an der Stelle, an der schon die Römer eine Siedlung und zwei Häfen gebaut hatten.« Für einen Moment legte er Barbara die Hand auf die Schulter. »Aber jetzt genug von der Geschichte. Ich finde, wir brauchen dringend eine Erfrischung, was meinst du?« Er wies hinüber zu einem im Schatten liegenden Straßencafé. »Hier gibt's den besten Eiskaffee weit und breit. Oder magst du lieber einen Aperitif?«

»Eiskaffee wäre wunderbar. Aber erst kaufe ich mir noch einen Reiseführer. Dann kann ich nachlesen, was du mir alles erklärt hast.«

»Willst du mein Wissen kontrollieren?«, fragte Claudio mit einem jungenhaften Grinsen.

»Um Himmels willen, nein!«

Claudio winkte ab. »Ich hab es auch nicht ernst gemeint.« Er zeigte auf einen kleinen runden Tisch. »Ich setze mich schon mal da hin.«

»Bin gleich zurück.« Barbara drehte sich halb um, sie hatte einen kleinen Laden mit Ansichtskarten, Souvenirs und Reiseführern entdeckt. Im letzten Augenblick konnte sie einen Zusammenstoß mit einem großen, extrem schlanken Mann in schwarzer Lederkleidung verhindern. Nur kurz streifte sie seinen Jackenärmel.

»Entschuldigung«, murmelte sie, doch der Mann reagierte nicht. Mit langen Schritten ging er auf Claudio zu, dessen eben noch heitere Miene versteinerte. Barbara hörte noch, dass die Männer sich begrüßten und der Fremde auf Italienisch auf Claudio einredete. Was er sagte, verstand sie nicht. Nur Claudios Antwort hörte sie.

»Ja, ja, es ist alles vorbereitet, keine Sorge.« Seine Stimme klang seltsam gepresst. Langsam ging sie weiter, drehte sich noch einmal um, doch der Fremde war verschwunden.

Als sie zu Claudio zurückkam, hatte der bereits zwei Eiskaffee bestellt. »Was machen wir anschließend?«, fragte er und wirkte vollkommen unbekümmert.

»Mach du einen Vorschlag. Du bist der Reiseleiter. Oder ... hast du andere Termine?« Sie sah sich noch einmal nach dem Mann in Lederkleidung um. »Es sah aus, als bekämst du Ärger.«

»Unsinn! Das war ein Bekannter von früher. Uninteressant.«

Die Kellnerin servierte ihnen Limettenwasser und Eiskaffee.

»Lass es dir schmecken.« Claudio trank sein Glas in einem Zug leer.

Es sieht aus, als müsse er irgendwelchen Ärger hinunterspülen, dachte Barbara, aber sie sagte nichts mehr, sondern genoss das Eis.

11. Kapitel

»Was ist denn da passiert?« Barbara sah Antonia und ihre Freundin Maria mit blassen Gesichtern an einem der äußeren Tische im Café *Puccini* sitzen. An einem Tisch ganz in der Ecke saßen noch drei ältere Damen, auch ihre Mienen wirkten bedrückt.

»Keine Ahnung.« Claudio, mit dem sie heute zum zweiten Mal einen Ausflug in die Umgebung gemacht hatte, blieb zögernd vor der Tür der Boutique stehen.

Barbara wartete einen Moment, doch Claudio machte keine Anstalten hinüberzugehen. Also lief sie allein die wenigen Meter hinüber zum *Puccini*. Besorgt beugte sie sich über Antonia, die sich gerade die Augen trocken tupfte.

»Was ist passiert, um Himmels willen?«

»Der kleine Emilio ... Er ist überfahren worden!« Antonia schluchzte auf. Und Maria Riva-Seiler, der Besitzerin des Cafés, stiegen Tränen in die Augen. »Gestern war er noch hier, hat mit seinem Papa die Mama von der Arbeit abgeholt.«

»Wer ist Emilio?«

»Der Sohn von Renata, meiner Bedienung.« Maria hob den Kopf. »Der kleine Junge ist überfahren worden. Von so einem verrückten Motorradfahrer. Renata ist ... Sie hat ...« Tränen erstickten ihre Stimme.

»Sie ist zusammengebrochen. Wir mussten den Notarzt rufen.« Antonia hatte sich wieder gefasst. »Es ist schrecklich. Man kann nur hoffen, dass der Kleine überlebt.«

»Welche Verletzungen hat er denn?«

Antonia zuckte mit den Schultern. »Genaues weiß ich nicht. Nur, dass er lebensgefährliche Kopfverletzungen erlitten hat. Das hat man Renata schon sagen können.« Sie biss sich auf die Lippe. »Hoffentlich findet die Polizei den Kerl, der das getan hat. Viel zu schnell soll er durch das Dorf gerast sein, in dem Renata wohnt.« Sie stand auf. »Komm, Maria, ich helfe dir beim Abräumen.«

»Nichts da, du musst wieder rüber in deinen Laden.« Die ein wenig füllige Maria wies zur Boutique, wo tatsächlich ein paar Kundinnen vor der Auslage standen.

»Ich könnte Ihnen helfen«, bot Barbara spontan an. »Das kann ich besser als Mode verkaufen«, fügte sie kaum hörbar hinzu.

»Danke.« Maria fuhr sich mit der Hand übers Gesicht und ging dann hinüber zu den drei Damen, die zahlen wollten.

Eine Stunde lang half Barbara der Besitzerin des *Puccini*. Dabei erfuhr sie, dass Marias verstorbener Mann Konditor gewesen war und früher in einem renommierten Münchener Hotel gearbeitet hatte.

»Damals haben wir uns zufällig bei gemeinsamen Freunden kennengelernt.« Ein kleines Lächeln glitt über ihr rundes Gesicht. »Es hat sofort gefunkt zwischen uns. Und als er an den Gardasee zurückgekehrt ist, bin ich eben mitgegangen.« Sie wischte ein letztes Mal über den blank polierten Tresen. »Das ist jetzt dreiunddreißig Jahre her. Ich habe von ihm sehr viel gelernt, und wenn ich auch keine richtige Ausbildung als Konditorin habe, so kann ich doch genauso gut backen wie er.« Sie sah zu einem kleinen Foto hin, das hinter der Theke hing und einen gut aussehenden Mann zeigte. »Wir waren dreißig Jahre verheiratet, dann ist mein Giovanni an einem Infarkt gestorben.«

»Das tut mir leid.«

»Schon gut. Wir hatten eine wunderbare Zeit zusammen. Haben das *Puccini* aufgebaut und dennoch nicht vergessen, dass man im Leben auch ein bisschen Spaß haben sollte.« Sie zeigte auf ein weiteres Foto, das hinter der Theke hing und die Arena von Verona zeigte. »Jedes Jahr sind wir hingefahren und haben uns mindestens eine Aufführung angeschaut. Giovanni liebte Puccinis Opern ganz besonders. Aber auch Verdis *Aida* haben wir gern in der Arena gesehen. Es ist immer ein pompöses Spektakel.«

»Das kann ich mir vorstellen.«

Maria zögerte. »Du fühlst dich drüben in der Boutique nicht sehr wohl, oder?«

»Na ja …« Barbara verzog fast unmerklich den Mund. »Ich verstehe nicht viel von Mode, das hat mich nie wirklich interessiert. Und ich tue mich einfach schwer damit, den Leuten etwas zu verkaufen, von dem ich denke, dass es ihnen nicht wirklich steht.«

»Dann komm doch zu mir. Ich brauche dringend einen Ersatz für Renata. Sie wird bestimmt in der Klinik bei ihrem Kleinen bleiben wollen.«

»Danke fürs Angebot, aber das geht nicht. In ein paar Tagen muss ich wieder heim. Es würde sich nicht lohnen, mich einzuarbeiten.«

»Sag das nicht. Wenn ich etwas Spielraum hätte, könnte ich mir in Ruhe eine andere Aushilfe suchen, dann wäre ich nicht so unter Druck.«

Barbara zögerte. Sie hatte während des Studiums oft gekellnert, und es hatte immer Spaß gemacht. »Ich rede mit Antonia«, sagte sie schließlich.

»Das mach mal.« Maria Riva-Seiler atmete auf. »Ich hoffe sehr, dass sie dich gehen lässt.«

12. Kapitel

Das milde Licht des frühen Abends ließ das Wasser silbrig schimmern. Im Hafen dümpelten ein paar kleinere Jachten sacht hin und her, während draußen auf dem See ein paar Segler mit ihren Booten im leichten Wind übers Wasser zogen. Es war ein friedliches Bild.

Balsam für die Seele, ging es Barbara durch den Kopf, während sie einem Schwanenpaar zuschaute, das mit seinen beiden Jungen vorsichtig zwischen den Schiffen hin und her schwamm. Die neugierig schnatternden Enten, die ebenfalls Junge hatten, wurden mit warnenden Zischlauten verscheucht.

Vor einer halben Stunde hatte das Café *Puccini* geschlossen, und Barbara genoss es, allein und ungestört am Seeufer sitzen zu können und einfach einmal gar nichts zu tun.

Seit vier Tagen arbeitete sie jetzt als Aushilfskellnerin für Maria, und sie musste zugeben, dass ihr dieser Job mehr Spaß machte als der in der Boutique. Zum Glück hatte Antonia sie gleich gehen lassen.

»Ich weiß ja, dass Maria in Not ist«, hatte sie gesagt. »Und im Moment komme ich noch ganz gut allein zurecht.«

»Und ich weiß, dass ich dir mehr Last als Unterstützung war«, hatte Barbara lächelnd erwidert. »Die Modebranche ist einfach nichts für mich.«

Antonia hatte nicht widersprochen, sie stattdessen umarmt und erklärt: »Aber du bleibst natürlich bei mir wohnen, das ist ja klar.«

»Aber nur, wenn ich dafür zahlen darf.«

»Darüber reden wir noch. Später.«

Ein Lächeln glitt über Barbaras Gesicht, als sie an die Unterhaltung zurückdachte. Nie zuvor war sie einem so liebenswerten, großherzigen Menschen begegnet wie Antonia Moretti – ihre Tante Karoline natürlich ausgenommen.

Spontan griff sie zum Handy und rief bei Karoline an. »Ich fühle mich wirklich schon viel besser«, versicherte sie ihr. »Vielleicht komme ich bald zurück.«

»Überstürze nichts«, mahnte die Tante. »Du warst ziemlich down und hast dir die Auszeit verdient.«

»Mal sehen. Ich werde mit meinem Chef telefonieren und ihn fragen, ob er mich noch entbehren kann.«

Karl Mitterer freute sich, als sie sich meldete, doch als sie anklingen ließ, bald zurückkommen zu wollen, räusperte er sich und gestand: »Wenn ich ehrlich sein darf ... Meine Cousine würde gern noch eine Weile in München bleiben. Und eine weitere Mitarbeiterin ... Sie verstehen, Barbara, das verkraftet die Apotheke nicht.«

»Dann kann ich noch länger fortbleiben?« Barbara wusste nicht genau, ob sie sich freuen oder enttäuscht sein sollte. »Selbstverständlich nehme ich ab jetzt unbezahlten Urlaub.«

»Sehr gut, meine Liebe. Erholen Sie sich noch ein wenig.« Ein verlegenes Räuspern folgte. »Ich wünsche Ihnen noch viel Vergnügen.«

»Danke.« Barbara lehnte sich auf der Bank zurück und schaute in den Himmel, an dem sich auf einmal erste Wolken zeigten. Die Sonne war bereits untergegangen, Wind kam auf, den vor allem die Segler begrüßten, die eine letzte Stunde bei leichter Brise auf dem Wasser genossen.

Am nächsten Morgen berichtete sie Maria sofort, dass sie noch länger im Café *Puccini* arbeiten könnte. »Es sei denn, du hast schon jemanden in Aussicht, oder Renata kommt zurück.« Seit zwei Tagen duzte sie Maria, ebenso den erfahrenen Konditormeister, der allerdings kaum einmal aus seiner Backstube kam.

»Nein, damit ist noch nicht zu rechnen. Ihrem Jungen geht's zwar besser, er ist über den Berg, sagen die Ärzte, aber sie will doch noch bei ihm bleiben, bis er wieder ganz genesen ist.«

»Dann bleibe ich also. Oh, da kommt Kundschaft.« Und schon eilte sie hinaus, um den ersten Gast des Tages nach seinen Wünschen zu fragen.

Der dunkelhaarige Mann hatte sich an einen Tisch gesetzt, der dicht am Haus stand. Im ersten Moment glaubte sie, es sei Claudio, der sich seit einigen Tagen nicht mehr hatte blicken lassen, doch als der Mann den Kopf hob, erkannte sie sofort ihren Irrtum. Der Fremde sah sehr gut aus, das Haar war exakt geschnitten. Er trug ein weißes Leinenhemd, eine dunkelblaue Hose und blaue Slipper.

Als er aufschaute, um zu bestellen, bemerkte sie feine Fältchen um seine Augen, die ungewöhnlich ernst wirkten.

»Einen doppelten Espresso und ein Vanillehörnchen mit Aprikosenkompott, bitte.«

»Kommt sofort.« Barbara lächelte verbindlich, doch der Gast erwiderte ihr Lächeln nicht.

Als sie Maria die Bestellung durchgab, stieß die einen leisen Schrei aus. »Er ist zurück!«, sagte sie nur und eilte, ohne ein Hörnchen aus der Vitrine zu nehmen, nach draußen.

»Christian! Wie ich mich freue, Sie zu sehen!« Mit ausgestreckten Armen eilte sie auf den Mann zu, der sich erhob und sich umarmen ließ. Barbara, die an der Tür stehen blieb, bekam jedoch mit, dass er bei der liebevollen Begrüßung keine Miene verzog. »Sie waren ja fast zwei Jahre nicht mehr hier.«

»Richtig.« Jetzt lächelte er ein wenig, und Barbara bemerkte fasziniert, wie sehr sich sein Gesicht veränderte. Die eben noch mürrisch wirkende Miene entspannte sich, und ein sympathisches Lächeln ließ den Fremden jünger wirken. Sie musste sich zwingen, ihn nicht immerzu anzustarren. Er hatte etwas an sich, das sie faszinierte, obwohl sie diesem Empfinden keinen Namen geben konnte.

Nach einem letzten kurzen Blick auf ihn ging sie zur Theke, legte ein Hörnchen auf den Teller, gab Aprikosenkonfitüre in eines der Glasschälchen, die dafür vorgesehen waren, und stellte eine Tasse unter die Espressomaschine.

Kurz darauf brachte sie das Bestellte an den Tisch. »Bitte sehr, das Hörnchen und Ihr Espresso.«

»O ja, das hätte ich glatt vergessen.« Maria lächelte schuldbewusst. »Aber ich hab mich so gefreut, Sie wiederzusehen, Christian.« Sie machte eine Geste zu Barbara hin. »Das ist Barbara, sie stammt, so wie wir, aus München und hilft mir für eine Weile aus. Und das ist Christian Wagner, ein lange vermisster Gast.«

»Angenehm.« Barbara war versucht, die Hand auszustrecken, beließ es aber bei einem Kopfnicken.

»Ebenfalls. Danke für den Kaffee. Den brauche ich dringend, bin die halbe Nacht durchgefahren.«

»Dann frühstücken Sie erst einmal in Ruhe. Soll ich rasch Eier mit Speck machen?«

»Nein, nein, das Hörnchen genügt. Ich muss gleich noch einkaufen fahren.« Es sah aus, als müsse er sich zu näheren Erklärungen zwingen. »Aber ganz bestimmt komme ich in den nächsten

Tagen wieder vorbei, dann können wir ein bisschen reden, Frau Maria.«

»Das machen wir.« Maria ging zur Tür, drehte sich dort aber noch einmal nach ihm um. »Schön, Sie wieder hierzuhaben, Christian.«

Erst am Abend, der Tag war sonnig und warm gewesen, und im Café hatte Hochbetrieb geherrscht, kam Barbara dazu, Maria nach dem Gast vom frühen Morgen zu fragen.

»Wer war das eigentlich heute Morgen?« Sie zwang sich zu einem neutralen Tonfall, dabei musste sie zugeben, dass ihr der dunkelhaarige Mann nicht mehr aus dem Kopf ging. Da war etwas an ihm, das sie ebenso faszinierte wie irritierte. Waren es seine dunklen, traurigen Augen? Die kleine Kerbe am Kinn oder seine weiche, aber dennoch kraftvolle Stimme?

Sie hätte es nicht sagen können.

»Du meinst Christian Wagner?«

»Ja.«

»Er ist früher oft hergekommen. Zunächst mit seiner Frau, dann auch mit ihrem Baby.«

Eine kalte Dusche hätte die gleiche Wirkung auf Barbara gehabt wie diese Worte. Er war verheiratet! Klar doch, wenn sie sich für einen Typen interessierte, war er entweder so ein egoistisches Ekel wie Sven, oder er war verheiratet.

»Ich weiß nicht, was passiert ist, aber er war lange nicht mehr hier. Und er ist ... verändert.« Maria zerkrümelte gedankenverloren einen Keks auf dem Tresen. »Ich hätte ihn nach seiner Familie fragen sollen. Das hab ich ganz vergessen.«

»Was macht er denn beruflich?«

»Er schreibt. Hat schon einiges veröffentlicht. Erfolgreich sogar, glaube ich. Aber ich hab ja nie Zeit zum Lesen ...« Sie seufzte.

»Na ja, wenn du willst, frag ihn doch einfach mal nach seinen Büchern.«

»Mal sehen ...«

Dazu kam Barbara jedoch nicht, denn in den nächsten Tagen ließ sich Christian Wagner nicht blicken. Stattdessen tauchte Claudio wieder auf. Strahlend, doch ohne Erklärung für sein Fernbleiben fragte er: »Hast du heute was vor? Nö, sicher nicht, oder?«

»Ich wollte ...«

»Lass es sein«, fiel er ihr ins Wort. »Wir fahren nach Limone, und ich zeig dir den Zitronenhain, in dem ich hin und wieder arbeite.«

Barbara zögerte. »Ich wollte eigentlich mit Antonia ins Kino.«

»Kino!« Er schüttelte so heftig den Kopf, dass die langen Locken flogen. »Das ist was für Oldies. Mein Freund, dem die Limonaia gehört, veranstaltet heute Abend einen Poetry-Slam. Außerdem gibt's Livemusik. Das wird geil, da bin ich sicher.«

Barbara zögerte. Sicher, es war reizvoller, mit Claudio nach Limone zu fahren, statt ins Kino zu gehen, aber sie wollte Antonia nicht vor den Kopf stoßen.

»Nun komm schon, du wolltest doch mal nach Limone. Mit Antonia rede ich, die wird nichts dagegen haben, dass wir Jungen uns einen schönen Abend machen.«

»Na gut. Aber erst nach der Arbeit.«

Übertrieben tief seufzte Claudio auf. »Da ist sie wieder, die deutsche Korrektheit.«

»Davon könntest du ruhig ein bisschen mehr haben«, warf Maria ein, eine Bemerkung, die Claudio geflissentlich ignorierte.

»Um sieben bin ich zurück«, rief er Barbara zu, dann stieg er auf seinen Roller und raste knatternd davon.

»Er ist und bleibt ein Hallodri.« Maria legte Barbara die Hand auf den Arm. »Verlieb dich nur nicht in ihn, Madel.« Wie immer, wenn sie nervös war, verfiel sie in Münchener Dialekt.

»Nichts liegt mir ferner«, versicherte Barbara. »Von Männern hab ich für die nächste Zeit erst mal genug.«

Kaum hatte sie den Satz ausgesprochen, musste sie an Christian Wagner denken, den Mann mit den traurigen Augen. Er hatte etwas an sich gehabt, das ihr Innerstes anrührte.

»Unsinn«, murmelte sie vor sich hin. »Er interessiert mich auch nicht.«

Das allerdings war eine Lüge, denn sie hatte im Internet recherchiert und herausgefunden, dass Christian Wagner ein sehr bekannter Autor war. Zwei seiner Kriminalromane hatten Preise gewonnen, und eine historische Familiensaga hatte sogar lange in den Top Ten der Bestsellerlisten gestanden.

»Barbara, du kannst ruhig schon rübergehen. Viel Spaß heute Abend.« Marias Stimme riss Barbara aus ihren Gedanken.

»Danke, und bis morgen.«

Wie erwartet, hatte Antonia Moretti nichts dagegen, dass Barbara ihren Neffen nach Limone begleitete.

»Ins Kino kann ich allein gehen«, meinte sie. »Habt viel Spaß in Limone. Und schau dir genau an, wie vor hundert Jahren hier noch Zitronen angebaut wurden.« Sie seufzte. »Es ist wirklich zu schade, dass es kaum noch hiesige Früchte gibt.«

Warum das so war, erzählte Claudio seiner Begleiterin, als sie in Limone ankamen. Der Ort am Westufer lag an einen steilen Berghang geschmiegt, und es sah aus, als drängten sich die Häuser zwischen See und Fels.

Zunächst schlenderten sie ein wenig durch die engen Gassen der Altstadt mit den alten Fischerhäusern und blumengeschmückten Gärten.

»Da hinten siehst du zwei Limonaias.« Claudio wies zu einem bewachsenen Hügel.

»Wo?« Barbara sah in die angewiesene Richtung, konnte aber keine Zitronenbäume erkennen. Nur Felsen, Büsche und ein paar Mandelbäume, deren rosafarbene Blüten wie Farbkleckse inmitten des Grüns wirkten.

»Du siehst von hier nur die hölzernen Zwischenbauten und die Steinsäulen. Die haben die Zitronenbauern schon vor mehr als hundertfünfzig Jahren errichtet. Sie bilden das Gerüst für Holzdächer, die zwischen breiten tragenden Steinsäulen angebracht wurden. Diese galerieartigen Bauten, deren Seiten und Rückwände aus Mauerwerk bestanden, waren zum See hin offen und konnten im Winter mit einem breiten Holzdach bedeckt werden. Zur Seeseite hin bauten die Männer Glasfenster ein. So bekamen sie einen regelrechten Wintergarten für die Zitronenbäume, deren Früchte ein Jahr lang reifen mussten.«

»Das klingt aufwendig.«

»War und ist es auch heute noch. Das Baumaterial für die tragenden Wände musste damals aus den Steinbrüchen um Malcesine hergeschafft werden, das Holz kam aus den Alpengebieten. Sogar Erde haben die Leute damals von jenseits des Sees holen müssen, denn der Boden hier ist viel zu karg.«

»Du weißt viel über den Zitronenanbau.«

Claudio zuckte lächelnd mit den Schultern. »Bin schließlich Reiseleiter, da muss man so was wissen.«

»Sorry, ich vergaß.« Auch Barbara lächelte. In Claudios Gesellschaft fühlte sie sich mittlerweile leicht und unbeschwert, etwas von seiner Lässigkeit schwappte auf sie über.

»Ich kann dir sagen, dass um achtzehnhundert der ganz große Aufschwung hier am Gardasee begann. In einer Chronik heißt es, dass sechs Millionen Früchte jährlich geerntet wurden. Davon kann man heute nur noch träumen, denn die Sizilianer konnten und können viel preiswerter produzieren.«

»Schade eigentlich.«

»Ja, da hast du recht.« Langsam schlenderten sie einen schmalen Pfad zu einem Zitronenhain hoch, von dem Barbara im Moment nur eine Holzkonstruktion sehen konnte. »Das komplette Ende kam im sogenannten Schwarzen Winter 1928/29. Damals erfroren fast alle Bäume hier am See, und die Zitronenbauern verloren ihre Existenz. Nur wenige Haine blieben erhalten, so wie der von Matteo, meinem Freund. Sein Urgroßvater hat einige Bäume retten können, und Matteo betreibt die alte Limonaia heute nur noch zum Vergnügen.«

Sie waren an einer der Galerien angekommen, und endlich sah Barbara ein paar Zitronenbäume, an denen schon die ersten Früchte hingen. Noch waren sie klein und grün, und Claudio erklärte: »Viel Ertrag wirft die Limonaia nicht ab, wenn man bedenkt, wie viel Arbeit man hineinstecken muss. Aber es ist schon schön, Früchte von hier ernten zu können.«

»Das glaub ich dir gern.« Barbara sah sich weiter um. Unterhalb der Galerie erstreckten sich nur Büsche und Felsen, doch tief unter ihr schimmerte blau im späten Sonnenlicht der Gardasee.

»Wunderschön ist es hier.«

»Das stimmt.« Claudio streckte die Hand nach ihr aus. »Komm mit, die ersten Besucher sind schon da, und im Innenhof des Hauses gibt's nicht allzu viele gute Plätze.«

»Warte mal. Da hinten stehen ja noch zwei Gewächshäuser. Die sind aber ganz aus Glas. Ist das eine andere Methode?«

Als sie hinüber zu den Gewächshäusern gehen wollte, zog Claudio sie energisch in die entgegengesetzte Richtung. »Da versucht er, Tomaten zu züchten, glaub ich. Uninteressant.« Seine

Stimme klang ein wenig belegt. »Komm schon, ich möchte dich noch mit Matteo bekannt machen, ehe es losgeht.«

Rasch folgte ihm Barbara hinüber zu einem alten zweistöckigen Steinhaus. Rechts und links vom Hauptgebäude standen zwei flache Gebäude, deren Dächer nur provisorisch mit Brettern ausgebessert worden waren.

In dem Innenhof, der zur Seeseite offen war, hatten schon einige Besucher Platz genommen. Alte Tische, Bänke und Holzstühle waren um eine provisorisch aufgebaute Holzbühne platziert worden. Zwei junge Männer spielten Gitarre, unterstützt von einer dunkelhäutigen Bongo-Spielerin.

»Das ist Claire, Matteos derzeitige Favoritin.« Claudio winkte in Richtung der Musiker, dann ging er mit Barbara zum Haupthaus. »Er wechselt seine Freundinnen so schnell wie andere ihre Hemden. Aber er ist ein guter Kumpel, wir sind seit der Schulzeit befreundet.«

Gerade als er an die verwitterte Holztür klopfen wollte, öffnete sie sich. Ein schlanker Mann mit kurzem dunklen Haar und Dreitagebart kam heraus. Sein weißes Hemd stand weit offen und ließ dunkles Brusthaar erkennen. Die verwaschene Jeans unterstrich den lässigen Eindruck. Dazu passten allerdings nicht die handgenähten Schuhe, die ein Vermögen gekostet haben mussten.

Barbara kannte sich damit aus, ihr Chef und sein Freund Jonas standen auf edles Schuhwerk, und sie hatte oft genug mitbekommen, wie viel Geld die beiden dafür ausgaben.

»Da bist du ja endlich!« Matteo klopfte Claudio kurz auf die Schulter. »Und das ist …?« Es blitzte in seinen dunklen Augen auf, als er Barbara die Hand entgegenstreckte.

»Barbara. Sie kommt aus Deutschland und wohnt derzeit bei meiner Tante. Sie hat schon deine Limonaia bewundert.«

»Hey, Barbara. Freut mich, dich kennenzulernen. Magst du

Wein?« Er drehte sich halb um und rief ins Innere: »Beeil dich endlich mit dem Wein, Niccolo.«

»Komme ja schon.« Ein blasser junger Kerl trat aus dem Haus, in der Hand ein Tablett mit Gläsern und zwei Krügen Wein.

»Nimm jedem einen Zehner ab, dafür können sie Wein, Brot und Oliven bekommen, soviel sie wollen.«

»Ja, Chef.« Der junge Typ, noch keine zwanzig, nickte nur und schlurfte dann zu den ersten Gästen, um ihnen Wein einzuschenken.

»Mir gehört ein Weinberg drüben bei Bardolino. Und auch zwei Olivenhaine«, erklärte Matteo. »Deshalb kann ich diese Dumpingpreise nehmen.«

»Kommt ja wohl auf die Qualität des Weins an.« Barbara fand seine Art ein wenig überheblich und konnte sich diese Bemerkung nicht verkneifen.

»Stimmt auch wieder. Aber probiert ihn ruhig mal, er ist sehr ordentlich. Ihr seid natürlich meine Gäste.«

Noch ehe Barbara sagen konnte, dass sie gern alles bezahlen würde, zog Claudio sie zur Seite. »Wir suchen uns schon mal einen Platz«, schlug er vor.

»Macht das. Viel Spaß, wir sehen uns hinterher noch.« Lässig winkend hob Matteo die Hand.

»Dein Freund ist ... na ja, sehr von sich eingenommen, möchte ich mal sagen.«

»Ach, das ist nur Show. Er gibt gern mal ein bisschen an, aber er ist ein guter Kumpel.«

Darauf erwiderte Barbara nichts, sie konzentrierte sich auf eine blonde, superschlanke junge Frau, die einem der Gitarristen einen Kuss gab und sich dann zum Podium begab. In ihrem langen schwarzen Kleid und mit dem langen hellen Haar war sie eine interessante Erscheinung. Was sie vortrug, verstand Barbara allerdings nicht ganz, dazu war ihr Italienisch nicht gut genug. Doch der Applaus verriet ihr, dass der Vortrag gefallen hatte.

Noch drei andere Gedichte hörte sich Claudio an, dann stand er auf.

»Bin gleich zurück«, sagte er. »Möchtest du noch Wein?«

»Danke, ich hab noch.« Lächelnd schaute sie ihm nach, als er im Haus verschwand.

Langsam wurde es dunkler, der junge Mann, den Matteo Niccolo genannt hatte, zündete entlang der beiden Nebengebäude Pechfackeln an, die bizarre Schatten auf das alte Mauerwerk warfen.

Ein fast runder Mond stand am dunklen Himmel, und unten am See leuchteten die Lampen entlang der Seepromenade mit dem Sternenhimmel um die Wette.

»Fast kitschig romantisch, nicht wahr?« Claudio ließ sich neben sie auf den Stuhl fallen.

»Stimmt. Aber sehr, sehr schön.«

13. Kapitel

Sie bemerkte ihn sofort, als sie zum Café kam. Er saß schon an dem kleinen Tisch dicht am Haus und blätterte in einer deutschen Zeitung.

»Guten Morgen.« Barbara versuchte sich an einem geschäftsmäßig-neutralen Lächeln. »Ich bin gleich so weit.«

»Guten Morgen.« Christian Wagner ließ die Zeitung sinken. »Nur keine Hektik. Ich kann warten.«

»Was möchten Sie denn haben?« Sie nestelte am Schlüsselbund. Verflixt, warum zitterten ihre Hände denn so? Es dauerte eine Weile, ehe sie den Schlüssel ins Schloss stecken und öffnen konnte.

»Espresso, ein Vanillehörnchen und ...«

»Aprikosenmarmelade.«

»Richtig.«

»Kommt sofort. Maria hat die Hörnchen bestimmt schon fertig.«

Im Hinterhof, in einer kleinen Backstube, arbeiteten Maria und der italienische Konditor seit zwei Stunden daran, frische Ware ins Café liefern zu können. Filippo hatte schon bei Marias verstorbenem Mann als Bäcker gearbeitet und stand ihr auch nach dessen Tod weiterhin treu zur Seite.

»Er ist wieder da!« Barbara konnte ihre Aufregung nicht verbergen, als sie sich an den Türrahmen der kleinen Backstube lehnte und den Blick über die frischen Teilchen, Brötchen und die ersten vier Torten schweifen ließ.

»Wer?«

»Dieser Christian Wagner.«

»Das ist schön!« Maria lächelte. »Ich komme, sobald ich hier fertig bin. Nimm ihm schon mal die Hörnchen hier mit.«

Barbara musste sich zur Ruhe zwingen, als sie dem frühen Gast kurz darauf sein Frühstück servierte. »Darf ich Ihnen noch etwas bringen? Vielleicht Brötchen und Käse? Oder frisch gepressten Saft?«

»Danke, Saft wäre gut.« Ein Lächeln huschte über sein Gesicht.

»Kommt gleich.«

Sie hastete zurück, griff in die Kiste mit den Orangen und Zitronen und stellte die automatische Presse an.

»Verdammt!« In der Aufregung schnitt sie sich in den Finger. Blut tropfte auf die Arbeitsplatte, und vergeblich suchte Barbara nach einem Pflaster. Also nahm sie Küchenkrepp und wickelte einen Streifen um die Wunde.

Dann servierte sie den Saft.

»Haben Sie sich verletzt?«

Dumme Frage, war Barbara versucht zu antworten. Stattdessen sagte sie: »Nicht so schlimm. Hab mich nur geschnitten.«

»Lassen Sie mal sehen.« Ehe sie ihn daran hindern konnte, stand Christian auf und griff nach ihrer Hand.

Es war, als ginge ein Stromstoß durch Barbaras Körper. Wie erstarrt sah sie zu, wie er das Papier von ihrem Finger löste und sich den Schnitt ansah.

»Habt ihr kein Pflaster?«, erkundigte er sich.

»Hab keins gefunden.« Ihre Stimme klang gepresst. »Aber es ist auch nicht schlimm. Es wird gleich aufhören zu bluten.«

»Das können Sie nicht wissen.«

Endlich gelang ihr ein entspanntes Lächeln. »Das denke ich schon. Ich bin Apothekerin. Außerdem gegen Tetanus geimpft.«

»Apothekerin! Und dann jobben Sie hier im *Puccini*?« Mit leicht hochgezogenen Brauen sah er sie an.

»Ja. Vorübergehend.« Sie wollte ihm ihre Finger entziehen, doch er hielt ihre Hand weiterhin fest.

»Ich hab Pflaster dabei. Moment.«

Schließlich gab er ihre Hand frei, und Barbara atmete tief durch. Noch immer war ihr Herzschlag nicht ganz normal, aber sie schaffte es, gelassen zu wirken, als er aus seiner Jackentasche ein Päckchen Pflaster zog und ihr einen breiten Streifen auf den Finger klebte.

»Danke. Nun bin ich wieder arbeitsfähig.« Sie lachte leise. »Ich wäre auch so nicht verblutet.«

»Das wäre auch sehr schade gewesen.« Kaum hatte er es ausgesprochen, presste er die Lippen zu einem schmalen Strich zusammen und wandte sich ab.

14. Kapitel

Das Haus stand auf einem Hügel inmitten eines alten Olivenhains. Der Sockel des dreihundert Jahre alten Gebäudes bestand aus grob gehauenen Steinquadern, die Wände waren weiß gekalkt, grüne Fensterläden und eine grün lackierte Haustür setzten frische Akzente, ebenso der Oleanderbusch, der in einem Kübel gleich neben der Haustür stand und an dem sich die ersten hellroten Blüten zeigten.

Christian Wagner öffnete mit einem leisen Seufzer die Haustür, die gleich in einen großen Wohnbereich führte. Daran schloss sich, durch einen Rundbogen abgetrennt, die rustikal möblierte Küche an.

Im oberen Stockwerk befanden sich Christians Schlaf- und Arbeitszimmer. Zudem ein modernes Bad und ein kleines, schmales Gästezimmer, das jedoch noch nie benutzt worden war.

Dieser Raum war leer, bis auf ein Regal, auf dem zwei Kisten standen. Kisten, die er seit zwei Jahren nicht mehr geöffnet hatte …

Mit einem tiefen Seufzer ließ sich Christian in den Sessel am Fenster sinken, von dem aus man weit übers Land schauen konnte.

»Du bist ein Idiot«, murmelte er. »Hast es gleich versaut.«

Er lehnte sich zurück und streckte die Beine weit von sich. Sein

Herz klopfte rascher, als er an die junge Apothekerin dachte, die im *Puccini* jobbte. Warum ging sie einer solchen Arbeit nach? Und warum war sie hier am Gardasee? Es sah nicht so aus, als mache sie aus einer Laune heraus länger Urlaub als normal.

Sie hatte ihn vom ersten Moment an fasziniert. Da war etwas in ihren Augen, das ihn sehr berührte. Sie wirkte viel zu ernst, und er war sicher, dass sie einen tiefen Schmerz vor der Außenwelt verbergen wollte. Aber sie war auch sehr attraktiv. Das schmale Gesicht mit den großen, beinahe veilchenblauen Augen, die blonden, seidig schimmernden Haare und der Mund, der kaum einmal lächelte, verlockte ...

»Hör auf damit«, sagte er laut zu sich selbst, stand auf und ging in die Küche, wo er sich ein Glas Wein einschenkte. In langen Schlucken leerte er das Glas zur Hälfte, dann öffnete er ein Fenster und setzte sich wieder in den Sessel. Während er noch zwei, drei Schlucke trank, wanderte sein Blick über die hügelige Landschaft.

Die ersten Olivenbäume trugen schon weißgelbe Blütenstände, und ein zarter Duft drang ins Zimmer.

Christian lehnte sich zurück und schloss die Augen. Doch die Bilder, die seit der Begegnung mit Barbara in seinem Kopf waren, wichen nicht. Er sah die junge Frau immer wieder vor sich, sah ihr verhaltenes Lächeln, das die tiefblauen Augen kaum erreichte. Dann vermischte sich das schmale Frauengesicht mit dem eines kleinen blonden Mädchens. Lachend schaute es ihn an, dann, ganz plötzlich, verschwand das Lachen. Das Gesicht wurde wächsern, die blauen Augen schlossen sich, um sich nie wieder zu öffnen.

Ein tiefer Seufzer kam über Christian Wagners Lippen. Mit einem Zug leerte er das Glas und warf es, die aufsteigenden Tränen unterdrückend, aus dem Fenster.

15. Kapitel

»Nun sag schon, ist dieser rätselhafte Deutsche heute wieder da gewesen? Hast du endlich etwas mehr von ihm erfahren?«

»Du bist einfach zu neugierig, Annette.« Barbara hockte sich auf ihr Bett und wedelte mit der freien Hand durch die Luft. Kurz bevor die Freundin anrief, hatte sie sich die Nägel lackiert, die noch nicht ganz trocken waren. »Außerdem ist Christian Wagner nicht rätselhaft, nur ... na ja, irgendwas ist komisch an ihm.«

»Er hat ein Geheimnis, ganz bestimmt.«

»Die Fantasie geht wieder mal mit dir durch, Annettchen.« Barbara lachte. Sie sah die Freundin förmlich vor sich, wie sie sich aufgeregt vorlehnte, dabei immer wieder mit der Zungenspitze über die Lippen fuhr und an den kurzen Haaren zupfte.

»Unsinn! Ich merke doch, dass er dich interessiert. Toll ist das!«

»Hör auf, so zu reden. Er ist ein Gast, das ist aber auch alles. Außerdem ...«

»Ja, was außerdem?«

»Er war fast eine Woche lang nicht mehr im Café.«

»Oh!«

»Tja, so ist es. Du kannst also aufhören, mich nach ihm auszufragen. Außerdem muss ich jetzt Schluss machen, in einer halben Stunde holt mich Claudio ab, wir wollen mit Freunden von ihm eine nächtliche Bootsfahrt unternehmen. Einer der Jungs hat Geburtstag und feiert auf dem Schiff.«

»Na dann … viel Spaß.«

Barbara hatte gerade noch Zeit, sich für die abendliche Bootsfahrt umzuziehen, da stand Claudio auch schon vor der Tür. Bewundernd sah er sie an.

»Siehst toll aus«, meinte er und zog sie spontan in die Arme.

Barbara hielt still, wehrte ihn auch nicht ab, als er sie auf beide Wangen küsste. Er war ein netter Kerl, und seine Bewunderung tat ihr gut.

In Antonias Boutique hatte sie sich vorgestern ein paar neue Sachen gekauft. Unter anderem die zartgrüne Leinenhose, zu der sie eine passende weiß-grüne Bluse trug. Das kurze weiße Jäckchen hielt sie noch in der Hand, doch später würde es auf dem Boot sicher kühl werden. Das Haar hatte sie zu einem lockeren Knoten geschlungen, doch Claudio griff, kaum dass er sie losgelassen hatte, in ihr Haar.

»Du solltest die Haare offen tragen, Bella.« Er lächelte. »Italiener stehen auf Blondinen, das weißt du doch.« Und ehe sie ihn hindern konnte, hatte er das Gummiband und die beiden Spangen an den Seiten gelöst. Die blonden Locken fielen ihr auf die Schultern. »Man wird mich um dich beneiden!«, flüsterte er, und ehe Barbara begriff, was er tat, nahm er ihr Gesicht in beide Hände und küsste sie leidenschaftlich.

Sekundenlang hielt Barbara still, ohne seinen Kuss zu erwidern. Es war kein unangenehmes Gefühl, seine Lippen auf ihren zu spüren, doch als Claudio versuchte, ihr seine Zunge in den Mund zu stecken, wehrte sie ihn ab.

»Bitte lass das.« Sie schob ihn von sich.

»Na gut.« Claudio schien nicht beleidigt zu sein. Lässig und so, als sei gar nichts passiert, streckte er den Arm aus und griff nach ihrer Hand. »Komm, die anderen warten schon unten am Anleger.«

Verwirrt ließ sich Barbara mitziehen. Claudios Verhalten war manchmal ziemlich sprunghaft. Eben noch lachend und unbeschwert, konnte er in der nächsten Minute ernsthaft sein. Und heute hatte es kurz so ausgesehen, als sei er in sie verliebt, wovon sie jedoch in den nächsten Stunden nichts mehr merkte. Gut gelaunt stellte er Barbara den Freunden vor, die sie noch nicht kannte, machte aber keine Anstalten mehr, sich ihr zu nähern.

Nach und nach entspannte sich Barbara. Sie genoss die Fahrt auf dem nächtlichen See, sah hinüber zu den kleinen und größeren Orten, deren Strandpromenaden hell erleuchtet waren. Die übrigen Gäste schienen keinen Blick für die romantische Umgebung zu haben, ausgelassen tanzten sie an Deck oder standen an der improvisierten Bar, wo reichlich ausgeschenkt wurde.

»Du bist die Einzige, die noch draußen steht.« Claudio, ein Glas Grappa in der Hand, stellte sich neben Barbara.

»Es sieht wunderschön aus. Romantisch und ... irgendwie unwirklich.« Sie zeigte auf eine Insel, die wie aus dem Nichts vor ihnen auftauchte. Ein großes, schlossähnliches Gebäude war zu sehen. »Ein Märchenschloss gibt es also auch hier am See.«

»Im See.« Claudio legte ihr den Arm um die Schultern. »Das ist die Isola del Garda. Sie befindet sich in Privatbesitz. Doch wenn du sie mal besuchen willst ... Ich kann uns anmelden, dann kann man dort eine Führung mitmachen.«

»Ach was, das muss nicht sein. Aber es sieht nett aus, das Inselchen.«

»Lass das nur nicht die gräfliche Familie hören. Inselchen ... Es ist ein richtiges Juwel, das erkennst du, wenn du dort mal gewesen bist.«

»Vielleicht ergibt es sich ja mal.« Barbara drehte sich ein wenig zur Seite. »Doch heute genieße ich einfach die Fahrt auf dem See.«

»Mach das.« Flüchtig hauchte er ihr einen Kuss auf die Wange. »Zur romantischen Bootsfahrt gehört auch Alkohol. Meine ich jedenfalls.« Grinsend hielt er ihr sein Glas hin. »Nimm einen Schluck.«

Doch Barbara wehrte ab. »Danke, aber ich hole mir lieber ein Glas Wein.«

»Dann mach das.« Lässig zuckte er mit den Schultern und wandte sich zu drei jungen Italienerinnen um, die kichernd an ihnen vorbeigingen. »Wir fahren hoch bis Riva«, erklärte er Barbara noch, ehe er den dreien folgte. »Da gibt es die angesagteste Disco weit und breit.« Weit breitete er die Arme aus. »Das wird eine heiße Nacht.«

16. Kapitel

Barbara erwachte mit leichten Kopfschmerzen. Zwar hatte sie nicht viel getrunken, ganz im Gegensatz zu den anderen Partygästen, doch ihr Kopf dröhnte auch jetzt noch von der lauten Discomusik.

Ich bin wohl schon zu alt für solche Unternehmungen, dachte sie und beeilte sich, unter die Dusche zu kommen. Sie war spät dran, Maria würde sicher schon auf sie warten.

Die Konditorin balancierte gerade zwei hohe Torten vom Backhaus hinüber ins Café, als Barbara zur Arbeit kam.

»Na endlich«, stieß sie hervor. »Die ersten Gäste sind schon da. Unter anderem Christian Wagner.« Sie zwinkerte Barbara zu. »Er hat schon nach dir gefragt.«

Schlagartig war Barbara hellwach.

Die Kopfschmerzen waren wie weggeblasen, dafür machte das Herz einen doppelten Salto.

Hastig griff sie nach dem weißen Vorbinder mit dem Logo des *Puccini*, doch ihre Finger zitterten so stark, dass sie es nicht schaffte, eine Schleife zu binden. Genervt warf sie das Teil in die Ecke. Es musste auch mal ohne gehen!

Christian Wagner saß auf seinem Stammplatz und sah ihr lächelnd entgegen.

Sie nickte ihm zu und fragte zunächst ein älteres englisches

Ehepaar, das schon mehrfach da gewesen war, nach seinen Wünschen.

Er hatte sich tagelang nicht blicken lassen, jetzt konnte er ruhig ein bisschen warten.

Ohne ihn zu fragen, servierte sie ihm kurz darauf seinen Espresso und das Hörnchen.

»Danke.« Er griff nach der Espressotasse, trank aber nicht. »Ich bin froh, dass Sie noch da sind. Ich ... ich hatte zu tun.«

»Haben Sie an einem neuen Roman gearbeitet?« Sie musste sich zwingen, ruhig zu bleiben und nicht wie eine Irre auf seinen Mund zu starren. Wieso stellte sie sich jetzt vor, von diesen Lippen geküsst zu werden? Sie war verrückt, hatte wohl noch Restalkohol im Blut.

»Ich schreibe nicht mehr.«

»Nein? Wieso nicht?«

»Es geht nicht. Im Moment jedenfalls nicht.« Endlich trank er einen Schluck. »Müssen Sie am Nachmittag auch arbeiten?«, fragte er sie dann.

»Ja. Sicher.«

»Und ... und wann haben Sie frei?«

Unbemerkt war Maria hinter Barbara getreten. »Du kannst gern früher Schluss machen«, sagte sie. »Allzu viel ist doch noch nicht los, das schaffe ich schon.«

»Aber ...«

»Nehmen Sie doch bitte das Angebot an.« Christian Wagner nickte der Besitzerin des *Puccini* dankbar zu. »Ich würde Sie nämlich gern einladen und Ihnen ein wenig die Gegend zeigen. Oder kennen Sie sich hier schon gut aus?«

Barbara schüttelte den Kopf. Sie hätte diese Frage auch dann verneint, wenn sie die Gegend wie ihre Westentasche gekannt hätte! Die Aussicht, eine Weile mit diesem Mann allein sein zu können, war verlockend.

»Ja dann ...« Ein kleines Lächeln huschte über sein Gesicht, das inzwischen gebräunt war. Viel besser als noch vor einer Woche sah er aus. »Ich bin dann gegen fünf wieder hier. Im Hinterland von Bardolino gibt es ein kleines Weingut, das den besten Rotwein der ganzen Gegend produziert. Außerdem isst man dort hervorragend. Ist ein Geheimtipp. Als Tourist findet man kaum dorthin.«

Barbara zögerte, doch dann nickte sie zustimmend. »Gut, wenn Maria mich wirklich entbehren kann ...«

»Ich kann.« Maria stellte eine neue Tasse Espresso vor Christian hin. »Der geht aufs Haus«, sagte sie. »Ihrer ist ja schon ganz kalt.«

Später, Christian Wagner war gegangen und die ersten Tortenstücke und frisches Gebäck waren verkauft, sagte Maria: »Ich freue mich für dich, Kindchen.«

»Warum?«

»Dass sich Christian mit dir treffen will. Er ist ein interessanter Mann. Und er passt viel besser zu dir als dieser Windhund Claudio.«

»Was redest du da ...« Verlegen winkte Barbara ab. »Ich will nichts von Claudio und er auch nichts von mir. Er ist nur nett zu mir und will mir die Gegend zeigen. Wahrscheinlich tut er es sogar Antonia zuliebe.«

»Warum sollte er das denn tun?«

»Na ja, ich wohne bei ihr, und deshalb fühlt er sich vielleicht verpflichtet.«

»Unsinn! Claudio taugt nicht viel, und ich bin mir sicher, dass er irgendwann versuchen wird, dich in sein Bett zu kriegen. Immer wieder hat er kurze Affären mit Touristinnen. Lass dich nur ja nicht auf ihn ein.« Sie zupfte aufgeregt an den Volants ihrer Schürze. »Ich verstehe Antonia nicht, die immer wieder die Hand über ihn hält und ihm aus diversen Schwierigkeiten hilft.« Sie seufzte. »Christian Wagner ist da ganz anders. In dessen Gesellschaft sehe ich dich viel lieber!«

»Aber er ist doch verheiratet, oder?«

»Das war er. Aber ...« Sie zuckte mit den Schultern. »Komisch, seine Frau ist früher immer mitgekommen. Ob sie sich getrennt haben?« Ohne auf eine Antwort zu warten, fuhr sie fort: »Es muss so sein. Sonst hätte er dich nicht eingeladen. Und vielleicht ... Vielleicht wirkt er auch deshalb manchmal so bedrückt.«

»Frag ihn ja nicht! Das wäre zu peinlich.«

»Nein, nein, ich denke, irgendwann erzählt er es von selbst.«

Barbara erwiderte nichts, doch insgeheim gestand sie sich ein, dass auch sie lieber mit Christian zusammen war als mit Claudio. Claudio war ein liebenswerter Kerl, doch recht oberflächlich. Christian hingegen hatte etwas an sich, das ihr Herz berührte.

Die Zeit bis zum späten Nachmittag verging quälend langsam. Immer wieder schaute sie auf die Uhr.

»Geh und mach dich frisch«, sagte Maria kurz nach vier. Die meisten Gäste waren schon bedient worden, das Café leerte sich.

»Wenn du meinst ...« Barbara wartete nicht erst auf eine Antwort, drückte Maria die Geldbörse mit dem Wechselgeld in die Hand und verschwand nach nebenan.

Während sie duschte, überlegte sie, was sie anziehen sollte. Eventuell die neue weiße Hose und den lachsfarbenen Seidenpulli? Oder ihr Jeanskleid?

Schließlich entschied sie sich für eine blaue Leinenhose und eine blau-weiß gestreifte Bluse. Die Haare schlang sie im Nacken zu einem losen Knoten zusammen.

Ob sie Christian gefiel, ließ er sich nicht anmerken, als er pünktlich im Café erschien. Er begrüßte sie mit einem festen Händedruck und sagte:»Wir müssen ein paar Meter laufen, es gab einfach keinen Parkplatz in der Nähe. Man merkt, dass die Saison begonnen hat.«

Barbara war froh, dass sie flache Sandalen angezogen hatte. Und doch stolperte sie über eine lockere Steinplatte auf dem Gehweg. Sie strauchelte und wäre gestürzt, wenn Christian sie nicht festgehalten hätte.

»Alles gut?« Besorgt sah er sie an.

»Ja, danke. Nichts passiert.«

Christian ließ ihre Hand nicht mehr los, bis sie bei seinem Auto ankamen. Als er den Wagen, ein nicht mehr ganz neues Mercedes-Cabrio, aufschloss und ihr die Tür aufhielt, meinte er: »Kennst du eigentlich schon die Sehenswürdigkeiten des Ortes?« Erst als er den Satz ausgesprochen hatte, wurde ihm bewusst, dass er Barbara geduzt hatte. »Tut mir leid, aber ...«

»Wir können gern Du sagen.« Barbara lächelte. »Es ist viel unkomplizierter.«

»Gern, Barbara.« Er sprach ihren Namen langsam, fast zärtlich aus.

»Ich hab mir bisher nur den Garten von André Heller angesehen«, erzählte Barbara, während sie losfuhren. »Die Parkanlage ist wunderschön.«

»Und einige der dort zusammengetragenen Skulpturen sehenswert.« Christian Wagner lachte leise auf. »Du kannst mich für einen Kunstbanausen halten, aber ich kann mit den Arbeiten von Keith Haring oder Roy Lichtenstein nicht viel anfangen.«

»Mir sind sie auch zu bunt, zu unruhig. Aber es gibt einige andere Objekte dort zu sehen, die ich interessant finde.«

»Stimmt.« Er lenkte den Wagen durch die engen Straßen hoch

nach Gardone Sopra. »Wenn du es ruhiger magst, findest du den Ort sicher schön. Ich bin sehr gern hier.«

Auch Barbara war sofort von dem kleinen, noch ursprünglich wirkenden Ort bezaubert, der von einer barocken Kirche überragt wurde.

»Von der Terrasse, auf der die Kirche San Nicolò liegt, hat man einen tollen Blick über die ganze Bucht und bis zum Monte Baldo.« Er parkte den Wagen und griff wieder nach Barbaras Hand, während sie quer über den Kirchplatz zum Ende der Terrasse gingen. »Schau, von hier aus hast du einen wunderbaren Blick über die ganze Bucht, und das da, die kleine Insel im Wasser, ist die Isola del Garda. Sie gehört der Familie Borghese-Cavazza und kann, nach Voranmeldung, besichtigt werden.«

»Wow, eine eigene Insel zu haben ist schon was Besonderes. Ich hab sie kürzlich vom Boot aus gesehen. Konnte aber nicht allzu viel erkennen, es war zu dunkel.«

»Du hast eine nächtliche Bootsfahrt gemacht? Mit wem?« Erst als er die Frage ausgesprochen hatte, zuckte er zusammen. »Sorry, das geht mich nichts an.«

»Ich war mit Claudio, Antonias Neffen, unterwegs. Er hat mir schon ein bisschen was von der Gegend gezeigt.« Sie lachte leise. »Ich glaube, seine Tante hat ihn dazu verdonnert, den Fremdenführer für mich zu spielen.« Sie sah, dass sich Christians Gesicht bei der Erwähnung von Claudio verdüstert hatte. War er vielleicht eifersüchtig?

Unsinn, sagte sie sich gleich darauf. Dazu gibt es keinen Grund. Und er hat auch nicht das geringste Recht dazu.

»Gibt es einen jungen Grafen, den ich kennenlernen könnte?«, fragte sie und sah zu Christian auf, der sie um einen halben Kopf überragte.

»Weiß ich nicht. Und selbst wenn ... Ich würde dich ihm nicht vorstellen.« Er sah ihr in die Augen und legte ihr die Hand um die Schultern. Kurz zog er sie an sich, um sie dann gleich darauf von sich zu schieben. »Wir sollten weiterfahren.« Seine Stimme klang ein wenig rau. »Bis zum Weingut brauchen wir eine Stunde.«

17. Kapitel

Mitternacht war schon lange vorüber, als Christian Barbara nach Hause brachte.

»Danke für den Abend«, sagte er und umarmte sie flüchtig. Es war die erste Berührung, seit sie auf der Terrasse von San Nicolò gestanden hatten. Es schien so, als hätte er plötzlich Hemmungen bekommen, sich ihr zu nähern.

»Ich danke dir. Das Essen war köstlich und der Wein ganz hervorragend.« Sie schloss die Haustür auf und drehte sich noch einmal um. »Kommst du morgen zum Frühstück?«

Er zögerte. »Weiß ich noch nicht. Aber wir sehen uns in den nächsten Tagen sicher. Bis dann.«

»Bis dann.« Barbara spürte, dass ihr Tränen in die Augen stiegen, hastig schloss sie die Tür hinter sich. Sie wurde aus Christian nicht schlau. Ganz am Anfang hatte es so ausgesehen, als sei er an ihr interessiert, doch dann hatte er sich deutlich distanziert gezeigt.

»Blöde Kuh«, schimpfte sie mit sich, während sie sich schlafen legte. »Er ist verheiratet, und wahrscheinlich hat er im letzten Moment doch gemerkt, dass es besser ist, jeden Flirtversuch zu unterlassen.«

Und für ihr eigenes Seelenheil war es auch besser, dass sie jedes Interesse an dem Mann gleich im Keim erstickte. Es war sowieso noch viel zu früh, sich wieder zu verlieben. Die Sache mit Sven war noch lange nicht verarbeitet.

Oder doch?

Ihr fiel ein, dass sie, seit sie Christian kennengelernt hatte, nicht mehr an Sven gedacht hatte. Stattdessen beschäftigte sie sich viel häufiger, als vernünftig war, in ihren Gedanken mit dem Christian, der so sympathisch und doch rätselhaft war.

Von einer Sekunde zur anderen schlief sie ein.

Der nächste Morgen war regnerisch, tief hingen die Wolken über den Bergen, und ein kühler Wind kräuselte das Wasser des Gardasees.

Barbara erwartete nicht, dass Christian bei diesem Wetter zum Frühstück kommen würde. Umso mehr freute es sie, ihn zu sehen.

»Hallo, hast du Hunger oder Sehnsucht?« Sie zwang sich zu einem Lächeln.

»Sehnsucht.« Seine Miene blieb ernst. Er streckte den Arm nach Barbara aus, und zögernd trat sie noch ein wenig näher an den Tisch. »Ich ... ich muss mit dir reden, Barbara. Wegen gestern und überhaupt.«

»Jetzt?« Stirnrunzelnd sah sie ihn an. »Bitte keine Geständnisse vor dem Frühstück.« Sie zwang sich zu einem Lachen, das die Spannung, die deutlich zwischen ihnen zu spüren war, mindern sollte.

»Barbara, bitte ...«

Ehe er sie daran hindern konnte, drehte sie sich um und verschwand im Haus. Ihre Finger zitterten, als sie ein noch warmes Vanillehörnchen vom Tablett nahm, es auf einen Teller legte und Aprikosenmarmelade in ein Schälchen füllte. Der Espresso war rasch fertig, und Barbara ging wieder hinaus zu Christian, der immer noch der einzige Gast war.

»Hier, bitte. Lass es dir schmecken.«

Und ehe Christian etwas sagen konnte, wandte sie sich um und zuckte zusammen.

»Du?« Fassungslos sah sie Annette an, die, einen Rollkoffer hinter sich herziehend, quer über die Straße auf sie zukam. »Was machst du denn hier?«

»Dich besuchen, was sonst?« Annette ließ den Koffer los, der ein Stück weiterrollte und an einem der Blumenkübel, die das Café zur Straße hin begrenzten, stehen blieb. Mit ausgebreiteten Armen kam sie auf die Freundin zu. »Na, Überraschung gelungen?«

»Und ob!« Sie schob Annette von sich. »Warum hast du nichts gesagt?«

»Weil ich dich überraschen wollte. Und weil es in München Bindfäden regnet und ich in die Sonne wollte. Und weil es in der Praxis einen Wasserschaden gab, der erst in zwei, drei Wochen behoben werden kann. Alles war durchnässt, ich musste sogar neue Liegen und Schränke bestellen.«

»Ein Wasserschaden? Wie schrecklich!«

»Ach was, die Versicherung zahlt. Ich bin zum Glück sehr gut versichert. Und ein Weltuntergang ist es ja nicht. Ich hab mich schon wieder abgeregt. Aber ich gebe schon zu, dass ich am Anfang geflucht habe. Alles stand unter Wasser, und der neue Teppichboden, der erst ein paar Monate liegt, ist reif für den Müll.« Annette zuckte lässig mit den Schultern. »Aber das ist alles bereits erledigt. Und jetzt sind die Handwerker dran. Um die kümmert sich meine älteste Mitarbeiterin. Sie ist viel energischer als ich und wird die Männer schon perfekt beaufsichtigen.« Sie lachte. »Sie meinte, ich würde im Weg stehen. Und somit hatte ich doch einen guten Grund, herzukommen und nachzusehen, wie es dir geht. Leider ist das mit der italienischen Sonne auch nix.« Stirnrunzelnd sah sie zum Himmel hoch, an dem sich noch immer dunkle Wolken auftürmten. Es regnete allerdings nicht mehr, aber es wehte ein kalter Wind.

»Die kommt schon noch wieder. Spätestens morgen. Ich freue mich total, dass du hier bist.« Lachend zog Barbara die Freundin noch mal an sich. »Komm mit ins Haus. Hier draußen ist es zu kalt.« Für den Moment war Christian vergessen. »Es ist herrlich, dass du da bist. Und, einen Kaffee?«

»Immer doch.« Annette hockte sich ungeniert auf die Theke und ließ die langen Beine baumeln. »Du ahnst ja nicht, was mir auf der Fahrt hierher passiert ist ...«

18. Kapitel

»Ich war gerade von der Autobahn runter und fahre dem Navi nach bis Gargnano, als mir plötzlich ein Hund vors Auto läuft.«

»Um Himmels willen, ist was passiert?«

Annette grinste. »Es ist was passiert, das kannst du laut sagen!«

»Und was? Mach mich nicht nervös. Ist das Tier verletzt?«

»Nö. Aber mir ist was passiert.«

»Dir?« Prüfend betrachtete Barbara ihre Freundin. Sie wirkte absolut nicht so, als sei sie verwundet oder hätte irgendwo Schmerzen. »Hast du einen Dachschaden erlitten? Du grinst so verzückt ... irgendwas stimmt doch nicht.«

»Alles stimmt!« Annette sprang von der Theke und umarmte Barbara stürmisch. »Der Hund hat nämlich ein Herrchen. Der war seinem Artus hinterhergerannt und hatte erst dicht vor meiner Motorhaube gestoppt.«

»Mist! Hast du ihn verletzt?«

»Zum Glück nicht, er hat nur einen Kratzer am Arm. Aber er ist ein ganz, ganz irrer Typ. Wir treffen uns heute Abend.«

»Annette, du bist unmöglich!«

»Nee, aber irre glücklich. Stefan ist einfach ... umwerfend. Wir haben die ganze Nacht lang gequatscht.«

»Wie bitte?« Barbara sah die Freundin kopfschüttelnd an. »Du warst gestern schon hier?«

»Ja, aber ... Na ja, du weißt schon ... Ich war verhindert.«

»Verhindert.« Barbara wusste nicht, ob sie lachen oder sich ärgern sollte. Annette war ja schon immer sprunghaft gewesen, doch jetzt übertrieb sie wirklich. »Was war los?«

»Stefan hat mich in sein Ferienhaus mitgenommen, du liebe Inquisitorin. Er meinte, ich hätte sicher einen Schock erlitten durch die Beinahe-Karambolage mit ihm und seinem Hund. Wir haben dann Wein getrunken und gequatscht.«

»Die ganze Nacht hindurch.«

»Ja.« Annette grinste. »Zu mehr ist es nicht gekommen, du tugendhafter Moralapostel.«

»Das hab ich auch nicht angenommen. Wobei ...« Augenzwinkernd sah Barbara die Freundin an. »Wenn bei dir die Hormone so verrückt spielen wie jetzt ganz offenbar ... Wer weiß.«

In dem Moment wurde sie abgelenkt, weil Christian in den kleinen Verkaufsraum kam.

»Kann ich bitte zahlen, Barbara?«

»Natürlich. Bin gleich da.« Kurz wandte sie sich an Annette: »Bin sofort wieder zurück.«

Draußen regnete es inzwischen in Strömen. Auf dem dunklen Wasser des Sees war kein Boot mehr zu sehen, nur die Fähre zog unbeirrt ihre vorgeschriebene Bahn. Die wenigen Touristen, die am frühen Morgen über die Promenade von Gardone Riviera geschlendert waren, hatten inzwischen Schutz in den diversen Lokalen gesucht oder waren zurück in ihre Hotels geflüchtet. Ins Café *Puccini* war allerdings niemand gekommen.

»Willst du nicht hier drinnen Platz nehmen?«, bot Barbara Christian an.

»Danke, nein. Ich will nur ...« Kurz zögerte er, dann griff er hinter sich und holte einen Strauß wunderschöner lachsfarbener Rosen hervor. »Die wollte ich dir noch geben. Und dir sagen, dass ich ein Esel war. Gestern jedenfalls.« Ein Lächeln umspielte seine Lippen.

»Oh ...« Barbara nahm die Blumen an sich. »Danke. Aber ein Esel warst du nicht. Nur ...«

»Doch, doch, ich hab mich ziemlich blöd benommen.« Er griff nach ihrer Hand. »Verzeihst du mir?« Sein Lächeln, charmant und bittend zugleich, berührte sie.

»Natürlich.«

Ehe sie es sich versah, zog er sie kurz an sich und küsste sie auf die Wange. »Danke. Und ... wann treffen wir uns wieder? Ich muss dir unbedingt einiges erklären.«

Barbara schaute sich nach Annette um, die ihnen unverhohlen neugierig zusah.

»Meine Freundin will zwei oder drei Wochen bleiben. Ich muss mich um sie kümmern. Und deshalb kann ich dir nichts Genaues sagen.«

»Bitte. Heute Abend. Oder spätestens morgen, ja?« Eindringlich sah Christian sie an.

»Na gut. Ich melde mich. Allerdings ... Was ist mit deiner Frau?« Sie konnte einfach nicht anders, sie musste ihn daran erinnern, dass er verheiratet war. Und als gebundener Mann sollte er es eigentlich lassen, sich mit anderen Frauen zu treffen.

»Darüber reden wir dann. Und über alles andere. Du hast meine Handynummer?«

Barbara nickte.

»Nimm dir heute schon Zeit. Bitte.« Sein Blick war wie ein Streicheln auf ihrer Haut.

»Auf mich musst du keine Rücksicht nehmen, Süße.« Annette

kam näher zu den beiden. »Ich bin um sechs mit Stefan verabredet.«

Barbara drehte sich halb um. »Christian, das ist meine Freundin Annette, und das ist Christian Wagner.«

»Wow! Das ist ja toll! Ich hab Ihre Krimis regelrecht verschlungen.« Annette blickte Christian mit leicht schräg gelegtem Kopf an. »Sie haben aber in der letzten Zeit nichts mehr veröffentlicht, oder?«

»Freut mich, dass Ihnen die Romane gefallen haben. Und auch Barbaras Freundin kennenzulernen ist mir ein großes Vergnügen.« Seine Miene blieb allerdings ernst, und er ging auf ihre Bemerkung, dass er lange nichts mehr veröffentlicht hatte, nicht ein.

»Ich bin eine Nette.« Annette zwinkerte ihm zu. »So nett, dass ich heute überhaupt keine Zeit habe, mit Barbara den Abend zu verbringen. Also denn, viel Spaß!« Kurz hob sie die Hand, dann ging sie die wenigen Schritte hinüber zu Antonias Boutique. Bevor sie den Privateingang betrat, sah sie sich noch einmal lächelnd um, dann verschwand sie im Haus.

»Ich mag deine Freundin.« Christian griff noch einmal nach Barbaras Hand und drückte sie. »Also sehen wir uns heute Abend, ja? Ab sechs Uhr warte ich drüben auf dem Parkplatz auf dich.«

19. Kapitel

Am frühen Nachmittag zogen die Regenwolken ab, die Sonne trocknete rasch auch die letzten Pfützen, und die Touristen bevölkerten wieder die Straßen und die Uferpromenade. Auf dem See dümpelten die ersten Segelboote im noch leichten Wind, und im *Puccini* herrschte Hochbetrieb.

Barbara lief, unterstützt von Maria, zwischen den Tischen hin und her und servierte Kuchen, Kaffee und den wunderbar duftenden Apfelstrudel mit hausgemachtem Vanilleeis, für den das *Puccini* berühmt war.

Kurz vor sechs, Barbara hatte schon zweimal verstohlen auf die Uhr geschaut, sagte Maria: »Mach Schluss für heute, Barbara. Den Rest schaffe ich locker allein.«

»Kommt nicht infrage. Ich bleibe und räume noch mit auf.« Für Sven hatte sie sich häufig abgehetzt, er hatte nie gern gewartet und ihre Arbeit lange nicht so wertgeschätzt wie seine eigene. Diesen Fehler, das hatte sie sich vorgenommen, würde sie nie wieder machen.

Christian Wagner wartete, wie verabredet, auf dem Parkplatz auf sie. Er stand da, lässig an seinen Wagen gelehnt, und las in einer Zeitschrift.

»Tut mir leid, dass du warten musstest, aber es war irre viel zu tun.« Barbara, die sich nur kurz frisch gemacht hatte, war leicht außer Atem, denn die letzten Meter war sie gelaufen.

»Kein Problem. Schön, dass du jetzt da bist.« Lächelnd sah er ihr ins erhitzte Gesicht. »Du siehst super aus.«

»Danke.« Flüchtig strich sie sich über das Haar, das sie wieder offen trug. Ihr türkisfarbenes Kleid war neu, sie hatte es gekauft, obwohl es sündhaft teuer gewesen war. Doch die Farbe stand ihr hervorragend, und beim Anprobieren hatte sie sich schon gefragt, ob sie wohl Christian in dem Kleid gefallen würde.

»Komm, wir fahren gleich los. Oder hast du schon Hunger?«

»Nein.«

Höflich öffnete er ihr die Tür des Cabrios, wartete, bis sie sich angeschnallt hatte, und reihte sich dann in den regen Feierabendverkehr ein. Ein paar Kilometer folgten sie der Uferstraße, passierten Desenzano, den größten Ort am südlichen See, und Sirmione, wo auch jetzt noch viele Touristen unterwegs waren.

»Normalerweise nehme ich die Fähre von Torri del Benaco nach Gardone«, erklärte Christian, »doch die fährt jetzt nicht mehr.«

»Dann machst du meinetwegen den großen Umweg.« Barbara sah ihn von der Seite an. Gut sah er aus, leicht gebräunt und in dem hellblauen Hemd mit Stehkragen sehr modisch gekleidet.

»Ach was, das ist um diese Jahreszeit noch kein Problem.« Er bog in eine Seitenstraße ab. »Gleich überqueren wir die Etsch, die hier Adige heißt, dann sind wir auch schon da.«

Schon nach wenigen Hundert Metern veränderte sich die Landschaft. Weinberge erstreckten sich links und rechts der Straße, hin und wieder von kleineren Olivenhainen unterbrochen.

Sie fuhren durch zwei Dörfer, die wie ausgestorben wirkten. Nur zwei Hunde lagen am Straßenrand, ließen sich aber durch das Auto nicht in ihrer Feierabendruhe stören.

»Die Weinbauern haben jetzt reichlich zu tun, die jungen Reben müssen hochgebunden und die wilden Triebe ausgeschnitten werden.« Christian wies nach links. »Das da hinten ist eins der größten Weingüter der Gegend. Sie produzieren einen recht guten Valpolicella.« Er lachte. »Aber der meines Nachbarn ist besser, wirst ihn gleich probieren können.«

»Wir fahren zu dir?«

»Nicht direkt. Zu meinem Nachbarn. Er hat einen kleinen Weinberg, seine Frau ist eine hervorragende Köchin. Sie betreiben eine Trattoria, in der fast nur Einheimische verkehren.« Kurz sah er zu ihr hin. »Ist dir das recht?«

»Doch, auf jeden Fall.« Insgeheim atmete Barbara auf.

Schon wenig später hielt Christian vor einem alten Steinhaus, an dessen linker Seite eine offene Veranda angebaut worden war. Die Markise darüber war vergilbt, die drei Stufen, die zur Terrasse führten, aus grobem Stein gehauen. Es gab nur wenige Tische, zwei davon waren besetzt.

Eine ältere Frau in schwarzem Kleid, das graue Haar straff im Nacken zusammengebunden, begrüßte Christian auf Italienisch. Barbara konnte nicht viel verstehen, da die Frau viel zu schnell sprach. Sie hörte lediglich heraus, dass die Wirtin sich sehr freute, den Deutschen endlich wiederzusehen. Dann sah sie Barbara forschend an und nickte schließlich lächelnd.

»Da hinten ist euer Platz«, sagte sie und wies auf einen Tisch am Ende der Terrasse. Auf allen Tischen lagen rot-weiß karierte Decken. Aber auf dem Tisch für die beiden stand noch ein kleiner Strauß aus Margeriten und Weinlaub.

»Danke, Renata.« Christian nickte der Wirtin zu, nahm Barbaras Arm und führte sie zu dem zugewiesenen Tisch. »Renata ist die gute Seele des Lokals«, erklärte er dabei. »Sie ist die Seniorchefin und die beste Köchin, die ich kenne.«

Davon konnte sich Barbara wenig später selbst überzeugen. Ungefragt servierte Renata einen Krug Tischwein. Dann erkundigte sie sich, ob Barbara wohl Trüffel möge. Diesmal sprach sie langsamer, und Barbara, die in der Volkshochschule ein paar Semester Italienisch belegt hatte, verstand sie gut.

»Sehr gern sogar.«

»Gut.« Renata nickte nur und zog sich zurück.

»Komm, trinken wir erst einmal.« Christian goss den kühlen Weißwein ein und hob sein Glas.

Barbara trank ihm zu. »Es ist schön hier«, sagte sie und sah sich um. Weinlaub, noch jung und zart, rankte sich an einem alten Holzspalier die Wand entlang. In alten Fässern blühten Margeriten, Fuchsien und die letzten Primeln des Jahres.

Ein wilder Jasminbusch öffnete im späten Sonnenlicht seine ersten Knospen, der süße Duft war unverkennbar.

»Ich muss dir etwas über mich erzählen.« Christian griff nach Barbaras Händen und ließ sie nicht mehr los. »Ich bin seit einem Monat geschieden, meine Frau hat mich schon vor mehr als einem Jahr verlassen.« Sekundenlang presste er die Lippen zu einem schmalen Strich zusammen.

»Tut mir leid.« Barbara sah ihm ins ernste Gesicht. »Das ist sicher schwer für dich.«

Er nickte. »Es war hart. Aber wir ... Wir konnten nicht mehr zusammen sein.« Er schluckte schwer. »Sie hat mich nicht mehr ertragen ... und ich sie nicht.«

Warum nicht, hätte Barbara gern gefragt, was ist zwischen euch passiert? Doch da er keine Anstalten machte, Näheres zu erzählen, schwieg sie.

Auch Christian blieb still, doch er hielt immer noch Barbaras Hände in seinen. Sanft strich er mit dem Daumen über ihren

Handrücken, eine zärtliche Geste, die ihr Herz höherschlagen ließ.

»Erzähl mir was von dir«, bat Christian nach einer Weile. Die Wirtin hatte einen Teller mit delikat aussehenden Vorspeisen gebracht, dazu selbst gebackenes Brot, das verführerisch duftete.

»Was willst du hören?«

»Alles.«

Barbara lachte leise auf. »Soll ich bei der Kindergartenzeit anfangen?«

»Von mir aus.« Sein Blick war wie ein Streicheln. »Ich möchte alles von dir wissen.«

»Na ja, da gibt es gar nicht so viel zu erzählen.« Sie berichtete knapp von ihrer unbeschwerten Kindheit, vom frühen Verlust der Eltern, von Tante Karoline, die ihr ein neues Zuhause geschenkt hatte und bei der sie eine behütete Jugend hatte erleben dürfen.

»Na ja, beruflich hab ich es gut getroffen. Ich habe sorglos studieren können, und mein jetziger Chef ist nett und großzügig, er hat mir unbefristet Urlaub gewährt.«

»Wow, das hat man selten.« Forschend schaute Christian sie an. »Was ist passiert? Warum brauchtest du so viel Abstand? Ärger mit Kollegen? Oder warst du krank?«

»Nein.« Barbara schüttelte den Kopf und presste für einen Moment die Lippen zusammen. Die Erinnerung an Sven überfiel sie mit aller Macht, und sie hatte Mühe, die Fassung zu bewahren. »Meine Kollegen sind okay«, erwiderte sie. »Und krank war ich auch nicht.«

»Verstehe.« Christian nahm einen Schluck Wein. »Ein Mann. Hat er dich betrogen?«

»Ja.« Sie musste ein paarmal schlucken, ehe sie mit relativ ruhiger Stimme sagen konnte, was passiert war. »Stell dir vor, da stehe ich in meinem Brautkleid, und er fährt vor meinen Augen mit einer anderen spazieren.«

»Vergiss ihn.« Wieder griff er nach ihrer Hand. »Schau dich um, die Landschaft, der See, dieser Sonnenuntergang ... Das ist Balsam für die Seele.« Für einen kurzen Moment huschte ein Schatten über sein Gesicht, doch rasch fing er sich wieder und lächelte Barbara an. »Ich war immer gern hier.«

»Es ist ja auch eine herrliche Landschaft.« Barbara drehte das Weinglas in der Hand. »Es ist schon eine Ewigkeit her, dass ich mal hier war. Aber da auch nur für wenige Tage. Ich habe nicht mehr allzu viele Erinnerungen daran. Nur an einige Sehenswürdigkeiten natürlich.«

»So, ihr beiden, hier ist euer Essen!« Die Wirtin unterbrach ihr Gespräch. Lächelnd stellte sie zwei große tiefe Teller auf den Tisch. »Die Trüffel haben der Nonno und ich selbst gefunden. Es sind die letzten Wintertrüffel gewesen, die wir mit unserem Hund entdeckt haben. Lasst es euch schmecken.«

»Frische Trüffel! Wunderbar, Renata! Danke.« Christian beugte sich über den Teller und roch an den aromatischen Pilzen, die Renata großzügig über den Teller mit selbst gemachten Bandnudeln gerieben hatte.

»Frische Trüffel ... Dass es die hier gibt!« Barbara nahm noch einen Schluck Wein, ehe sie zu essen begann.

»Nein, nein, die gibt es hier nicht. Aber Renatas Eltern stammen aus der Gegend um Bologna, und in der Emilia-Romagna findet man die besten Trüffel. Sie war wohl mal wieder für ein paar Tage daheim und ist mit ihrem Mann auf Trüffelsuche gegangen.« Er nahm einen ersten Bissen. »Wunderbar! Dem Nonno und dem Rocco sei Dank.«

»Wer ist Rocco?« Fragend sah ihn Barbara an.

»Der Hund der Familie. Ich kenne ihn zwar nicht, aber Renata hat mal erzählt, dass er der beste Trüffelsucher weit und breit ist.«

»Dann danke ich ihm auch.« Barbara genoss das hervorragende Essen. Die hausgemachten Nudeln schmeckten besser als alle, die sie je gegessen hatte, und zusammen mit der delikaten Soße und den Trüffeln war das Essen ein Gedicht.

Ohne zu fragen, servierte Renata ihnen hinterher Tiramisu und Espresso.

»Oje, ich glaube, sie will uns mästen.« Barbara sah auf die großen Portionen.

»Genieß es einfach. Du wirst sehen, besseres Tiramisu hast du noch nirgendwo bekommen.«

So war es in der Tat, und Barbara warf alle Gedanken an Kalorien und die schlanke Linie über Bord.

Während sie das Dessert genossen und Kaffee tranken, erzählte Christian ihr mehr über die Gegend und die Sehenswürdigkeiten der Region.

»Du musst unbedingt nach Verona«, erklärte er. Und fügte hinzu: »Natürlich mit mir.«

»Was du nicht sagst!«

»Ich setze einfach voraus, dass du dir Verdis *Aida* mit einem Musikliebhaber zusammen ansehen willst.« Er lächelte verschmitzt.

»Eingebildet bist du gar nicht.« Fasziniert sah ihn Barbara an. Er wirkte jetzt und hier endlich ganz entspannt. Dabei wusste sie noch immer nicht, warum seine Ehe gescheitert war und warum er so sehr darunter litt.

Er zuckte lässig mit den Schultern. »Es kann doch nicht schaden, einer schönen Frau imponieren zu wollen. Und mit klassischer Musik kenne ich mich ganz gut aus.«

Dann haben wir noch etwas gemeinsam, wollte Barbara gerade erwidern, als sie mitbekam, dass sich die Miene des Mannes veränderte. Es schien, als verlöre sein Gesicht alle Farbe. Wie hypnotisiert sah er zu einer Familie hin, die gerade auf die Terrasse kam. Es waren sieben Personen, und die Erwachsenen steuerten zielstrebig auf einen Tisch zu, der schon für sie eingedeckt war.

Ein etwa fünfzehnjähriger Junge trug ein kleines Mädchen, das Barbara auf vier Jahre schätzte, auf dem Rücken. Die Kleine lachte und zappelte so lange, bis er sie herunterließ. Hüpfend rannte sie hin und her, gefolgt von ihrem nur unwesentlich größeren Bruder, bis die Mutter sie zu sich winkte und die Kleine auf einen der Stühle kletterte.

»Lass uns gehen.« Christians Stimme klang heiser. »Bitte.«

»Warum das denn? Stören dich die Kinder?«

Christian antwortete nicht. Stattdessen stand er auf, hastete ins Haus und kam schon kurz darauf zurück.

»Komm bitte.« Ohne sich noch einmal hinzusetzen, winkte er Barbara zu.

Erst als sie im Wagen saßen und ein paar Hundert Meter gefahren waren, entspannte er sich wieder.

»Tut mir leid, aber das geht einfach noch nicht. Das ertrag ich nicht.«

»Was denn? Ich verstehe dich nicht.« Barbara sah ihn forschend an. »Sag mir doch bitte, was los ist mit dir.«

»Später.« Wieder verhärtete sich sein Gesichtsausdruck. »Ich bringe dich nach Hause.«

Schweigend fuhren sie in Richtung Gardone. Erst als sie den Ortsrand erreicht hatten, lenkte Christian den Wagen an den Straßenrand, beugte sich zu Barbara und zog sie an sich.

»Verzeih mir«, raunte er. »Verzeih mir bitte.« Dann küsste er sie. Fest. Rau beinahe. Es war keine Leidenschaft in diesem Kuss, eher schmeckte er nach Verzweiflung und Trauer.

20. Kapitel

»Möchtest du noch Wein? Oder lieber einen Espresso?« Stefan Brettschneider legte die Hand auf Annettes Arm. »Ich für meinen Teil trinke noch ein Glas. Schließlich können wir zu Fuß zu meinem Ferienhaus gehen.«

»Was du nicht sagst!« Lachend schüttelte Annette den Kopf. »Du bildest dir doch wohl nicht ein, dass ich noch eine weitere Nacht bei dir verbringe?«

»Willst du nicht?«

»Unter keinen Umständen. Das letzte Nacht, das war ... Na ja, wir haben uns festgequatscht, und es war auch sehr nett bei dir. Aber ich bin ja bei meiner Freundin Barbara zu Besuch, da kann ich nicht immer allein unterwegs sein.«

»Schade.« Stefan beugte sich zu seinem Hund herunter, der brav unter dem kleinen Bistrotisch lag und nur hin und wieder nach einer Fliege schnappte, die ihn beim Dösen störte. »Was meinst du, Artus, können wir sie vielleicht umstimmen, wenn wir ihr einen romantischen Mondscheinspaziergang versprechen? Oder ein Stück von der köstlichen Rehpastete, die ich gekauft habe?«

Artus bellte einmal kurz auf, dann legte er den Kopf mit einem tiefen Seufzer auf die Pfoten und schlief weiter.

»Du siehst, auch mein Hund ist zutiefst frustriert.« Stefan

winkte der Bedienung, einer zierlichen Italienerin mit langem schwarzen Haar, das sie am Hinterkopf zusammengebunden hatte, und bestellte noch einen Krug Hauswein.

»Ihr habt mein volles Mitleid.« Annette lachte. »Aber wenn du jetzt das alles noch trinkst, muss ich mir ein Taxi zurück nach Gardone nehmen.«

»Bitte nicht.« Stefan griff wieder nach ihrer Hand und hielt sie fest. »Bleib wenigstens noch eine Stunde. Ich hab dir noch gar nicht von meiner ältesten Patientin erzählt, der ich einen Brillanten in den vorderen Schneidezahn implantiert habe.«

»Wie bitte?«

»Ja, das ist keine Lüge. Frau Rettschner ist zweiundneunzig, aber noch topfit. Und sie wollte unbedingt den Brillanten, den ihr verstorbener Mann immer in einem Ring am kleinen Finger getragen hatte, bei sich haben.«

»Da gibt es doch andere Möglichkeiten, als ihn sich in eine Jacketkrone einarbeiten zu lassen.« Annette schüttelte den Kopf. »Ein bisschen verrückt ist ja ganz nett, aber so eine Idee ...«

»Ihre Urenkelin hat so einen Brillantsplitter am linken Schneidezahn, da wollte die Oma nicht nachstehen. Und Ringe besitzt sie genug.« Stefan lachte verhalten auf. »Ich hab auch versucht, ihr die Sache auszureden, doch sie bestand darauf.«

»Verrückt.«

»Ja, ich erlebe so einige verrückte Sachen mit meinen Patienten. Du doch sicher auch.«

»Ja, schon. Obwohl ... vom Tisch gesprungen ist mir noch keiner.«

»Mir ist schon mal ein Mann weggelaufen. Ich hatte gerade die Spritze aufziehen lassen, weil ich ihm einen Weisheitszahn ziehen musste, da schoss er wie von der Tarantel gestochen hoch, riss sich die Serviette ab und stürmte davon.«

»Angsthase.«

»Eher Angstbulle. Er war mindestens eins neunzig groß und doppelt so schwer wie ich.« Stefan grinste. »Doch die Spritzenphobie war enorm, er verschwand für drei Tage.«

»Und dann?« Annette konnte sich das Lachen nicht verkneifen. Sie stellte sich gerade vor, wie der kräftige Mann voller Panik aus der Praxis gerannt war.

»Dann kam er wieder. Mit einer Cognacfahne, jedoch bereit, sich den Zahn ziehen zu lassen. Ich hab ihn nur noch leicht betäuben müssen, der Cognac hätte wohl auch ausgereicht.« Er zuckte mit den Schultern. »Na ja, alles ist gut verlaufen. Der Patient hat mich sogar noch weiterempfohlen.«

»Gratuliere.«

»Ja, ja, ich bin im Grunde recht beliebt. Und erfolgreich. Und sympathisch. Du solltest mich unbedingt näher kennenlernen.«

»Morgen. Falls Barbara keine Pläne gemacht hat.« Entschlossen stand Annette auf. »Wenn du noch hierbleiben möchtest, kein Problem. Ich kann mir gern ein Taxi nehmen.«

»Erpresserin.« Stefan sah bedauernd auf den Wein. »Aber du glaubst ja wohl nicht im Ernst, dass ich dich in dieser wunderschönen Sternennacht einem italienischen Taxifahrer anvertraue.«

»Och, ich hätte nichts gegen einen feurigen Luigi ... oder Enrico.« Langsam schlenderte sie an den wenigen Tischen vorbei bis zum Ausgang der kleinen Trattoria.

»Biest.« Stefan legte einen Schein auf den Tisch. »Dann komm, ehe ich meinen Kummer tatsächlich noch im Wein ertränke.« Wieder seufzte er übertrieben laut auf. »Es ist zu schade. Da hab ich nun ein wunderschönes Haus mit einer großen Terrasse und Swimmingpool gemietet und muss ganz allein darin wohnen.«

»Du hast doch deinen Artus.«

»Der küsst aber nicht annähernd so gut wie du.«

Annette, die sich umdrehte und gerade noch sehen konnte, wie sich die Kellnerin den Schein einsteckte, blieb abrupt stehen. »Woher willst du wissen, dass ich gut küsse?«

»Dein Mund ... ich bin sicher, dass diese Lippen hervorragend küssen.«

»Hör auf, deinen Charme zu versprühen. Das zieht vielleicht bei deinen exaltierten Patientinnen, aber nicht bei mir.« Rasch ging sie auf Stefans Wagen zu.

»Warte!« Mit drei langen Schritten holte der Mann sie ein, hielt sie an den Schultern fest und sah sie eindringlich an. »Das war eine blöde Bemerkung, sorry. Aber ich glaube schon, dass du ...« Weiter kam er nicht, denn Annette stellte sich auf die Zehenspitzen und küsste ihn.

Es war nur ein kleiner, flüchtiger Kuss, und doch war es, als sei der Blitz zwischen ihnen eingeschlagen. Still standen sie voreinander, sahen sich an, um sich im nächsten Moment lange und leidenschaftlich zu küssen.

»Ich hab's ja gewusst«, murmelte Stefan, als er kurz Atem holte. »Du küsst hervorragend!« Und wie zur Bestätigung küsste er Annette wieder und wieder.

Erst als der Hund auffordernd bellte und auch um eine gewisse Aufmerksamkeit bat, lösten sie sich voneinander.

»Ich muss jetzt heim.« Annette sah Stefan nicht an. »Bitte, bring mich.«

»Gut. Aber nur, wenn du versprichst, mich noch mal anzurufen, bevor du einschläfst.«

»Soll ich dir vielleicht noch ein Wiegenlied singen?« Sie flüchtete sich in Ironie, um nicht eingestehen zu müssen, dass auch ihr die Trennung schwerfiel.

»Das muss nicht sein. Aber was nicht ist, kann ja alles noch werden. Ich weiß ja jetzt, welche Talente in dir schlummern.«

»Unmöglicher Kerl!« Lachend wich sie aus, als er sie erneut in seine Arme ziehen wollte.

21. Kapitel

»Ich wollte wirklich keinen Urlaubsflirt. Aber dieser Mann ... Er ist einfach was Besonderes.« Annette lag, die Arme hinter dem Kopf verschränkt, auf dem breiten Sofa in Barbaras Zimmer und sah zum Fenster hinaus. Am dunklen Nachthimmel standen hell leuchtend die ersten Sterne. »Ich hätte nie gedacht, dass es mich mal so erwischen würde.« Sie hob den Kopf. »Du sagst ja gar nichts.«

Barbara räusperte sich. Seit Annette von Stefan schwärmte, kämpfte sie mit den Tränen. So glücklich war die Freundin! So unbeschwert genoss sie diesen Urlaubsflirt. Sie selbst hingegen wusste einfach nicht, wie sie Christians Verhalten einordnen sollte. Er schien sie zu mögen, hatte sie sogar geküsst ... Waren jetzt auf einmal Schuldgefühle in ihm erwacht? Hatte er seiner Frau gegenüber auf einmal Gewissensbisse? Ihr fiel ein, dass er ihr nichts über seine Ehe erzählt hatte, obwohl er das ja vorgehabt hatte. Warum nicht? Wenn er sich noch gebunden fühlte, warum hatte er sie dann eingeladen? Er war nicht der Typ für einen leichtfertigen Flirt, das spürte sie. Und doch ... Da gab es irgendetwas, das ihn hinderte, offen mit ihr zu reden.

»Hey, schläfst du schon? Sorry, aber ich bin so aufgekratzt, ich kann einfach nicht schlafen.«

»Ich bin noch wach. Und ich freue mich für dich.« Barbara

richtete sich auf und sah die Freundin lächelnd an. »Er scheint wirklich ein netter Typ zu sein, dieser Hundefreund.«

»Er heißt Stefan und ist Zahnarzt in München. Und er ist irre nett. Klug, witzig, charmant, sexy ... Ach, ich bin einfach total verknallt.«

»Das merkt man. Ganz ehrlich, ich freue mich für dich. Es ist schon eine Weile her, dass du richtig verliebt warst.«

»Und du? Was ist mit dir?« Ehe Barbara sie hindern konnte, sprang Annette auf und hockte sich auf die Bettkante der Freundin.

»Nichts ist mit mir.«

»Ach, hör auf! Ich kenne dich seit mehr als zwanzig Jahren und sehe dir doch an, dass du dich auch verknallt hast.«

»Unsinn!«

»Hast du doch. Also, was ist mit diesem Schriftsteller?«

»Er ist Stammgast im *Puccini*, das ist alles. Und daran, mich zu verlieben, denke ich im Moment nun wirklich nicht. Oder hast du vergessen, was mir mit Sven passiert ist? Da brauche ich nicht gleich wieder einen neuen Mann in meinem Leben.«

Prustend stieß Annette die Luft aus. »Du hast schon mal besser geschwindelt.«

»Also gut, wenn du es wissen willst: Christian hat mich eingeladen und mir ein wenig die Gegend gezeigt, aus reiner Freundlichkeit. Mehr gibt es nicht zu sagen.« Mit einer einzigen Bewegung drehte sie sich zur Seite. »Ich bin müde, gute Nacht.«

»Verstehe.« Annette ging zurück zu ihrem provisorischen Nachtlager und zog sich die leichte Decke bis unters Kinn. Draußen vor dem Fenster leuchtete ein fast runder Mond und schien ihr zuzuzwinkern.

Lächelnd sah Annette noch eine Weile zu ihm hoch, dann fielen auch ihr die Augen zu.

22. Kapitel

»O Himmel, Artus, du bist wirklich der fleischgewordene Wecker.« Seufzend schwang Stefan Brettschneider die langen Beine aus dem Bett. Seit gut fünf Minuten schubste ihn der junge Labrador mit seiner kalten Schnauze an, so als wolle er sagen: Die Sonne scheint, der Tag wird wunderschön, und ich habe Hunger.

Fröhliches Bellen antwortete, und so, als hätte der Hund jedes Wort verstanden, rannte Artus los in Richtung Küche.

Stefan gab ihm rasch ein wenig vom mitgebrachten Trockenfutter, dann setzte er die Kaffeemaschine in Gang.

Allerdings gönnte ihm Artus nur wenige Minuten Ruhe, er musste unbedingt raus, und Stefan gab seufzend nach. Etwa zwanzig Minuten lang liefen sie am Rand eines alten Olivenhains entlang, dann kehrten sie zurück.

»Und jetzt rein ins Wasser!« Schnell zog sich Stefan aus und sprang in den Pool, gefolgt vom Labrador, der liebend gern schwamm.

»Das nenne ich Urlaub.« Lachend stand Annette am Rand des Beckens und schwenkte eine kleine Tüte durch die Luft. »Frische Semmeln gefällig?«

Stefan zögerte. »Ich hab nichts an.« Mit langen Zügen schwamm er zum Beckenrand.

»Das ist wirklich schlimm.« Annette grinste. »Stell dir vor, du bist nicht der erste nackte Mann, den ich zu Gesicht bekomme.«

»Ja dann ...« Ehe sie es sich versah, stemmte er sich hoch und stand tropfend neben ihr. Mit einer raschen Geste nahm er ihr die Brötchentüte ab und warf sie zum Gartentisch hinüber, der nur wenige Meter entfernt stand. Dann zog er Annette an sich.

»Du machst mich ganz nass!« Lachend bog sie sich in seinen Armen zurück.

»Tatsächlich?« Noch während er sie küsste, zog er sie mit sich zum Pool.

Annette schrie unterdrückt auf, als sie gemeinsam untertauchten. Stefan ließ sie nicht eine Sekunde los, er küsste sie, bis sie beide atemlos wieder auftauchten und nach Luft rangen.

»Das ist der schönste Morgen meines Lebens.« Zärtlich strich Stefan ihr über das nasse Haar. »Du, das war eine herrliche Überraschung.«

»So hatte ich sie mir nicht vorgestellt.« Das weiße T-Shirt klebte an ihrem Körper und zeigte deutlich ihre kleinen festen Brüste. »Ich wollte nur mit dir frühstücken.«

»Später.« Wieder küsste Stefan sie, und auch Annette fand, dass diese Küsse, dass seine zärtlichen Hände, die sie unter Wasser streichelten, wichtiger waren als Semmeln und Kaffee.

Erst als Artus am Beckenrand laut und auffordernd bellte, lösten sie sich voneinander.

»Er ist eifersüchtig«, stellte Annette lachend fest, stieg aus dem Pool und hockte sich neben den Hund, der sich an sie schmiegte.

»Er hat sich aber schon an dich gewöhnt, so wie ich.« Stefan, der ebenfalls aus dem Wasser gekommen war, streckte die Hand nach ihr aus. »Komm mit ins Haus, du musst dir was Trockenes anziehen, noch ist es kühl morgens.«

Damit hatte er recht. Von den Bergen her wehte ein leichter, aber noch frischer Wind, der Annette frösteln ließ.

»Und was ziehe ich jetzt an?« In komischer Verzweiflung schaute sie an sich herunter. Die blaue Hose klebte an den langen schlanken Beinen, Wasser tropfte auf den hellen Steinboden.

»Im Bad hängt ein Morgenmantel.« Stefan wies zu einer Tür am Ende des langen Flurs. »Den kannst du anziehen, während deine Sachen trocknen.«

»Das kann dauern«, murmelte Annette grinsend und streifte sich ungeniert das nasse T-Shirt ab.

»Hoffentlich.« Stefan wandte seinen Blick nicht ab. »Du bist wunderschön.« Sein Atem ging rascher, als er zusah, wie sich Annette auch die letzten Kleidungsstücke auszog. »Wir sollten heiß duschen«, meinte er und zog Annette mit sich.

Eine Weile genossen sie das prickelnd warme Wasser auf der Haut. Mit langsamen, sehr zärtlichen Bewegungen verteilte Stefan schließlich duftendes Duschgel auf Annettes Körper.

Annette schloss für einen Moment die Augen. Es schien, als konzentriere sie sich nur noch auf diese Hände, die sie so geschickt streichelten.

Erst als Stefan sie wieder leidenschaftlich küsste, als seine Hand sich zu ihrer intimsten Stelle vortastete, öffnete sie die Augen wieder und schob ihn sanft, doch entschlossen von sich.

»Ich hab keine Zeit mehr«, sagte sie. »Barbara wartet sicher schon auf mich.«

»Ruf sie an und sag, dass du bei mir bist.« Erneut zog er sie an sich.

Doch Annette schüttelte entschieden den Kopf. »Nein, das kann ich nicht machen.« Sanft küsste sie ihn, dann stieg sie rasch aus der Dusche. »Was ziehe ich nur an?«

Stefan, ein Badetuch locker um die Hüften geschlungen, ging

hinüber in sein Schlafzimmer und kehrte dann mit einem Jogginganzug zurück. »Der müsste es zur Not tun«, sagte er.

»Super.« Ungeniert zog sich Annette den viel zu weiten und zu langen Anzug an, krempelte Ärmel und Beine hoch und sah sich grinsend im Spiegel an. »Damit mache ich Heidi Klum auf jeden Fall Konkurrenz.«

»Das sowieso.« Er trat hinter sie und legte ihr die Arme um die Taille.

»Ich muss los.« Annette drehte sich um, küsste ihn noch einmal, dann eilte sie aus dem Haus. »Ich rufe dich an!«, rief sie ihm noch zu, ehe sie ihren Wagen startete.

23. Kapitel

»Hallo, Bella! Krieg ich einen doppelten Espresso?« Mit einem langen Satz hechtete Claudio über einen der breiten Blumenkübel und umarmte Barbara flüchtig. »Ich war die ganze Nacht unterwegs und brauche dringend eine doppelte Ration Koffein.«

»Claudio! Du hast mich erschreckt.« Stirnrunzelnd sah Barbara ihn an. Er sah tatsächlich müde aus, dunkle Schatten lagen unter seinen Augen. Zwei tiefe Falten zogen sich von der Nase zu den Mundwinkeln und ließen ihn älter aussehen, als er war. »Wo hast du gesteckt in den letzten Tagen? Deine Tante hat sich Sorgen gemacht.« Forschend schaute sie ihn an. Sein Leinenhemd war zerknittert und nicht mehr sauber, auf der dunklen Hose waren einige Flecken zu sehen.

»Wir mussten was im Limonenhain reparieren.« Er schaute hinüber zum See. »Eine Mauer drohte einzustürzen. Wir haben zwei Tage und die halben Nächte lang geschuftet.«

»Hättest aber trotzdem was sagen können.«

»Ach, Tante Antonia soll endlich aufhören, mich wie eine Glucke zu bewachen. Ich bin einunddreißig und brauche kein Kindermädchen mehr.«

Barbara zuckte zusammen. Er war sichtlich wütend. Grundlos, wie sie fand, denn wenn er schon bei seiner Tante wohnte, konnte er auch sagen, wenn er für einige Tage nicht da war, das gebot in ihren Augen die Höflichkeit.

Doch sie schwieg, da sie ihn nicht noch mehr verärgern wollte.

»Hier, dein Espresso. Möchtest du was essen?«

Er zögerte. »Nun ja ... Eier mit Speck wären nicht schlecht.«

»Ich sag Maria Bescheid. Sie ist in der Küche.«

Claudio nickte nur. Fast gierig trank er den ersten Schluck Espresso.

Ein paar Touristen kamen ins *Puccini*, und Barbara kümmerte sich nun um diese Gäste.

Erst als Maria einen Teller mit Eiern und Speck zu Claudio brachte, nahm sie wieder Notiz von ihm. Er aß beinahe gierig, schaufelte die Eier in sich hinein, ohne aufzublicken, und Barbara fragte sich, ob er wohl bei seinem Freund nichts zu essen bekommen hatte.

Maria trat zu Barbara und legte ihr kurz die Hand auf den Arm. »Es gibt gute Neuigkeiten«, sagte sie. »Renata kommt ab morgen zurück zur Arbeit. Ihr kleiner Sohn ist aus der Klinik entlassen worden, ihm geht es wieder ganz gut. Die Großmutter wird auf ihn aufpassen, während Renata hier arbeitet.«

»Gut.« Barbara zögerte. »Dann brauchst du mich also nicht mehr?«

»Doch, doch, du kannst gern weiterhin aushelfen. Aber Renata braucht den Job dringend. Ihr Mann verdient nicht allzu viel, und sie haben durch den Neubau ihres Hauses noch einen Berg Schulden abzubezahlen.«

»Verstehe.« Barbara biss sich auf die Lippe. »Vielleicht ist es auch Zeit für mich, wieder nach München zurückzukehren.«

»Unsinn! Bleib noch eine Weile hier, und genieß deine freie Zeit. Außerdem hast du jetzt deine Freundin zu Besuch. Ihr könnt unbeschwert was zusammen unternehmen. Auf den Job hier musst du keine Rücksicht nehmen.« Sie lächelte Barbara zu. »Du weißt aber hoffentlich, dass ich dir sehr dankbar bin für deine Hilfe. Ohne dich wäre es ziemlich stressig geworden.«

»Ich hab dir gern geholfen.« Dann sah sie hinüber zum See, dessen glatte Wasseroberfläche im frühen Morgenlicht golden glänzte. Mit Annette zusammen etwas unternehmen ... Es sah nicht so aus, als würde es häufig dazu kommen. Die Freundin war so verliebt in ihren Zahnarzt, dass sie sicherlich jede Minute mit ihm verbringen wollte. Barbara konnte es ihr nicht übel nehmen, sie gönnte Annette, die auch schon zwei Enttäuschungen mit Männern hinter sich hatte, dieses Glück von ganzem Herzen.

»In Ordnung. Du sagst mir aber Bescheid, wenn ihr mich noch mal braucht, ja?« Sie lächelte die Besitzerin des *Puccini* ein wenig gezwungen an. »Ich möchte mich zumindest ein bisschen für deine und Antonias Gastfreundschaft revanchieren.«

»So ein Unsinn! Du hast mir sehr geholfen, ich muss dir danken.« Maria zog sie kurz an sich. »Und jetzt raus mit dir, da kommen die Bergheimers. Sie sind ganz liebe Stammgäste.«

Und so ging Barbara lächelnd hinaus und bediente das alte Ehepaar, das unüberhörbar aus Dresden stammte und ihr begeistert von einem Ausflug an den Idrosee erzählte.

Eine Weile hörte Barbara ihnen zu, dann wurde sie von Annette abgelenkt, die ihr von der anderen Straßenseite zuwinkte.

Barbara lief zu ihr hinüber und umarmte sie flüchtig. »Wo hast du gesteckt? Bist du mit den Hühnern aufgestanden?«

»So könnte man sagen.« Annette strahlte sie an. »Ich hab Stefan frische Brötchen gebracht. Und bin dann noch ein bisschen geblieben.«

»Verstehe.« Barbara zwinkerte ihr zu. »Du meine Güte, dich hat es ja mächtig erwischt.«

»Stimmt.«

»Ja dann …« Barbara zögerte. »Du, ich bin dir nicht böse, wenn du viel Zeit mit ihm verbringen möchtest. Ich hab ja hier zu tun.« Sie wies zurück zum *Puccini*. Annette musste nicht unbedingt wissen, dass sie ab morgen auch viel freie Zeit haben würde.

»Du wärst nicht sauer?«

»Aber nein! Ich freue mich doch für dich.«

»Er ist wirklich der geilste Typ, den ich je kennengelernt habe. Witzig und dennoch charmant. Er kann ernst sein und bringt mich dann wieder zum Lachen.« Annette biss sich auf die Lippe. »Was ist denn mit dir und diesem Schriftsteller? Siehst du ihn nicht wieder? Ich finde ihn interessant.«

»Mag sein. Aber er ist launisch und irgendwie verschroben. Oder krank. Ich weiß es nicht. Jedenfalls muss ich mir so einen verqueren Typen nicht geben, der mal so tut, als sei er in mich verliebt, und mich im nächsten Moment vor den Kopf stößt und regelrecht abserviert.«

»Hat er das?«

»Hat er.« Barbara gab der Freundin einen flüchtigen Wangenkuss, dann schob sie sie in Richtung der Boutique. »Zieh dir mal was Gescheites an, siehst ja aus wie eine Landstreicherin.«

Etwas erschrocken sah Annette an sich herunter. »Stimmt, so sollte ich mich nicht länger als nötig dem Volke zeigen. Aber meine Sachen …«

»Ich will's gar nicht wissen.« Barbara lachte. »Verzieh dich einfach. Wir sehen uns später. Ich muss zurück zur Arbeit.«

Bis zum Nachmittag arbeitete sie im Café, dann kam Claudio herüber. Er hatte sich umgezogen, offensichtlich auch ein bisschen geschlafen, denn er sah viel besser aus als am Morgen.

»Du, Barbara, kannst du mir einen Gefallen tun?«

»Gern, wenn ich kann. Warte einen Moment, ich muss da drüben noch abkassieren.« Rasch ging sie zu einem Tisch, an dem drei Schweizerinnen saßen, die während des Bezahlens Marias köstlichen Kuchen lobten.

»Ich werde es gern weitergeben. Es wird die Chefin und unseren Konditor freuen.«

Barbara sah sich um. Nur noch zwei Tische waren besetzt, sie konnte eine Pause machen und sich mit Claudio unterhalten. »Komm mit nach hinten«, schlug sie vor, doch Claudio winkte ab. »Keine Zeit. Muss noch etwas besorgen.« Sein Blick flackerte, und nervös schaute er sich um. »Barbara, ich möchte dich bitten, mich nach Verona zu fahren«, sagte er schließlich, und ihr fiel auf, dass seine Stimme regelrecht gehetzt klang. »Mein Roller ist kaputt, und ich muss ganz dringend dort was abholen.«

Barbara zögerte. Für einen Moment fragte sie sich, warum er nicht seinen Freund um Hilfe bat, doch dann nickte sie zustimmend. Claudio hatte ihr schon viel seiner Zeit geopfert, hatte ihr einiges von der Gegend gezeigt und ihr das Eingewöhnen hier am See leichter gemacht.

»Also gut. Wann willst du fahren?« Sie zögerte, dann schlug sie vor: »Ich kann dir aber auch gern mein Auto überlassen.«

»Nein, nein, das möchte ich nicht.« Fast hektisch winkte er ab. »Ich ... ich hab zwar einen Führerschein, aber mit deinem Automatikwagen kenne ich mich nicht aus.« Er verzog grinsend den Mund. »Stell dir nur vor, ich würde einen Unfall bauen ... Bei mir ist nichts zu holen, ich könnte dir den Schaden nicht ersetzen.«

Das war, fand Barbara, eine ehrliche Einschätzung. Und ein Argument, dem sie nichts entgegenzusetzen hatte.

»Also gut. Wann fahren wir?«

»Am liebsten, sobald du Feierabend machen kannst.«

»In Ordnung.« Sie nickte ihm noch einmal zu, dann wandte sie sich neuen Gästen zu, einem Vater mit zwei Kindern, die quengelnd um einen Eisbecher baten. Der etwa Vierzigjährige wirkte überfordert mit den beiden Kindern und schaffte es kaum, sie zum Stillsitzen zu bewegen.

»Ich will ein großes Eis. Aber mit Schirmchen«, verlangte die etwa Fünfjährige. Sie hatte hellblondes Haar, das am Hinterkopf zu einem unordentlichen Zopf gebunden war.

»Und für mich mit 'nem roten Lolli drauf«, sagte der nur wenig jüngere Bruder, der, beide Arme aufgestützt, schmollend vor sich hin sah.

»Wenn's möglich ist, geben Sie ihnen das, bitte.« Der Vater, sichtlich am Ende seiner Nerven, sah Barbara verlegen an. »Ich hätte gern einen Cappuccino.«

»Kommt sofort.« Sie schenkte ihm ein aufmunterndes Lächeln, ehe sie in die Küche ging.

Der Vater und seine Kinder, die sich zu Barbaras Verwunderung dann recht manierlich benahmen und ordentlich ihr Eis aßen, waren die letzten Gäste.

Nachdem sie gegangen waren, lief Barbara hinüber zu ihrem Zimmer, um sich umzuziehen. Während sie sich frisch machte, dachte sie an Christian. Er hatte nichts mehr von sich hören lassen, war auch nicht zum Frühstück gekommen.

Noch einmal sah sie prüfend auf ihr Handy, doch außer einem Selfie von Annette und Stefan, die in die Kamera strahlten, war keine Nachricht gekommen.

Mit einem kleinen Seufzer nahm sie ihre Tasche mit den Papieren und griff zum Autoschlüssel. Was auch immer in Christian vorging, sie würde sich nicht zum Spielball seiner Launen machen lassen.

Und doch ... Es tat weh, an ihn zu denken. An seine zärtlichen Blicke, an seine warme Stimme, an den Kuss, der sie so aufgewühlt hatte.

»Da bist du ja schon. Super!« Lässig an ihren Wagen gelehnt, sah ihr Claudio entgegen. »Können wir gleich losfahren?«

»Von mir aus.« Sie war gerade halb aus der Ausfahrt heraus, die das Haus, in dem sich die Boutique befand, von dem Café *Puccini* abtrennte, als Antonia winkend auf sie zukam.

»Telefon für Claudio!«, rief sie. »Der Mann sagte, es sei dringend und du hättest dein Handy abgestellt.«

Für einen Moment wechselte Claudio die Gesichtsfarbe, dann winkte er nervös ab. »Sag ihm, du hättest mich nicht erreicht. Nein, sag ihm, du hättest mich gar nicht gesehen.«

»Ja aber …«

»Tu, was ich gesagt habe!« Seine Stimme wurde schrill vor Erregung, und Antonia wandte sich schulterzuckend ab.

»Was ist denn los? Warum wolltest du nicht telefonieren?«

»Weil der Anrufer ein Idiot ist.« Claudio lehnte sich in dem Sitz zurück. »Kümmere dich nicht drum, fahr lieber los, sonst kommen wir zu spät.«

Barbara nickte nur. Sie spürte, wie nervös Claudio war, und fragte sich einmal mehr, was ihn so aufregte. Er hatte mit dem Sonnyboy, den sie kennengelernt hatte und mochte, nichts mehr gemein.

Eine Weile schwiegen sie, und erst als sie sich Verona näherten, entspannte sich Claudio.

»Sorry, aber ich hab im Moment einigen Stress«, erklärte er. »Wenn wir erst in Verona sind und ich dort alles erledigt habe, kann ich mich wieder entspannen. Dann können wir auch wieder ein paar Ausflüge machen, wenn du Lust hast.«

»Hast du Geldsorgen? Kann ich vielleicht helfen?« Kurz sah Barbara zu ihm hinüber. Er war immer noch blass, und das nervöse Spiel seiner Finger, die er im Schoß verschränkt hielt, verriet ihr, dass er alles andere als entspannt war.

»Nein, nein, alles paletti. Fahr nur weiter, sonst kommen wir zu spät.«

»Ich halte mich an die Verkehrsregeln. Hab keine Lust, hier einen Strafzettel zu bekommen.« Sie sah in den Rückspiegel. »Zudem ist drei Wagen hinter uns ein Polizeifahrzeug.«

»Merda.« Claudio rutschte ein bisschen tiefer in die Polster, doch der Polizeiwagen bog an der nächsten Kreuzung ab, und erst da entspannte Claudio sich wieder.

Der Verkehr kurz vor Verona wurde stärker, und Barbara musste höllisch aufpassen, um sich in den fließenden Verkehr einfädeln zu können.

»Mit der Mentalität von italienischen Autofahrern werde ich wohl nie klarkommen«, meinte sie.

»Einfach weiterfahren.« Claudio grinste. »Es passiert schon nichts.«

»Und wohin müssen wir?«

»Nur bis zum Castelvecchio. Da kannst du mich kurz rauslassen.« Er hielt einen Moment inne, dann erklärte er: »Ich treffe da ganz in der Nähe einen Bekannten. Wenn du möchtest, kannst du dir ja in der Zwischenzeit die Ponte Scaligero ansehen. Von dort hat man einen schönen Blick runter zur Etsch und über einen Teil der Stadt.«

»Erst mal muss ich einen Parkplatz finden.« Barbara drosselte das Tempo noch ein wenig mehr und sah sich nach einer Möglichkeit um, den Wagen ganz in der Nähe der großen Burganlage zu parken.

»Am besten fahr da drüben in ein Parkhaus. Die paar Meter können wir zu Fuß gehen.«

»Gute Idee.«

Vor dem Parkhaus, das zu einer großen Kaufhauskette gehörte, trennten sie sich.

»In einer halben Stunde wieder hier?« Claudio umklammerte eine alte, leicht angeschmutzte Tasche aus braunem Leinen.

»In Ordnung.« Barbara sah sich kurz um, dann ging sie zielstrebig auf das massig wirkende Castelvecchio zu, das von etlichen Touristen besucht wurde. Diese Burganlage war, wie sie wusste, die größte in der Gardasee-Region. Und je näher sie kam, desto mehr war sie von der Leistung der damaligen Baumeister beeindruckt.

Die Scaliger hatten diesen Landstrich nur kurze Zeit beherrscht, von 1260 bis 1387. Wie sie in ihrem Reiseführer nachgelesen hatte, war dieses Adelsgeschlecht beim Volk höchst unbeliebt gewesen. Wohl deshalb hatten sie sich als Fluchtweg über die Etsch die große Brücke bauen lassen, die allein von ihnen betreten werden durfte.

Der Blick von der steinernen Brücke, die wie alle Scaligerbauten mit den Schwalbenschwanz-ähnlichen Zinnen bestückt war, beeindruckte Barbara sehr, und sie stellte sich für einen Moment vor, wie das Leben damals wohl gewesen war.

Eine Weile schlenderte sie über das steinerne Bauwerk, machte mit ihrem Handy ein paar Fotos. Sie zuckte leicht zusammen, als fünf Japanerinnen sie ansprachen und darum baten, fotografiert zu werden.

Selbstverständlich kam sie diesem Wunsch nach, und kichernd bedankten sich die Mädchen aus Fernost.

Nach einem letzten Blick hinunter zur Etsch wollte Barbara zurück zum Parkhaus gehen. Unten auf dem Fluss tuckerte ein alter Lastkahn vorbei, er wurde von einem schnittigen Motorboot überholt, in dem drei Männer saßen.

Es versetzte Barbara einen Stich, als sie in einem von ihnen Christian zu erkennen glaubte. Zumindest hatte der Mann, der sich jetzt umwandte und ihr den Rücken zudrehte, große Ähnlichkeit mit ihm.

Die Stadt, eben noch in das warme goldene Licht der Abendsonne getaucht, hatte plötzlich allen Glanz verloren. Mit raschen Schritten stieg Barbara die Stufen zur Straße hinunter und hastete hinüber zum Parkhaus. Claudio stand am Eingang und sah ihr mit angespannter Miene entgegen. »Da bist du ja endlich!«

Barbara schaute auf die Uhr. »Ich bin doch nicht zu spät, oder?«

»Nein, nein. Es ist nur ...« Jetzt sah er auf die Uhr. »Ich muss noch mal rüber nach Riva del Garda. Eben hat mich ein Kumpel angerufen, ist was Dringendes.«

»Na gut, dann fahren wir gleich los. Ich hatte allerdings gedacht, wir könnten noch ein bisschen durch die Stadt bummeln.« Sie zögerte kurz. »Das willst du nicht, oder?«

»Ein andermal gern. Heute aber ... Ich muss nach Riva.«

»Soll ich dich gleich dorthin fahren?«

Seine Erleichterung über dieses Angebot war deutlich zu spüren. »Würdest du das tun? Ich wäre dir echt dankbar.«

»Sicher doch.«

Erst als er einstieg, bemerkte sie, dass er sich nicht gerade hielt. Immer wieder griff er sich an die linke Seite.

»Hast du was? Schmerzen?«

Claudio winkte ab. »Das ist nichts. Bin nur blöd gestolpert und gefallen.«

»Hast du dir dabei vielleicht eine Rippe angeknackst?« Besorgt sah sie ihn an.

»Unsinn! Das ist gar nichts. Fahr einfach los.« Wieder war da dieser gehetzte Ausdruck in seinem Gesicht, und Barbara war klar, dass er aus irgendeinem Grund unter Druck stand. Oder hatte er gar Angst?

24. Kapitel

Der Gardasee glänzte wie ein heller Spiegel in der Morgensonne, und noch waren auf dem Wasser keine Boote zu sehen. Die kleinen Kieselstrände, die in der Hochsaison stets voller Menschen waren, boten den Enten und Schwänen genug Platz zum Schlafen oder Ruhen. Um diese Zeit störte sie noch niemand.

In den hohen Bäumen, die in den Vorgärten der alten Villen von Gardone Riviera standen, zwitscherten Vögel ihr Morgenlied, und an der Promenade joggten die ersten sportbegeisterten Gäste.

Von den Bergen her wehte ein leichter Wind, spielte mit den zarten Blüten des Oleanders und trieb den Duft der ersten Rosen und des frühen Jasmins durch die Luft.

»Wieso bist du schon auf?«, fragte Maria Barbara, als sie aus der Backstube trat, wo sie dem Konditor eine Stunde lang geholfen hatte. Inzwischen kamen immer mehr Gäste ins *Puccini*, die Vorsaison war in vollem Gange, da schaffte der etwa fünfzigjährige Alessandro die Arbeit nicht allein, und einen Gehilfen oder gar Gesellen konnte Maria sich nicht leisten. Aber sie war inzwischen so versiert wie ein gelernter Bäcker und Konditor, und so waren sie und Alessandro ein perfektes Team.

Für Maria war es sehr schwer gewesen, einen Konditor zu finden, der bereit war, nach den Rezepten ihres verstorbenen Mannes zu arbeiten. Es hatte eine Weile gedauert, bis Maria sich entschloss, Alessandro wieder einzustellen, der schon in jungen Jahren mit ihrem Mann zusammengearbeitet hatte. In der ersten Trauerphase hatte sie das Café schließen und in ihre bayerische Heimat zurückkehren wollen, doch als der Schock abgeklungen war, hatte sie sich anders entschieden. Mit viel Elan war es ihr gelungen, das *Puccini* am Leben zu erhalten. Und dank Alessandros Hilfe führte das Café auch weiterhin Torten und Gebäck erster Qualität.

»Ich konnte nicht mehr schlafen, da hab ich gedacht, ich komme schon mal rüber und helfe ein bisschen.« Barbara sah sich um. »Sind die frisch gewaschenen Tischtücher endlich da?«

»Gestern Abend kurz nach zehn sind sie endlich geliefert worden.« Maria stieß einen kleinen Seufzer aus. »Ich lebe jetzt schon so lange in Italien, aber ich habe mich immer noch nicht mit der hiesigen Mentalität anfreunden können. Wenn ich sage, ich komme um sechs, dann bin ich auch da. Aber die Italiener ...«

»Sie kommen so aber auch gut zurecht. Und wie du siehst, ist die Tischwäsche sauber eingetroffen.«

Barbara machte sich an die Arbeit, legte die zartgelben Tischtücher auf und dekorierte die Tische mit kleinen gelb-orangefarbenen Rosensträußen. Unterdessen stellte Maria die ersten Torten in die Vitrine. Duftende Semmeln, die vor allem die deutschen Touristen so schätzten, wurden in große geflochtene Körbe sortiert.

»Ob er wohl heute kommt?« Maria, die gerade ein paar der schmackhaften Vanillehörnchen in die Auslage packte, blickte hinaus auf die Promenade, die sich langsam belebte.

Ohne dass sie den Namen aussprach, wusste Barbara, wen Maria meinte. Ein Schatten huschte über ihr Gesicht, und für einen kurzen Moment presste sie die Lippen fest aufeinander.

»Keine Ahnung. Es ist mir, ehrlich gesagt, auch egal. Mit einem so launischen Menschen mag ich meine Zeit nicht vertun.«

»Aber du fandest ihn doch nett, oder?«

Barbara nickte zögernd. »Ja, schon. Aber er ist mir zu launisch. Mal tut er so, als wolle er mit mir flirten, dann, von einer Sekunde zur anderen, reagiert er brüsk und abweisend. Zudem ist er wohl immer noch an seine Frau gebunden. Nein, nein, das muss ich mir nicht antun. Das Debakel mit Sven reicht mir für die nächsten Jahre, ehrlich gesagt.«

»Deine Freundin hat offensichtlich mehr Glück in der Liebe als du.« Maria wies zur anderen Straßenseite, wo Annette gerade aus Stefans Wagen stieg.

Barbara nickte. »Ja, die hat's so richtig erwischt. Und Stefan geht's ebenso.« Sie winkte dem blonden Mann, der an seinem Wagen lehnte und wartete, bis Annette bei der Freundin angekommen war, zu. Vorgestern hatten sie sich kennengelernt, und Barbara konnte verstehen, dass Annette sich in den humorvollen, gut aussehenden Zahnarzt verliebt hatte, den sie selbst auch gleich sehr sympathisch fand.

»Keine Tränen zum Abschied?«, spöttelte Barbara, als die Freundin sie zur Begrüßung umarmte. »Ich dachte, er fährt heute zurück nach München, und es war eure letzte Nacht?«

»Tut er auch. Aber nur, um einiges in der Praxis zu regeln. Er hat schon von hier aus einen Vertreter für die nächsten Tage gefunden, muss mit dem aber noch einiges abklären. Dann kommt er für mindestens eine Woche zurück.« Annette winkte Stefan noch einmal strahlend zu, ehe er losfuhr.

»Wow! Das nenne ich Romantik und Leidenschaft.«

»Es ist Liebe. Wirklich.« Annette sah die Freundin ungewöhnlich ernst an. »Ich hätte nie gedacht, dass mir das passiert, aber ich weiß genau, dass Stefan der Mann meines Lebens ist.«

»Mit dem Begriff solltest du vorsichtig sein.«

»Ich weiß.« Spontan umarmte Annette die Freundin. »Ich bin auch nicht naiv, und mir ist bewusst, wie kurz wir uns erst kennen. Aber er ist es. Ganz sicher.«

»Ja dann ...«

Annette, den einen Arm immer noch um Barbaras Schultern gelegt, sah hinaus auf den See. »Es ist so schön hier«, sagte sie. »Man möchte gar nicht mehr weg von hier.«

»Deine romantische Seite hab ich bisher noch gar nicht gekannt.« Barbara grinste und stieß die Freundin sanft in die Seite. »Was soll das noch werden?«

»Lass mich doch.« Annette lachte leise auf. »Ich genieße einfach die Tatsache, dass ich mein Pendant gefunden habe.«

»Und ich freue mich für dich. Was machst du denn heute ohne Stefan?«

»Erst mal ausschlafen. Dann könnten wir zwei vielleicht was unternehmen. Ich hab sowieso ein ganz schlechtes Gewissen. Schließlich bin ich hergekommen, um mich um dich zu kümmern. Und dann lass ich dich die ganze Woche über allein.«

»Ach was, ich hatte ja zu tun. Aber ich freue mich, wenn wir nachher irgendwo hinfahren. Vielleicht mal hoch zur Villa von Gabriele D'Annunzio. Die soll sehenswert sein.«

»Okay, machen wir in Kultur.«

»Wir können auch woandershin, wenn du dir den Prachtbau nicht ansehen möchtest.«

»Doch, doch, das interessiert mich auch. Aber erst mal muss ich eine Runde ins Bett.«

»So solltest du das nicht sagen.« Barbara grinste anzüglich. »Ich vermute doch, dass du genau dort herkommst.«

»Hey, sei nicht so spitzzüngig!« Annette lachte. »Aber du hast recht, ich gehe jetzt schlafen.« Und schon war sie im Nachbarhaus verschwunden.

Lächelnd sah Barbara ihr nach.

»Es ist schön, dich lächeln zu sehen.«

Beim Klang der Stimme zuckte sie zusammen. Langsam, zögernd drehte sie sich schließlich zu Christian um. »Was willst du hier?«

»Dich sehen.« Bittend sah er sie an. »Ich weiß, ich hab mich wieder mal unmöglich benommen, und es tut mir sehr, sehr leid. Lass dir bitte erklären ...«

Barbara schüttelte den Kopf. »Nein, Christian, so geht das nicht. Ich will nicht zum Spielball deiner Launen werden. Du weißt, dass ich gerade eine gescheiterte Beziehung hinter mir habe, neue Probleme mit einem Mann brauche ich nun wirklich nicht.« Sie machte ein paar Schritte in Richtung Haustür. »Lass mich bitte in Ruhe. Das ist alles, was ich noch von dir will.«

»Barbara, nein!« Mit drei langen Schritten war er bei ihr und fasste sie bei den Schultern. »Du darfst mich nicht fortschicken. Bitte, lass mich dir alles erklären.« Als sie nicht antwortete, aber auch keine Anstalten machte, sich aus seinem Griff zu lösen, fuhr er eindringlich fort: »Du spürst doch auch, dass da sehr viel zwischen uns ist. Ich ... Ich habe lange nicht mehr so empfunden, und ich möchte nicht, dass es schon endet, ehe es wirklich begonnen hat.«

»Ich ... ich, ich.« Wütend sah sie ihn an. »Du redest immer nur von dir. Das kenne ich zur Genüge, und das will ich nicht noch einmal haben.« Sie betonte das »ich« besonders deutlich, machte sich mit einem Ruck von ihm los und lief ins Haus.

Betreten sah Christian ihr nach. Seine Lippen waren zu einem schmalen Strich zusammengepresst, die Hände zu Fäusten geballt und die Augenlider flatterten nervös.

Du hast es vermasselt, schimpfte er mit sich selbst. Sie ist noch verletzt von dem Typen, der sie betrogen hat, und deshalb überaus sensibel. Du aber denkst nur an dich, an deine traurige Vergangenheit, deine Enttäuschungen, an deinen Schmerz. Idiot, der du bist. Mit ihr hast du doch wieder leben gelernt! Warum kannst du die Vergangenheit nicht endlich abhaken?

Mit langsamen, schwerfälligen Schritten wandte er sich ab und ging hinüber zur anderen Straßenseite. Am Seeufer setzte er sich auf eine der Bänke. Eine Weile starrte er auf das dunkle Wasser, das nur von ein paar kleinen Gischtkronen bedeckt war. Leise schwappten Wellen ans Ufer, darauf schwammen die vier Küken einer Entenmutter, die ihre Jungen immer wieder besorgt umkreiste.

Es war ein Bild, das Christian Tränen in die Augen trieb.

Seufzend drehte er sich wieder um und schaute zum Café *Puccini* hinüber, so wie er es in den letzten dreißig Minuten mehrfach getan hatte. Doch von Barbara war nichts mehr zu sehen. Eine dunkelhaarige junge Frau bediente jetzt die Gäste.

Noch eine Weile blieb Christian an seinem Platz sitzen, und erst als sein Handy klingelte, stand er auf und ging ein paar Schritte zur Seite, da sich ein älteres Paar auf die Nachbarbank gesetzt hatte.

»Thorsten, was willst du?« Er machte sich gar nicht erst die Mühe, den Anrufer zu begrüßen. »Du weißt genau, dass ich noch nicht so weit bin.«

»Aber die Leser warten auf einen neuen Roman von dir.« Thorsten Fabers Stimme klang eindringlich. »Im Netz wird schon spekuliert, dass du vielleicht gestorben oder zumindest sterbenskrank wärst.«

»Lass die Leute doch reden. Ich kann jedenfalls noch nicht wieder arbeiten. Und jetzt lass mich in Ruhe. Bitte!«

»Aber die Leser warten ...«

»Idiot, du verstehst gar nichts.« Christian unterbrach die Verbindung.

Langsam ging er zu seinem Wagen zurück. Seit vielen Jahren war Thorsten sein Agent. Sie hatten perfekt zusammengearbeitet, waren so etwas wie Freunde geworden.

Immer wieder hatte Thorsten versucht, Christian aufzumuntern, hatte ihm erklärt, dass Arbeit eine gute Therapie sei, um mit Kummer und Leid fertigzuwerden und das traurige Geschehen zu verarbeiten.

Auch sein Verlag hatte Mitgefühl und Verständnis gezeigt. Er wusste das alles, war auch dankbar dafür, dass man ihn in der ersten Zeit in Ruhe gelassen hatte. Doch niemand verstand, dass er einfach nicht schreiben konnte. Es war nicht so, dass ihm nichts mehr einfiel, aber er hatte einfach nicht die Energie, sich an den Computer zu setzen, die Ideen zu sortieren und zu einer Story zusammenzufügen.

Erst seit er Barbara kannte, seit er wieder fühlte und etwas anderes empfand als Trauer, dachte er wieder daran zu arbeiten.

Doch es sah so aus, als hätte er auch Barbara verloren.

25. Kapitel

Kleine Schönwetterwolken zogen über den blauen Himmel, als Barbara und Annette in Gardone Sopra ankamen.

»Schön!« Mit leuchtenden Augen sah sich Barbara um. Der kleine Ort, der noch ursprünglich wirkte und im Gegensatz zu Gardone Riviera beschaulich anmutete, gefiel ihr vom ersten Moment an. »Lass uns mal rüber zur Kirche gehen.«

Der Barockbau stand auf einer terrassenartigen Erhöhung, und die beiden sahen begeistert von dort aus hinunter auf den See.

»Tolle Aussicht.« Annette beugte sich ein wenig nach links. »Von hier aus kann man die Isola del Garda sehen«, stieß sie begeistert hervor. »Dahin muss ich unbedingt noch. Ich habe gehört, dass jemand von der dort lebenden Adelsfamilie persönliche Führungen veranstaltet.«

»Ja, ich weiß. Aber man muss sich vorher anmelden.« Barbara sah sich weiter um. Von dort oben hatte man einen wundervollen Blick hinüber zum Monte-Baldo-Massiv und bis nach Sirmione. »Die Kirchenfürsten haben sich schon einen tollen Platz ausgesucht.«

»Ja. Und der italienische Dichter auch.« Annette wies hin zu einer Treppe. »Wir müssen wohl da runter.«

Barbara folgte der Freundin. Gemeinsam überquerten sie einen im Moment menschenleeren Platz, gingen durch einen alten Torbogen und gelangten schließlich zu einem Vorhof, der zu dem Anwesen gehörte, das gigantische Ausmaße hatte.

»Ein Glück, dass ich einen Reiseführer dabeihabe.« Barbara zog ein schmales Buch aus der Jackentasche. »Hier steht, dass die *Il Vittoriale degli Italiani* so was wie ein italienisches Heiligtum ist.«

»Mir scheint eher, dass der Dichterfürst größenwahnsinnig war«, murmelte Annette.

»Das lass mal lieber keinen Italiener hören.« Barbara schmunzelte. »Ich bin mir sicher, dass viele von ihnen nicht mit seiner Gesinnung einverstanden sind, doch er ist und bleibt einer der bedeutendsten Poeten des Landes.« Sie ging ein paar Meter weiter. »Komm, der Park ist sehenswert mit all seinen Kunstschätzen und Kuriositäten.« Sie zögerte kurz. »Oder willst du ins Haus und ins Museum?«

»Nein, lieber nicht. Lass uns hier draußen bleiben und die Sonne genießen.«

Also schlenderten sie durch einen Teil der weitläufigen Parkanlage, bewunderten ein paar Kunstwerke, sahen kopfschüttelnd auf das Vorschiff eines alten Kreuzers, das D'Annunzio einst von der Kriegsmarine geschenkt bekommen hatte und das er zwischen Olivenbäumen und Zypressen hatte aufstellen lassen.

»Er war schon etwas skurril«, stellte Barbara fest.

»Stimmt. Und gewiss auch ein Egozentriker.« Annette setzte sich auf einen Brunnenrand. »Ehrlich gesagt gibt mir das hier nicht viel. Vielleicht muss man Italiener sein, um das Ambiente zu genießen. Ich für meinen Teil würde jetzt gern irgendwo am See einen Cappuccino trinken.«

»Aber das Mausoleum schauen wir uns noch kurz an. Von dort hat man sicher einen ganz tollen Blick.«

Also stiegen sie hoch zu dem riesigen, mit Tomben aus Marmor bestückten Rund.

»Kalte Pracht«, kommentierte Annette.

»Finde ich auch. Der Dichter ist hier im Kreis von Kriegskameraden begraben worden, ich denke, er hat es so gewollt.« Sie zuckte leicht mit den Schultern. »Ich genieße einfach die Aussicht von hier oben.«

Eine Weile schauten sie hinunter zum See, auf dem immer mehr Schiffe zu sehen waren.

»Los, lass uns zurückfahren«, schlug Annette vor.

»Wir könnten einen Abstecher nach Salò machen und da was trinken.«

»Das ist eine gute Idee. Dahin wollten Stefan und ich auch mal fahren, aber dann sind wir doch an seinem Pool geblieben.« Sie sah die Freundin an. »Sag jetzt nur nichts!«

»Nein, nichts liegt mir ferner.« Barbara hakte sich bei der Freundin unter. »Komm, ich hab jetzt auch Lust auf einen Kaffee.«

In Salò, der einzigen größeren Stadt am Westufer des Sees, herrschte beinahe großstädtischer Betrieb. Die alte Stadt, die schon zur Zeit der Römer existiert hatte, lag am Ende eines schmalen Golfs. Sie wurde vom Monte Bartolomeo geschützt, an dessen unteren Hängen Oliven und Wein angebaut wurden.

Doch weder für Oliven noch für Weinreben interessierten sich Annette und Barbara. Sie bummelten durch die Gassen und engen Straßen, schauten sich die Auslagen der Geschäfte an und gingen schließlich in eine kleine, beinahe versteckt liegende Boutique, in der es wunderschöne Seidenstoffe zu kaufen gab.

Ein paar wenige ausgewählte Kleidungsstücke hingen an den samtbezogenen Kleiderbügeln, und Barbara nahm interessiert eine hellrote Bluse in die Hand, deren Ausschnitt mit einem breiten Plisseekragen verziert war.

»Die ist wunderschön!« Begeistert hielt sie sich die Bluse an. »Was meinst du?«

»Sieht gut aus.«

Barbara zögerte kurz, doch dann kaufte sie entschlossen die Bluse. Dabei schoss ihr der Gedanke durch den Kopf, wie sie Christian wohl in dem Teil gefallen würde.

Für einen Moment sank ihre Laune, doch dann fing sie sich wieder. Es war unsinnig, diesem Mann nachzutrauern.

»Da hinten ist eine Eisdiele.« Annette, die für sich einen türkisfarbenen Schal erstanden hatte, zeigte auf die andere Straßenseite. Dabei hielt sie die kleine Tüte mit dem Schal hoch.

»Nein! Verflixter Kerl!«

Im Vorbeifahren riss ihr ein Halbwüchsiger die Tüte aus der Hand und radelte hastig mit seiner Beute davon.

»Verdammter Mist!« Annette sah dem schwarz gelockten Jungen, der höchstens fünfzehn war, wütend nach.

»Keine Chance, ihm nachzulaufen. Der ist schon über alle Berge. Komm, auf den Schreck brauchen wir einen Eisbecher. Und hinterher gehen wir noch mal in die Boutique, und du suchst dir einen anderen Schal aus.«

»Trotzdem ärgert es mich. So ein dreistes Kerlchen!«

Aber es half nichts, sich länger aufzuregen. Der Eisbecher, gekrönt von einer Sahnehaube und einem köstlichen Florentiner-Keks, versöhnte Annette ein wenig.

Sie hatte ihn allerdings noch nicht ganz aufgegessen, als ein Mann auf sie zukam. Er war ungewöhnlich groß, hatte halb langes dunkles Haar und trug die Uniform eines Fahrradkuriers.

»Signora ... ich glaube, das hier gehört Ihnen.« Er hielt ihr die Tüte mit dem Schal hin.

»Mein Schal!« Annette sprang auf. »Das ist ja klasse! Danke!«

»Gern geschehen.« Der Italiener machte Anstalten, wieder zu gehen.

»Bitte warten Sie.« Annette nestelte an ihrer Handtasche. »Ich möchte mich bedanken.« Sie sah zu ihm hoch. Er überragte sie um mehr als einen Kopf. »Wie haben Sie den jungen Kerl überhaupt gekriegt?«

»Zufall. Ich hab beobachtet, was passiert ist, kam gerade von dort hinten.« Er wies zu einer Ladenpassage schräg gegenüber. »Mit dem Rad bin ich schnell. Und ich kenne ein paar Schleichwege. Der Junge war ziemlich überrascht, als ich mich ihm in den Weg gestellt habe.« Ein amüsiertes Grinsen glitt über sein Gesicht und ließ einen sehr schiefen Schneidezahn erkennen. »Es war, wie er mir gestanden hat, eine Mutprobe. Er wollte in eine ganz bestimmte Clique aufgenommen werden.« Er zuckte mit den Schultern. »Ich hab ihn laufen lassen.«

»Und wie haben Sie uns gefunden?«, wollte Barbara wissen.

»Ihre Freundin ... Die kurzen hellen Haare hab ich gesehen, als ich hier vorbeigekommen bin. Eigentlich wollte ich den Schal bei der Boutique abgeben. Ich hab mir gedacht, dass Sie sich vielleicht Ersatz kaufen wollen. Teodoras Sachen sind toll und sehr beliebt, auch bei den Touristen, das weiß ich von meiner Freundin.«

»Da haben Sie ganz recht, die sind einmalig schön.« Annette drückte ihm einen Schein in die Hand. »Danke nochmals.«

»Gern.« Der Fahrradkurier tippte sich kurz an eine nicht vorhandene Mütze, dann schwang er sich auf sein Rad und verschwand in der Menge.

»Da hast du ja noch mal Glück gehabt.« Barbara sah prüfend auf ihre Tasche unter ihrem Sitz. »Was machen wir jetzt?« Sie schob ihren Eisbecher ein Stück weit von sich. »Das war die reinste Kalorienbombe. Aber köstlich.«

»Du kannst es vertragen. Hast bestimmt drei, vier Kilo abgenommen.« Annette grinste. »Und an mich kommt sowieso nix, du weißt, ich kann essen, was ich will.«

»Mach mich nicht neidisch.« Barbara winkte der Bedienung und zahlte. »Und jetzt? Sollen wir zum See runtergehen und noch ein bisschen den Lungolago Zanardelli entlangschlendern?«

»Wow, was für ein Wort!«

»So heißt nun mal die Straße.« Barbara klopfte auf ihre Tasche mit dem Reiseführer. »Alles nachgelesen. Und deshalb weiß ich, dass es dort ein paar eindrucksvolle alte Bauwerke gibt. Und auch den Dom von Salò, der sehenswert sein soll.«

»Na, dann los!«

Bis zum frühen Abend blieben sie in der Stadt, und erst als die Dämmerung hereinbrach, als entlang der Uferstraßen am See die ersten Lichter angingen, fuhren sie zurück.

Auch in Gardone Riviera war die Promenade hell erleuchtet, auf dem See zogen die letzten Ausflugsboote vorbei, aus einem von ihnen waren alte italienische Romanzen zu hören.

»Vor so viel Romantik muss ich fliehen.« Dennoch blieb Annette für einen Moment stehen und lauschte der Tenorstimme, die zu ihnen herüberschallte.

»Das klingt gut. Ich glaube, alle Italiener können singen.«

»Ich nicht.« Wie aus dem Boden geschossen, stand auf einmal Claudio neben ihnen. »Hallo, ihr zwei. Was geht heute ab bei euch? Meine Freunde und ich wollen rüber nach Limone. Da feiert einer von ihnen 'ne Party.«

Doch Annette und Barbara winkten ab. »Danke, aber wir sind müde. Waren den ganzen Tag auf Sightseeing-Tour.«

»Euch entgeht aber eine nächtliche Bootsfahrt.« Claudio zog einen Schlüsselbund aus der Hosentasche. »Mein Motorboot. Heute billig geschossen.«

»Wie bitte?« Barbara runzelte die Stirn.

»Ach, du verstehst aber auch gar nichts.« Claudio lachte. »Ich wollte sagen, dass ich das Boot günstig gekauft habe. Ein Freund ist etwas klamm im Moment, und da hab ich es ihm abgekauft.«

»Und woher hast du das Geld?«

»Verdient, ist doch logisch, oder?« Er hob winkend die Hand. »Ciao. Wir sehen uns.«

»Ein komischer Typ.« Annette sah hinunter zum Steg, wo Claudio gerade ein kleines Motorboot startete. »Irgendwie hab ich das Gefühl, dass er nicht ganz seriös ist.«

»Mag sein.« Barbara nickte. »Aber er ist ganz nett, zumindest mir gegenüber war er bisher immer sehr freundlich. Hat mir schon einiges von der Umgebung gezeigt.«

»In Ordnung. Aber allzu oft möchte ich ihn nicht treffen.« Annette legte den Arm um Barbara. »Und was machen wir jetzt?«

»Ich gehe schlafen. Hunger hab ich keinen mehr. Du?«

»Immer. Weißt du doch. Aber ich hole mir drüben noch rasch ein Stück Pizza, dann komme ich nach.«

»Ist gut.« Langsam schlenderte Barbara hinüber zur Boutique. Antonia war noch in ihrem Laden. Sie sortierte neue Ware ein und winkte Barbara herein.

»Schau mal, sind die nicht wunderschön?« Sie hielt eine hellblaue Kaschmirjacke hoch. Dann fiel ihr Blick auf Barbaras Tüte. »Oh, du warst bei Teodora.«

»Ja.« Barbara öffnete die Tüte. »Ich konnte bei der Bluse einfach nicht widerstehen.«

»Die ist sehr edel. Genau dein Stil.« Antonia war keineswegs böse, dass Barbara in einem anderen Geschäft etwas gekauft hatte. »Die Farbe … super!«

»Danke.« Barbara lächelte. »Ich war einfach mal leichtsinnig. Der Preis konnte sich nämlich sehen lassen.«

»Dafür hast du beste Qualität.« Antonia sortierte nun wieder die neue Ware ein. »Ach ja, ehe ich es vergesse …« Sie wies hinüber zum Treppenhaus. »Da steht etwas für dich.«

»Was denn?«

»Schau nach.« Antonia lächelte. »Ich finde, da hat sich jemand etwas ganz Besonderes einfallen lassen.«

Barbara ging mit zögerlichen Schritten hinüber zur Tür, die in den mit hellem Marmor ausgekleideten Flurbereich führte.

»Nein! Das ist ja … Er ist verrückt!«

Auf der Treppe zur Wohnung stand ein großer Weidenkorb mit süß duftenden Maiglöckchen. Barbaras Hände zitterten leicht, als sie sich nach dem Umschlag bückte, der zwischen den weißen Blüten steckte.

Verzeih mir noch einmal. Ich warte morgen Abend nach achtzehn Uhr auf Dich – Christian

»Verrückter Kerl. Was denkt er sich nur?« Barbara nahm den Korb und trug ihn hoch in ihr Zimmer. Auf dem kleinen Schreibtisch, der vor dem Fenster stand, fand sich noch Platz für ihn. Sofort füllte sich der kleine Raum mit dem Duft der Maiglöckchen.

Eine Weile saß Barbara auf dem Bett, sah auf den Blumenkorb und drehte die Karte in den Händen hin und her. Was sollte sie tun? Sich doch noch einmal mit Christian treffen? Ihr Verstand sagte Nein, denn das sprunghafte Wesen des Mannes irritierte sie, machte sie wütend und auch ein wenig ängstlich. Das Herz aber sagte Ja.

26. Kapitel

Der nächste Tag verging in quälender Langsamkeit. Früh am Morgen wusch sich Barbara die Haare, trug frischen farblosen Nagellack auf und probierte ein halbes Dutzend Kleider oder Hosen an. Was sollte sie am Abend tragen?

»Mach dich nicht verrückt.« Annette, die eine Stunde lang am See entlanggejoggt war und jetzt mit feuchten Haaren aus der Dusche kam, sah die Freundin kopfschüttelnd an. »Du siehst immer gut aus.«

»Ach, Annette, ich weiß gar nicht, ob ich ihn überhaupt noch mal treffen will.« Barbara stellte sich ans Fenster und sah hinüber zum See, der ganz ruhig und wie ein silberner Spiegel im Morgenlicht dalag. Gedankenverloren strich sie wieder einmal über die Maiglöckchen, die in dem Weidenkorb wunderschön aussahen.

»Du weißt, dass die Blumen giftig sind«, mahnte Annette. »Fass sie nicht immer an.« Sie zog sich ein T-Shirt über und griff nach einer gelben Leinenhose, die am Schrank hing.

»Ja, ja, schon gut. Ich wasch mir gleich die Hände.«

Das melodische Klingeln des Handys ließ sie zusammenzucken. Suchend sah sie sich nach dem Mobiltelefon um, doch Annette hielt ihres schon in die Höhe.

»Ist meins.« Im nächsten Moment schrie sie unterdrückt auf. »Super, bin gleich unten!«

»Ist Stefan schon zurück?«

»Ja!« Überschwänglich umarmte Annette die Freundin. »Du, ich bin weg.«

»Also, ich an deiner Stelle würde die noch anziehen.« Lachend hielt ihr Barbara die Hose entgegen.

»Stimmt. Obwohl ... Stefan würde es nicht stören, wenn sie fehlte.« Annette grinste. »Gib schon her!« Rasch schlüpfte sie in die Hose. »Bis später.« In der Tür drehte sie sich noch einmal um. »Triff dich mit Christian. Ich bin sicher, er kann dir alles erklären.«

»Mal sehen ...«

Barbara trat wieder ans Fenster und schaute zu, wie unten auf der Straße die Freundin sich strahlend in Stefans weit ausgebreitete Arme stürzte. Fest biss sie sich auf die Lippe, um ein Schluchzen zu unterdrücken.

Würde sie jemals wieder so glücklich sein dürfen?

Über die Mittagszeit half sie noch einmal im *Puccini* aus, wo eine größere Busgesellschaft aus Rosenheim eingetroffen war. Renata und Maria waren froh, dass sie Unterstützung hatten und die Gäste recht zügig bedient werden konnten.

Barbara hetzte von Tisch zu Tisch, lächelte freundlich und erkundigte sich nach den Wünschen der Gäste. Doch dabei dachte sie nur daran, dass sie Christian wiedersehen würde.

Auf der Promenade gingen die ersten Lichter an, als Christian vor dem Haus erschien. Nervös ging er auf und ab, sah auf die Uhr. Er wartete geduldig weiter darauf, dass Barbara herunterkam.

Barbara sah ihm von ihrem Fenster aus eine Weile zu, während sie immer wieder die Kleidungsstücke verwarf, die sie für dieses Treffen ausgewählt hatte. Die Jeans und der hellblaue Pulli erschienen ihr zu bieder, das Leinenkleid aus Antonias Boutique zu elegant, die weiß-blau getupfte Bluse zu schlicht.

Schließlich, seit fünfzehn Minuten tigerte Christian unten auf der Straße hin und her, wählte sie ein türkisfarbenes Twinset, zu dem sie eine hellgraue Baumwollhose anzog. Statt Pumps wählte sie bequeme Sneakers.

Christians Augen leuchteten auf, als er sie sah. Mit langen Schritten kam er auf sie zu und zog sie in die Arme.

Instinktiv wollte Barbara ihn von sich schieben, doch er ließ sie nicht los.

»Ich bin so froh, dass du gekommen bist. Barbara, ich muss dir so viel sagen, so viel erklären ...«

»Danke für die Maiglöckchen.« Ein schmales, kaum merkliches Lächeln umspielte ihren Mund. »Sie sind wunderschön. Wo hast du sie um diese Zeit noch herbekommen?«

»Mein Geheimnis.«

»Also noch eins.« Sie löste sich aus seinem sanften Griff und ging einen Schritt zur Seite. »Trotzdem danke. Sie duften einfach herrlich. Woher wusstest du, dass das meine Lieblingsblumen sind?«

»Du hast es mal erwähnt.« Er trat wieder zu ihr und wies nach links. »Mein Wagen steht da hinten. Sollen wir ein Stück fahren?«

»Meinetwegen.« Barbara gab sich zurückhaltend. Dabei hätte sie sich am liebsten in seine Arme geworfen und ihn geküsst. Ihr Herz klopfte wie verrückt, und sie musste sich zwingen, langsam und ruhig zu atmen.

»Danke, dass du da bist.« Christian griff nach ihrer Hand, und als sie zusammenzuckte und ihre Finger aus seiner Hand befreien wollte, fasste er fester zu. So gingen sie bis zu seinem Wagen.

Während der ersten Minuten schwiegen sie. Christian konzentrierte sich auf den Verkehr, der um diese Uhrzeit sehr stark war, und Barbara starrte aus dem Fenster. Die Hände hielt sie im

Schoß verschränkt, und nur hin und wieder warf sie Christian einen verstohlenen Blick zu.

Er sah gut und erholt aus, nur ein paar kleinere Falten um die Augen waren noch zu sehen. Das hellblaue Hemd mit dem weißen Kragen stand ihm ausgezeichnet, und die etwas längeren Haare, die bis auf den Kragen reichten, störten Barbara nicht. Im Gegenteil, sie fand es gut, dass er nicht ganz so korrekt wirkte.

»Und? Hab ich bestanden?«

Sie zuckte zusammen. »Im Grunde ja. Aber es bleiben noch Fragen offen.« Sie drehte sich ein wenig, um ihn mustern zu können. »Du warst viel draußen in den letzten Tagen, das sieht man.«

»Ich hab im Garten gewerkelt, um mich abzulenken.« Er bog an einem Hinweisschild ab, das auf San Felice del Benaco hinwies. »Hast du Hunger? Unten am Hafen kann man sehr gut essen. Der Fisch ist bei Luigi ganz frisch.«

»Ich hab noch gar keinen Hunger.« Sie zögerte, dann sprach sie aus, was ihr durch den Kopf gegangen war. »Du willst nur Zeit schinden. Aber ich will endlich wissen, was mit dir los ist.« Um den Worten die Schärfe zu nehmen, legte sie ihm kurz die Hand auf den Arm. »Lass uns irgendwohin fahren, wo wir ungestört sind. Bitte.«

»In Ordnung. Dann essen wir später was.« In einer kleinen Bucht wendete er und fuhr zurück zur Hauptstraße, dann lenkte er den Wagen in Richtung der Weinberge, die sich in sanften Hügeln in nordwestlicher Richtung entlangzogen.

»Da sind wir schon.« Christian parkte den Wagen an der Straße, die zu einer Kirche führte. Neben dem kleinen vorgelagerten Portal standen Kübel mit Oleanderbüschen, und aus dem Innern erklang Orgelspiel.

»Das hier ist eine der ältesten Kirchen der Gegend«, erklärte

Christian. »Sie heißt Santuario del Carmine und ist eine bekannte Wallfahrtskirche.«

Interessiert sah sich Barbara um. »Sie sieht noch ziemlich neu aus«, meinte sie.

»Nein, sie existiert seit dem fünfzehnten Jahrhundert. Damals wurde sie als Teil eines Karmeliterklosters gebaut. Doch dieses Kloster wurde nach einigen Jahrhunderten aufgelöst, die Kirche verfiel. Erst vor einigen Jahren kehrten Ordensleute zurück und ließen das Gebäude restaurieren.« Wieder nahm er ihre Hand und führte sie zum rückwärtigen Teil der Kirche. »Es heißt in einer Legende, dass die Fischer der Umgebung der Madonna hier danken, vor allem dafür, dass die Madonna sie vor Sturm und Unwetter schützt.«

Barbara wies auf eine steinerne Bank, die ein paar Meter entfernt stand und von der aus man einen guten Blick hinüber zum See hatte.

»Genau dahin wollte ich.« Christian setzte sich dicht neben sie und griff nach ihren Händen. »Hier habe ich oft gesessen«, begann er. »Habe mit Gott gehadert und geweint.«

»Warum? Was ist passiert?«

Eine Weile schwieg er, dann atmete er tief aus, rang sichtlich nach Worten. Endlich, der Griff seiner Finger war schmerzhaft fest geworden, stieß er hervor: »Meine Tochter ist gestorben. Auf der Fahrt hierher an den Gardasee.«

»O mein Gott, das ist furchtbar.« Mitleidig sah Barbara ihn an. Er hatte die Lippen fest aufeinandergepresst, und sie bemerkte, dass er schwer schluckte, um die aufsteigenden Tränen zu unterdrücken.

»Sie ist von einem Lastwagen erfasst worden, gerade als sie mit meiner Frau aus einer Raststätte kam, wo die beiden auf der Toilette waren. Ich saß im Wagen auf dem Parkplatz und ... Ich konnte gar nichts tun, konnte nicht mal schreien und sie warnen. Der Laster schlingerte und erfasste unsere Kleine.« Wieder brach seine Stimme.

Sanft löste Barbara ihre Hände aus seinen und umfasste sein Gesicht. »Es tut mir unendlich leid«, sagte sie. »Das muss ganz furchtbar für dich gewesen sein.«

Er nickte nur, schluckte ein paarmal und fuhr dann mit gepresst klingender Stimme fort: »Meine Frau ist auch zur Erde geschleudert worden, aber ihr ist nichts passiert. Meine kleine Eva-Maria aber ... Sie hatte lebensgefährliche Verletzungen am Kopf. Sie ist ... sie ist auf dem Weg in die Klinik gestorben.«

Für eine Weile blieb es still. Barbara umarmte Christian und fühlte sich ihm so nah wie nie zuvor.

Nach einer Weile löste er sich sanft von ihr. »Es ist jetzt zwei Jahre her, aber der Schmerz wird nicht weniger.« Mit einer Kopfbewegung wies er hinüber zur Kirche. »Da hab ich oft gesessen und mit dem Herrgott gehadert. Ich hab das Marienbild angesehen, das von so vielen verehrt wird ... und hätte schreien können vor Schmerz und Zorn.«

Langsam fuhr er sich mit der Hand übers Gesicht. »Ich dachte, ich könnte nie wieder etwas fühlen, bis ich dir begegnet bin.« Zärtlich sah er sie an. »Du ahnst nicht, wie glücklich du mich machst. Schon allein, dass es dich gibt, dass du auch etwas für mich empfindest ... Es ist wie das Geschenk eines neuen Lebens.«

Barbara atmete schwer. Diese ungewöhnliche Liebeserklärung berührte sie.

»Und ... deine Frau? Was ist mit ihr?«

Christian seufzte auf. »Sie hat genauso gelitten wie ich. Aber wir konnten nicht darüber reden.« Starr sah er an Barbara vorbei hinüber zur Kirche. »Sie ist oft zum Grab unserer Kleinen gegangen, hat mich aufgefordert mitzukommen. Aber ich konnte es nicht. Bei der Vorstellung, dass mein Kind da unten in der Erde liegt, in einem kleinen weißen Sarg ...« Wieder erstickte ein Schluchzen seine Stimme. »Meine Frau hat das nicht verstanden. Und ich konnte nicht mit ihr über mein Empfinden reden. Sie ist so ganz anders als ich. Sie ist stark, tough, sehr praktisch veranlagt in allem. Sie hat den Schmerz irgendwann überwunden, glaube ich.« Wieder schwieg er für ein paar Minuten. »Wir konnten schließlich gar nicht mehr miteinander reden. Offen gesagt, konnten wir uns nicht mehr ertragen. Sie kam mit meiner Depression nicht zurecht, ich habe ihr lange Zeit nicht verzeihen können, dass sie wieder ihrem Job nachging, sich mit Freunden traf und lachen konnte. Dabei weiß ich genau, dass sie unsere Kleine über alles geliebt hat und sie nie vergessen würde.«

»Und jetzt? Wo ist sie jetzt?«

Er zuckte mit den Schultern. »Keine Ahnung. Wir haben uns vor einigen Monaten scheiden lassen. Doreen hat einen Mann kennengelernt, einen Dänen. Ich glaube, mit ihm ist sie jetzt zusammen.«

Die widersprüchlichsten Empfindungen stritten in Barbaras Innern miteinander. Da war Mitleid mit Christian, der einen so schweren Verlust erlitten hatte. Doch da war auch Erleichterung darüber, dass er nicht gebunden war, dass es keine andere Frau in seinem Leben gab, die ihm etwas bedeutete.

»Kannst du verstehen, dass es mir das Herz zerreißt, wenn ich kleine Mädchen in Eva-Marias Alter sehe, die lachen und fröhlich sind? Mein Kind aber kann nicht mehr lachen, wird nie erwachsen werden, die Schönheiten der Welt entdecken und lieben lernen.« Er seufzte unterdrückt auf. »Wann immer ich daran denke, zerreißt es mir das Herz.«

»Ja, das verstehe ich.« In Barbaras Augen standen Tränen, als sie ihn ansah, dann beugte sie sich vor und küsste ihn. Zart, tröstend. Ohne Leidenschaft.

Eine Weile hielten sie sich umarmt. Und erst als von der Klosterkirche her Glockenläuten erklang, lösten sie sich voneinander.

»Du hättest mir direkt alles sagen sollen. Ich konnte dein Verhalten nicht verstehen, war verletzt und zwischendurch auch wütend.«

Christian legte ihr den Arm um die Schultern und zog sie fest an sich. »Ich weiß. Ich war dumm. Aber ich hatte Angst. Angst vor der Zukunft. Angst vor meinen Gefühlen.« Er biss sich auf die Lippe. »Monatelang hatte ich den Eindruck, innerlich wie abgestorben zu sein. Ich hab mich eine Weile in meinem Haus vergraben, nachdem die Scheidung durch war. Ich wollte niemanden sehen, hab viel zu viel getrunken und mich in meiner Höhle verkrochen.« Er seufzte unterdrückt auf. »Mein Agent, meine Lektorin beim Verlag und auch Freunde haben versucht, mit mir zu reden, mich zu trösten und aufzubauen. Aber ich wollte keine Hilfe. Habe nicht mehr geschrieben, obwohl ich einen sehr guten neuen Vertrag habe und alle darauf warten, dass ich endlich einen Roman abliefere.« Er hielt kurz inne. »Schließlich hab ich mich dazu aufgerafft, hierher an den Gardasee zu fahren. Ich dachte, in dem Haus, in dem wir ein paarmal Urlaub gemacht haben, wäre ich meiner Kleinen näher.«

»Und ... hat es dir geholfen?«

Christian schüttelte den Kopf. »Nein. Es wurde sogar schlimmer.« Er sah sie mit einem kleinen traurigen Lächeln an. »Aber dann kamst du.« Sanft legte er einen Finger unter ihr Kinn. »Ich war ein Idiot, dass ich nicht gleich an ein neues Glück geglaubt habe.«

Lächelnd sah Barbara ihn an. »Dann mache ich dich also glücklich?«, fragte sie leise.

Er nickte. »Schon allein, dass es dich gibt …« Er zog sie an sich, und diesmal war sein Kuss voller verhaltener Leidenschaft.

»Ich bin so froh, dass ich jetzt alles weiß.« Barbara küsste Christian noch einmal, dann stand sie auf. »Komm, wir wollen versuchen, in die Kirche zu kommen. Oder ist sie nur stundenweise geöffnet?«

»Ich weiß es nicht genau. Aber wir können ja versuchen hineinzugehen.«

Hand in Hand gingen sie hinüber zu dem alten Gotteshaus, das von außen als einzigen Schmuck ein kleines, von Säulen getragenes Portal besaß.

Gerade als Barbara versuchte, die schwere Tür zu öffnen, kam ein Mönch heraus.

»Entschuldigung, könnten wir wohl kurz in die Kirche hineinschauen?«, fragte Barbara ihn.

Der Mönch nickte und gab ihnen den Weg frei.

Langsam betraten Barbara und Christian den einschiffigen Raum. Nur wenige Kerzen brannten, doch durch die Fenster fiel noch das Licht der Abendsonne und ließ die Fresken aufleuchten.

»Schau nur, wie beeindruckend schön die sind!« Bewundernd sah Barbara zu den restaurierten Fresken hoch.

»Sie sind vor gut fünfhundert Jahren gemalt worden.« Christian wies nach oben. »Und überall steht die Madonna im Mittelpunkt.«

Eine Weile sahen sie sich die Kunstwerke an, dann ging Christian zu einem Ständer mit Opferkerzen und zündete eine an.

»Für dich, Mäuschen«, flüsterte er kaum hörbar, und Barbara, die ein paar Schritte hinter ihm stehen geblieben war, konnte die Tränen aus seiner Stimme heraushören. Leise trat sie neben ihn und griff nach seiner Hand.

So standen sie eine Weile schweigend da.

»Dort hinten, die hölzerne Madonna ...« Ohne dass sie es bemerkten, war der alte Mönch zu ihnen getreten. »Ihr wird besondere Verehrung entgegengebracht. Es heißt, dass sie schon einige Wunder vollbracht hat.«

»Glauben Sie daran?« Christians Stimme klang bitter.

Der Mönch nickte. »Ich weiß, dass sie oft geholfen hat. Vielleicht nicht immer mit Taten, doch es kann auch sein, dass sie uns geplagten Menschen einfach ein wenig mehr Frieden in die Herzen legt.« Damit verneigte er sich knapp und verschwand wieder.

»Da kann er wirklich recht haben«, sagte Barbara. »Komm, wir gehen wieder hinaus.«

Hand in Hand verließen sie das Gotteshaus. Draußen atmete Barbara tief durch.

»Kühl war es da drinnen. Was meinst du, sollen wir ein wenig durch die Olivenhaine gehen? Ein Spaziergang wäre doch jetzt ganz gut. Und hinterher haben wir dann Appetit auf frischen Fisch unten am Hafen.« Fragend sah sie Christian an, voller Angst, dass er durch die intensive Erinnerung an seine Tochter wieder in Traurigkeit verfallen könnte.

Doch Christian nickte und drückte ihre Hand. »Wunderbare Idee. Da hinten gibt es einen schmalen Weg hinüber zu einem der Berge. Frag mich aber nicht, wie der heißt.«

»Ist doch auch nicht wichtig.«

Eine Weile liefen sie langsam bergan. Die Olivenbäume trugen zum Teil noch ihre hellen Blüten, einige allerdings waren schon voll von schwarzen kleinen Früchten.

Sie waren etwa zwanzig Minuten unterwegs, als der Wind auffrischte und plötzlich dunkle Wolken am Himmel aufzogen.

»Da zieht ein Unwetter auf.« Christian wies nach Norden, wo sich dunkle Wolkenberge auftürmten. »Wir müssen uns irgendwo unterstellen.«

»So schlimm wird es schon nicht werden.« Barbara sah sich um. Auf dem See, der unter ihnen in dunklem Blau schimmerte, waren noch jede Menge Segelboote zu sehen. »Ich bin nicht aus Zucker, ein paar Tropfen schaden nicht.«

»Du kennst die Gegend hier um den See herum nicht.« Christian blieb ernst. »Wenn ein Gewitter aufzieht, wird es rasch ungemütlich.«

Er hatte den Satz kaum ausgesprochen, als in der Ferne schon die ersten Blitze über den Himmel zuckten.

»Na gut, suchen wir uns eine Höhle.« Sie lachte ihn an. Sie war glücklich, und nicht einmal die Vorstellung, in ein Unwetter zu geraten, konnte sie schrecken. »Wir könnten aber auch zurück zum Kloster gehen.«

»Das ist viel zu weit. Bis dahin ist das Unwetter schon über uns.« Er zeigte zum Himmel, wo sich dunkle Wolken zusammenballten. Es war so rasch dämmrig geworden, dass sie aufpassen mussten, wohin sie traten. »Statt einer Höhle wäre ich froh, wenn wir einen Heustall oder eines der kleinen Steinhäuschen fänden, in denen die Olivenbauern ihre Ernte unterbringen.« Christian griff nach ihrer Hand. »Komm mit.«

Nicht einmal fünf Minuten waren sie gegangen, da öffnete der Himmel seine Schleusen. Es regnete in Strömen, Blitze zuckten auf, und die Donnerschläge folgten rasch aufeinander. Es wurde dunkel, und Barbara gestand sich ein, dass es ein fast unheimliches Szenario war, das sie gerade erlebten.

»Da hinten!« Sie zeigte auf ein halb verfallenes Gebäude, das am Rand eines Olivenhains stand. Ein paar alte knorrige Bäume und drei Oleanderbüsche standen ganz in der Nähe. Der Wind, der von Norden kam und ihnen den Regen ins Gesicht peitschte, trieb die ersten roten Blüten von den Oleanderbüschen, und ein paar dürre Äste fielen krachend von den alten Bäumen.

Ehe sie die Hütte erreicht hatten, waren sie nass geworden.

»Ein Glück, dass das Dach noch halbwegs dicht ist.« Christian öffnete die altersschwache Tür, vor der nur ein schlichter Riegel hing. »Los, rasch rein.«

In dem einzigen Raum, den sie vorsichtig betraten, war es düster, und nur langsam gewöhnten sich ihre Augen an das Dämmerlicht.

Es gab kein Mobiliar, auf einem Regal standen ein paar leere Weinflaschen, und ein grober Holzblock unter dem Fenster mit den zerbrochenen Scheiben konnte zur Not als Sitzgelegenheit dienen.

»Hier liegt ein bisschen Stroh.« Christian wies in eine Ecke. »Komm her.«

»Ich bin klatschnass.« Barbara schob sich das Haar in den Nacken. »Ich hätte nie gedacht, dass das Unwetter so rasch aufzieht. Du hast recht gehabt, das ging wirklich rasend schnell.«

»Jetzt sind wir erst mal in Sicherheit.« Christian legte den Arm um sie. »Du zitterst ja.«

»Nur ein bisschen.«

»Zieh lieber die nassen Sachen aus.« Er sah sich um. »Wenn es hier wenigstens eine Decke gäbe …«

Barbara zögerte, doch dann zog sie sich erst die Twinsetjacke aus, dann auch den dünnen Pulli, der ihr unangenehm feucht auf der Haut klebte.

Christian sah sie mit einem warmen Lächeln an. Zärtlich strich er ihr über das feuchte Haar, dann, mit einem tiefen Seufzer, zog er sie an sich und bedeckte ihr Gesicht mit Küssen.

»Dein Hemd ist nass.«

»Ja. Warte …« Er ließ sie nur los, um sich das Hemd auszuziehen, dann nahm er sie wieder in die Arme.

Eine Weile lagen sie eng umschlungen auf dem Stroh, das jedoch nur wenig wärmte.

»Romantisch, aber nicht gerade bequem«, flüsterte Barbara und legte den Kopf auf Christians Brust.

»Och, ich finde es schon sehr romantisch.« Lächelnd sah Christian sie an, ehe er sie wieder küsste. Vorsichtig, zögernd noch, begann er, sie zu streicheln, und als Barbara seine Hand nicht wegstieß, wurde er mutiger. Sachte tastete er nach ihrer Brust, begann, sie zärtlich zu berühren. Dabei sah er ihr in die Augen, und unter seinem Blick, der ebenso innig wie leidenschaftlich war, wurde es Barbara warm.

Zwischen seinen Küssen seufzte sie unterdrückt auf, um die Erregung, die in ihr aufstieg, zu kaschieren. Sie genoss die zärtliche Berührung, die rasch lange vermisste Leidenschaft in ihr weckte. Sven hatte sie nie so intensiv gestreichelt, ihr nie diese Zärtlichkeiten geschenkt. Nach kurzem Vorspiel war er stets bald zur Sache gekommen.

Christian hingegen ließ sich Zeit. Er schob sie sanft von sich, sah sie an und raunte: »Du bist wunderschön.« Dann küsste er, beinahe andächtig, jeden Zentimeter ihrer noch feuchten Haut.

Barbara biss die Lippen aufeinander, um ein lustvolles Stöhnen zu unterdrücken. Ihr war nicht mehr kalt, im Gegenteil, sie hatte das Gefühl, dass ihr Blut heiß durch die Adern floss.

»Zieh dich aus«, murmelte sie dicht an Christians Mund. »Komm zu mir.« Ihre Zunge zeichnete kleine feuchte Kreise auf seinen Mundwinkel, dann schob sie sie zwischen seine Lippen, erkundete seinen Mund.

»Du ...« Christian richtete sich auf, zog sich die Jeans aus und half ihr dann, die feuchte Hose abzustreifen.

Barbara war froh, dass es in der alten Hütte so dämmrig war, als sie seinen Körper vorsichtig berührte. Sie spürte seine Muskeln, die sich unter ihrer Berührung noch mehr anspannten.

Christians Atem ging schneller, und er konnte sich kaum noch beherrschen. Immer stärker wurde der Wunsch, Barbara überall zu berühren, sie zu streicheln und ihre Leidenschaft, die er genau spürte, noch mehr anzustacheln.

Seine Lippen glitten über ihren Hals zu den kleinen festen Brüsten, die er erst ausgiebig küsste, ehe er die Knospen intensiv mit seiner Zunge umspielte.

»Chris ...« Barbaras Stimme klang erstickt. Sie presste das Gesicht an seinen Hals, als sie ihn noch fester an sich zog.

In den nächsten Minuten vergaßen sie alles um sich herum. Es gab nur noch sie beide – und das Glück, das sie sich schenkten.

27. Kapitel

Der Mond stand hoch am Himmel, und die ersten Sterne funkelten, als sie die Hütte verließen. Das Gewitter war so rasch wieder abgezogen, wie es gekommen war.

Noch waren ihre Sachen nicht ganz trocken, doch sie mussten zurück zum Wagen, es war unmöglich, die noch immer recht kühle Nacht in der Hütte zu verbringen.

»Pass auf, wohin du trittst.« Christian, der das kleine Lämpchen an seinem Handy eingeschaltet hatte, leuchtete den Weg aus, so gut es eben ging.

Dennoch stolperte Barbara ein paarmal, ehe sie endlich den Wagen erreichten.

»Ich mache gleich die Heizung an.« Christian griff zur Rückbank. »Hier ist eine Decke.«

Dankbar hüllte sich Barbara darin ein. Sie lehnte den Kopf an Christians Schulter und schlief sofort ein.

Als sie aufwachte, stand der Wagen vor einem kleinen Bungalow, dessen Sockel aus grobem Stein gehauen war. Eine Lampe über der Holztür verbreitete warmes gelbes Licht.

»Willkommen bei mir.« Christian sah sie zärtlich an. »Komm, steig aus.« Er öffnete die Tür, legte den Arm um Barbara und führte sie ins Haus.

Neugierig sah sich Barbara um. Der schmale Flur wurde nur

durch zwei unter der Decke angebrachte Lampen erhellt, geradeaus ging es in einen großen Raum, der mit Terrakottafliesen ausgelegt war. Auf einem hellen Teppich stand ein ovaler Holztisch, um den sich zwei Sofas gruppierten. Der gelb-rot karierte Stoff harmonierte mit den gelben Vorhängen, die bis zur Erde reichten und die beiden großen Fenster einrahmten.

Barbara fiel der alte Lehnstuhl neben dem Kamin auf, daneben ein kleiner Barwagen, auf dem allerdings keine Flaschen standen, sondern ein Stapel Bücher lag.

»Komm mit ins Bad. Du solltest erst mal heiß duschen. Dann gibt's Tee oder, noch besser, Rotwein. Der hilft auch gegen eine Erkältung.«

»Was du nicht sagst!« Barbara folgte ihm in ein modernes Bad.

»Eine Dusche wäre jetzt wirklich gut.« Barbara zögerte, sah Christian an, der in der Tür stehen geblieben war. Ein-, zweimal atmete sie tief durch, dann streckte sie die Hand nach ihm aus.

Rasch stiegen sie aus den feuchten Kleidern, und erst als das warme Wasser auf sie herabprasselte, atmeten sie auf.

»Das tut gut.« Barbara schloss die Augen und legte den Kopf in den Nacken. Das nasse Haar klebte auf ihrer Haut, und Christian schob es sanft zur Seite, ehe er erst ihre Schultern, dann ihren halb geöffneten Mund küsste.

Er sagte nichts, als er vorsichtig hinter sie trat. Zärtlich legte er ihr die Arme um die Taille und genoss ihre Nähe. Eine Weile standen sie so, genossen das warme Wasser, das die Kälte aus ihren Gliedern vertrieb.

»Du bist wunderschön. Ich liebe dich«, flüsterte Christian Barbara ins Ohr, während er sich von hinten fester an sie presste. Sie spürte seine Erregung, und ein kleines Lächeln glitt über ihr Gesicht.

Nie zuvor hatte sie so viel Liebe, so viel Zärtlichkeit empfunden wie für diesen Mann, von dem sie noch nicht sehr viel wusste. Doch eins war sicher: Er war anders als Sven. Einfühlsamer, zärtlicher, sensibler. Nicht annähernd so egoistisch und oberflächlich wie der Mann, den sie beinahe geheiratet hätte.

Auffordernd pulsierte Christians Männlichkeit gegen ihren Rücken, und sie wehrte sich nicht, als er das Wasser abstellte, sie in ein weiches Badetuch hüllte und dann hinauf in sein Schlafzimmer trug.

Sie wurde wach, als ihr Kaffeeduft in die Nase stieg. Hell fiel Sonnenlicht ins Zimmer, ein leichter Wind blähte die Gardinen vor dem Fenster auf.

»Guten Morgen.« Lächelnd beugte sich Christian über sie und küsste sie zärtlich. »Gut geschlafen?«

»Ja, danke.« Sie richtete sich auf und schnupperte. »Kaffee, herrlich. Und du hast ja sogar Brötchen gekauft! Wie lange bist du denn schon wach?«

»Etwa eine halbe Stunde. Aber die Brötchen sind aufgebacken, muss ich gestehen. Einen Bäcker gibt's hier in der Gegend nicht. Und bis hinunter nach Torri del Benaco wäre es mir zu weit gewesen.« Er stellte das Tablett auf den kleinen Tisch neben dem Bett. Gerührt bemerkte Barbara, dass er ein paar Wiesenblumen in ein Glas gestellt hatte.

»Rosen gibt's auch keine.« Er lächelte, als er ihren Blick sah. »Dafür selbst gemachte Marmelade meiner Nachbarin. Die musst du probieren, sie ist köstlich. Aber es gibt auch Schinken und Käse. Alles aus der Region.«

»So üppig frühstücke ich nie. Aber einen Kaffee brauche ich jetzt unbedingt.«

»Sofort. Aber vorher ...« Er nahm sie in die Arme. »Du weißt nicht, wie glücklich du mich gemacht hast«, flüsterte er ihr ins Ohr. »Danke, dass du geblieben bist.«

»Was hätte ich denn sonst machen sollen?« Mit übermütigem Lächelnd sah Barbara ihn an. »Ich war pitschnass, und du bist einfach hierhergefahren. Und aus dem Wagen zu springen und nass durch die Gegend zu laufen, hatte ich keine Lust.«

»Ein Glück.« Lange und zärtlich küsste er sie.

»Erst Kaffee.« Barbara schob ihn von sich. Sie spürte seine Leidenschaft, die auch sie wieder erfasste.

»Unbarmherzig und grausam.« Er zwinkerte ihr zu, dann goss er Kaffee ein.

Barbara umfasste die Tasse mit beiden Händen und trank sie in wenigen Schlucken aus.

»Marmelade oder Schinken?« Auffordernd hielt Christian ein Brötchen hoch.

»Nichts davon.« Barbara sah ihn an. Er trug nur Boxershorts, und sie konnte seinen gut trainierten Körper bewundern. Flüchtig ging ihr durch den Kopf, dass er für einen Schriftsteller, der doch meistens hinter seinem Schreibtisch saß, sehr sportlich wirkte.

»Und? Prüfung bestanden?« Amüsiert schaute Christian auf sie herab.

Verlegen biss sich Barbara auf die Lippe. »Na ja ...« Sie zuckte leicht mit den Schultern. »Gestern war es dunkel ...«

»Nicht zu dunkel.« Seine Stimme klang rau vor Erregung. »Ich weiß genau, wie wunderschön du bist. Wie aufregend und sexy.«

Barbara erwiderte nichts. Sie fand die Spannung zwischen ihnen fast unerträglich und hob, ohne noch etwas zu sagen, ihre Bettdecke hoch.

Und dann spürte sie ihn ganz nah bei sich. Seine Hand glitt über ihren Rücken, wanderte dann langsam hinauf zum Nacken und spielte kurz mit ihrem Haar.

Barbara schloss die Augen und gab sich ganz diesen Zärtlichkeiten hin.

Erst als Christian ihren Hals und ihre Schultern küsste und begann, auch ihre Brüste zu liebkosen und so ihre Leidenschaft zu entfachen, wandte sie sich zu ihm um. Ihre leicht geöffneten Lippen zitterten. Sie konnte sich nicht erinnern, jemals ein solches Glücksgefühl, ein solches Begehren verspürt zu haben.

Christian, den sie doch noch gar nicht lange kannte, war ihr auf einmal unendlich vertraut, sie fühlte sich ihm ganz nah und wünschte, dass er sie nun wieder genauso intensiv lieben würde wie in der vergangenen Nacht.

Das Spiel seiner Zunge steigerte ihre Lust, und sie stöhnte unterdrückt auf, als er endlich ganz zu ihr kam.

Die Sonne wanderte langsam weiter, tauchte das Bett mit den beiden sich Liebenden in goldenes Licht, ließ die Staubkörner in der Luft tanzen und spiegelte sich in der provisorischen Glasvase, in der ein paar Margeriten, Butterblumen und ein Oleanderzweig steckten.

Erst als Kirchenglocken zu läuten begannen, kamen Barbara und Christian wieder zu sich. Christian, der seinen Kopf an Barbaras Halsbeuge geschmiegt hatte, richtete sich auf.

»Was hältst du von einem zweiten Frühstück?« Liebevoll umfasste er ihren nackten Körper.

»Ich hatte ja noch nicht mal das erste.« Lachend richtete sic sich auf. »Der Kaffee ist jetzt kalt. Schade.«

»Dann weiß ich eine Alternative.« Lächelnd verließ er das Zimmer, kam aber schon wenige Augenblicke später mit einer Flasche Champagner und Gläsern zurück.

»Service der Extraklasse.« Er schmunzelte und goss zwei Gläser ein.

»Und ich dachte, den hätte ich schon bekommen.«

»Du bekommst von allem, so viel du magst.« Er trank einen Schluck, dann küsste er Barbara erneut. »Weißt du eigentlich, wie glücklich du mich machst?«

»Das Gleiche könnte ich dich fragen.« Sie trank das Glas in einem Zug leer. »Ich kenne mich selbst nicht mehr.« Lachend ließ sie sich in die Kissen zurückfallen und breitete weit die Arme aus. »Aber ich bin glücklich. Unendlich glücklich!«

28. Kapitel

Wie Irrlichter zuckten die Blitze der verschiedenfarbigen Spots auf, tauchten die Tanzfläche der angesagten Diskothek für Sekunden in grelles Licht.

Mal viel zu dumpf, dann unerträglich schrill klang der Beat in Claudios Ohren, und am liebsten hätte er sich davongeschlichen. Ihm war übel, schon der Gedanke an das, was ihm gleich bevorstand, weckte Fluchtinstinkte in ihm. Doch daran war nicht zu denken. Timo hatte ihn hierherbestellt, und es war nicht ratsam, sich seinen Wünschen, die im Grunde nichts anderes als Befehle waren, zu widersetzen.

Nervös knetete Claudio seine Finger, trank einen Schluck Gin und sah hinüber zum Eingangsbereich, der von vier Bodyguards bewacht wurde.

Timo, dem die Disco gehörte, legte Wert darauf, dass das Publikum exklusiv blieb. Der normale Gardasee-Tourist verirrte sich nicht hierher. Und wenn doch einmal, wurde er ebenso höflich wie bestimmt abgewiesen.

Die jungen Leute, die sich hier vergnügten, besaßen Geld. Zumindest ihre Familien besaßen es. Geld und Einfluss, das war die Mischung, die Timo interessierte.

Der breite Vorhang, vor dem die Bodyguards standen, teilte

sich, und eine Gruppe junger Mädchen kam herein. Die Girls waren höchstens zwanzig, ihre Outfits waren hip und teuer.

Claudio wusste, dass ein etwa zwanzig Meter breiter Gang von diesem Eingangsbereich hinaus zur Straße führte. Auch dort stand ein Security-Mann und kontrollierte Ausweise und Outfits der Einlass Begehrenden.

»Na, hast du die Sachen?« Wie aus dem Nichts war Timo neben Claudio aufgetaucht. Er nippte kurz an seiner Zitronenlimonade. Nie trank er etwas anderes. Zumindest nicht dann, wenn er hier in seinem Laden war.

Claudio nickte und schob ihm das Päckchen, das er zusammen mit Barbara in Verona abgeholt hatte, über den Tisch.

»Idiot, geht's noch auffälliger?« Sofort ließ Timo das rechteckige Päckchen in seiner weiten Jacke verschwinden.

Claudio presste die Lippen aufeinander. »Timo, ich …«

»Was ist? Nun red schon, hab nicht ewig Zeit.«

»Ich … ich kann dir nicht den ganzen Betrag geben. Wenigstens im Moment nicht. Es ist so einiges blöd gelaufen in den letzten Tagen. Ich hab einen Engpass. Der Absatz läuft einfach nicht gut, und auch Matteo kann nicht genug liefern.«

»Wie bitte?« Timo, groß, schlank und wie stets in schwarzes Leder gekleidet, kniff die Augen zusammen. »Das ist nicht dein Ernst, mein Freund, oder?«

Claudio schluckte krampfhaft. Schweiß stand ihm auf der Stirn, und er wischte sich nervös ein paarmal über den Mund.

»Du weißt, dass ich darauf bestehe, dass unsere Vereinbarungen eingehalten werden.« Timo drehte sich halb zur Seite. »Übermorgen wieder hier.« Ehe Claudio wusste, wie ihm geschah, traf ihn ein so heftiger Fausthieb in die Lebergegend, dass er taumelnd zu Boden ging. »Ich denke, du vergisst den Termin nicht.« Timo zog ihn am schwarzen Hemd wieder auf die Beine.

»Ja. Kapiert.« Der Schmerz hatte Claudio Tränen in die Augen getrieben, keuchend waren ihm die zwei Worte über die Lippen gekommen. Verschwommen nahm er die blitzenden bunten Lichter wahr, die den ganzen Raum stets nur für Sekunden erhellten. Erst als er wieder klar sehen konnte, bekam er mit, dass Timo in der Menge verschwunden war.

Er tastete seinen Körper ab. Es schien so, als würden Timo und seine Freunde stets an die gleiche Stelle schlagen. Gerade war der Schmerz an seinem rechten Rippenbogen abgeklungen, da hatte Timo wieder zugeschlagen, und Claudio hatte Mühe, aufrecht zu stehen.

Rasch trank er sein Glas aus und ging dann in Richtung Ausgang. Ein paar Tänzer rempelten ihn an, der Schmerz, der daraufhin seinen ganzen Körper durchzuckte, ließ ihn laut aufstöhnen.

Erst als er draußen in der kühlen Nachtluft stand, ging es ihm besser. Die Angst, dass Timo nicht nur selbst zulangen, sondern auch noch seine Schläger auf ihn hetzen würde, wich.

Langsam und leicht gebückt, die Hand auf die Seite gepresst, ging er hinüber zum Hafen, wo er das erst vor Kurzem erstandene Motorboot vertäut hatte. Ein Glück, dass Timo davon nichts ahnte, er hätte ihm das Boot sofort abgenommen. Aber damit war er noch flexibler als mit dem Roller, fand Claudio. Außerdem machte es Eindruck bei den jungen Touristinnen. Sie fanden es super, dass er ihnen einen Bootstrip in Aussicht stellen konnte. Und wenn er ihnen dann auch noch eine Prise Koks oder ein paar Pillen anbot, waren sie willige Opfer.

Es geschah immer wieder, dass er bei einer seiner Touren – egal, ob auf dem eigenen Boot oder auf einer der Jachten von Timo – die Mädchen anfixte.

Trotz der Schmerzen musste Claudio grinsen. Sie waren ja so leicht zu manipulieren, die abenteuerlustigen Touristinnen. Eine kleine Mondscheinfahrt, ein paar Drinks, ein paar Küsse – dann eine Pille zum Aufmuntern ... Und er hatte neue Kundinnen gewonnen. Oft kamen die Konsumenten für zwei, drei Tage über die Berge her an den Gardasee. Das Wetter lockte ebenso wie die Aussicht auf heiße Partys in Riva del Garda, Torbole oder Limone.

Gerade im Norden des Sees, wo die berühmten Winde den Gästen ideale Segel- oder Surfbedingungen boten, gab es viele junge Leute. Und immer wieder fand er Kunden unter ihnen.

Doch nicht nur am See hatten er, Matteo und Timo Abnehmer für ihre Drogen. Auch in Verona, Venedig und Brescia gab es regelmäßig Dealer und Käufer für das Cannabis, das Matteo in seinen Gewächshäusern anbaute und weiterverarbeitete. Und die synthetischen Drogen, die Claudio in Timos Auftrag in Verona bei einem Chemiestudenten abholte, wurden auch immer häufiger konsumiert.

Claudio seufzte auf, als ihm bewusst wurde, auf welch gefährliche Deals er sich eingelassen hatte. Mit den sogenannten Geschäftspartnern war nicht zu spaßen. Das hatte er gerade wieder zu spüren bekommen. Er verfluchte insgeheim den Tag, an dem er sich von Matteo dazu hatte verleiten lassen, diese Geschäfte zu machen. Doch jetzt war er bereits so weit mit in diesen Sumpf geraten, dass er nicht mehr aussteigen konnte.

Er bückte sich, um den Motor anzuwerfen. Dabei zuckte wieder ein so teuflischer Schmerz durch seinen Körper, dass er sich eine Weile hinsetzen musste, ehe er in der Lage war, erneut zu starten und nach Gardone Riviera zurückzufahren.

29. Kapitel

»Wann triffst du dich mit Christian?« Annette stand vor dem Spiegel und trug Lidschatten und Wimperntusche auf. Am Vortag hatte sie sich in Antonias Boutique einen saphirblauen Hosenanzug gekauft, der ihre sportliche Figur unterstrich und ausgezeichnet zu ihrem hellen Haar passte.

»Er holt mich morgen Nachmittag ab.« Barbara lag, die Hände hinter dem Kopf verschränkt, auf ihrem Bett und sah der Freundin zu, die sich zum Ausgehen bereitmachte. Es war sechzehn Uhr, und beide hatten geduscht und sich die Haare gewaschen, was allerdings bei Annette wesentlich schneller ging als bei Barbara. Ihre kurzen Haare trockneten in der milden Luft, während Barbara ihre Haare eine Weile hatte föhnen müssen.

»Hältst du es denn so lange aus?« Grinsend drehte Annette sich um.

»Mach dir da mal keine Gedanken. Ich kann ganz gut ein paar Stunden ohne Christian sein. Im Gegensatz zu dir. Du scheinst ja schon nach drei, vier Stunden schwere Entzugserscheinungen zu bekommen, wenn du deinen Stefan nicht sehen kannst.«

Annette nickte. »Stimmt. Er fehlt mir jetzt schon, dabei haben wir uns erst am Mittag verabschiedet.«

»Oje, was wird das denn, wenn ihr erst mal wieder in Deutschland seid?« Barbara richtete sich auf und schwang die Beine aus dem Bett.

»Wieso?«

»Na ja, er muss arbeiten, und du schließlich auch. Oder willst du umsatteln und als Zahnarzthelferin jobben, nur um ihm nahe sein zu können?« Sie lachte leise auf. »Zuzutrauen wäre es dir in dem Ausnahmezustand, in dem du dich befindest.«

»Du musst gerade lästern!« Annette war nicht im Mindesten beleidigt. Sie legte die Wimperntusche auf den kleinen Glastisch, der vor dem hohen schmalen Spiegel gleich neben der Tür stand, ging zu Barbara und zog sie hoch. »Du bist doch selbst total verknallt, gib's zu.«

»Verknallt ...« Barbara dehnte das Wort. »Das stimmt so nicht. Ich hab mich verliebt. Richtig verliebt.« Sie umarmte Annette kurz, dann trat sie ans Fenster und sah hinaus auf den See. »Eigentlich ist es verrückt und widersinnig.«

»Warum das denn?«

»Na ja, vor ein paar Wochen wollte ich noch Sven heiraten. Und jetzt ...« Sie wandte sich zu der Freundin um. »Es ist doch eigentlich noch viel zu früh für eine neue Beziehung. Vor Kurzem war ich noch traurig und verletzt, weil Sven mich betrogen hat. Und jetzt vergucke ich mich in einen anderen.«

»Du liebst Christian ganz aufrichtig, da bin ich sicher. Das mit Sven ...« Annette zuckte mit den Schultern. »Das war so was wie Gewohnheit. Ihr kanntet euch schon ein paar Jahre, wart euch vertraut ... oder auch nicht.« Sie verzog leicht den Mund. »Er war ziemlich oft unterwegs, und wenn ihr mal längere Zeit zusammen wart, war das so wie Ferien. Ihr hattet doch, wenn du ehrlich bist, kaum mal einen richtigen Alltag.«

»Das ist überspitzt ausgedrückt«, widersprach Barbara halbherzig, aber im Stillen gab sie Annette recht.

»Doch, doch, so war das, gib's zu. Wahre Liebe war es nicht, was euch verband. Du wolltest einfach nicht allein sein, und er … er war eben da. Ihr hattet doch kaum gemeinsame Interessen, wenn du ehrlich zu dir bist.«

Barbara schwieg, doch insgeheim musste sie der Freundin recht geben. Wenn sie jetzt an Sven zurückdachte, konnte sie sich nicht einmal mehr genau erklären, was ihn so anziehend für sie gemacht hatte.

»Ich für meinen Teil bin mir sicher, dass er dich nach Strich und Faden ausgenutzt hat. Und betrogen und belogen. Er wusste ja, dass du ihm wieder vergeben würdest.«

»So kannst du das nicht sagen. Es klingt ja, als wäre er ein notorischer Fremdgänger.«

»O doch, genau so kann ich es sagen. Weil es wahr ist. Sven ist ein Windhund, er hat, da verwette ich meine frisch renovierte Praxis, auf dein Erbe spekuliert. Schließlich hast du von deinen Eltern einiges geerbt, und auch deine Tante ist nicht unvermögend.«

Barbara schüttelte den Kopf.

»Sven weiß gar nichts von den drei Mietshäusern in Kassel. Darüber haben wir nie gesprochen.«

»Ach nein?« Annettes Stimme war voller Ironie. »Dann frag ich mich, warum ich ihn dabei ertappt habe, wie er in deinen Papieren herumschnüffelte, als du vorigen Herbst mal nächtelang in der Apotheke Notdienst gemacht hast. Erinnere dich, an einem Regentag hast du mich gebeten, dir dein Handy zu holen, weil du es vergessen hattest. Da hab ich Sven in deiner Wohnung angetroffen.«

»Sven war da? Davon weiß ich doch gar nichts.« Sie runzelte die Stirn. »Wenn er da gewesen wäre, hätte er mir ja das Handy bringen können. Ich war damals der festen Meinung, er sei geschäftlich unterwegs.«

»Stimmt. Wenn du es gewusst hättest, dann hättest du ihn gebeten und nicht mich.«

Barbara dachte nach, doch sie konnte sich an diese Geschehnisse beim besten Willen nicht mehr erinnern.

»Warum war Sven in meiner Wohnung?« Ihre Stimme klang brüchig.

»Keine Ahnung. Er hat mir, wenn ich es richtig erinnere, irgendwas von einem vergessenen wichtigen Schreiben erzählt, das er am nächsten Tag unbedingt brauchte. Ich hab nicht so genau hingehört, weil ich es eilig hatte. Und er meinte noch, er müsse sich auch beeilen, um noch den Flieger nach Hamburg zu kriegen.« Annette stellte sich dicht neben die Freundin und legte ihr den Arm um die Schultern. »Ich weiß doch, dass du deine Papiere in einer dunkelblauen Mappe aufbewahrst. Und diese Mappe hatte Sven in der Hand. Und darum bin ich mir sicher, dass er genau über deine Vermögensverhältnisse Bescheid wusste.«

Barbara schwieg.

»Sag was.« Annette zwang sie, sie anzusehen. »Ich möchte zu gern wissen, warum du ihm nie was von den Häusern erzählt hast. War es Vorsicht? Hast du ihm instinktiv nicht vertraut?«

»Ich ... ich weiß es nicht. Geld war einfach nie Thema zwischen uns.« Barbara biss sich auf die Lippe. »Na ja, und Tante Karoline hatte mir schon früh eingeschärft, nicht allen Leuten zu sagen, was ich besitze.«

»Sven war nicht ›alle‹. Er war, wenn ich dich daran erinnern darf, der Mann, den du heiraten wolltest. Da wäre es eigentlich nur normal gewesen, ihm von alldem zu erzählen.«

»Ja, ja, du hast ja recht.« Barbara setzte sich auf den Stuhl neben dem Bett. »Ich hab ihm nichts gesagt. Vielleicht wollte ich nicht, dass er mich nur wegen des Geldes nimmt. Vielleicht hab ich es aber auch einfach vergessen. Schließlich regelt alles Geschäftliche die Hausverwaltung, die Tante Karoline und ich eingesetzt haben, da ist mir das gar nicht so präsent.«

Annette schüttelte den Kopf. »Das glaub ich nicht. Du hast ihm einfach nicht vertraut. Tief im Innern hast du gewusst, dass er nicht der Mann ist, mit dem du alt werden willst.«

»Jetzt interpretierst du aber alles Mögliche in diese Beziehung hinein.«

»Na klar.« Annette grinste. »Ich will dir nur noch mal deutlich machen, dass du Sven ganz dringend vergessen musst. Streich den Typen endgültig aus deinem Leben. Denk nur noch an Christian und daran, dass er dich glücklich macht. Tut er doch, oder?«

Barbara nickte, wobei ein zärtliches Lächeln über ihr Gesicht glitt. »Ja. Das macht er wirklich. Ich hätte nicht gedacht, dass ich so empfinden könnte. Mit ihm ist alles ganz wundervoll.«

»Ich weiß.« Annette griff nach dem neuen bunten Seidenschal, der ausgezeichnet zu dem Hosenanzug passte. »Du, ich bin jetzt weg. Stefan und ich wollen nach Venedig fahren.« Ein wenig schuldbewusst sah sie Barbara an. »Ist doch nicht schlimm, dass ich dich schon wieder alleinlasse?«

»Unsinn, ich bin ja nicht allein. Heute Abend helfe ich Maria ein bisschen in der Backstube, das hab ich ihr versprochen. Und morgen sehe ich Christian wieder.«

»Warum eigentlich nicht heute Abend?«

»Er wollte herkommen, aber ich möchte Maria nicht enttäuschen. Sie ist so großzügig gewesen, und da sie für morgen die Torten für eine große Hochzeit fertigstellen muss, ist sie auf Hilfe angewiesen.« Sie hielt kurz inne. »Obwohl … Ob ich wirklich eine Hilfe sein werde, wird sich noch rausstellen.«

»Du packst das schon. Und jetzt bin ich weg.« Flüchtig umarmte Annette die Freundin, griff nach ihrer Reisetasche und verließ das Haus.

Barbara sah ihr lächelnd nach. Stefan stand schon auf der Straße, und nach einem ausgiebigen Begrüßungskuss gingen die beiden eng umschlungen zu seinem Wagen, den er verbotenerweise in einer Einfahrt geparkt hatte.

Barbara schaute dem Wagen nach, bis er nicht mehr zu sehen war. Dann zog sie sich um und ging hinüber zum *Puccini*. Dort saßen noch ein paar späte Gäste.

»Wenn du magst, mache ich weiter.« Barbara stellte sich zu Renata, die am Tresen stand und darauf wartete, Feierabend machen zu können. »Dann kannst du ein bisschen früher heimfahren.«

»Würdest du das machen?« Die zierliche Italienerin sah sie dankbar an. »Klasse, dann kann ich noch in Ruhe einkaufen gehen.«

»Geht schon in Ordnung.« Barbara griff sich eine der kleinen Schürzen. »Geh ruhig.«

Sie musste nicht lange warten, bis auch das ältere Ehepaar, das lange vor den Cappuccinotassen gesessen hatte, zahlte und das Café verließ. Routiniert räumte Barbara ab, wischte alle Tische sauber und auch die Kuchentheke, die Maria schon leer geräumt hatte. Dann ging sie hinüber zur Backstube, wo die Konditorin und ihr Angestellter bereits bei den Vorbereitungen waren.

»Gut, dass du da bist.« Alessandro, der fünfzigjährige Konditor, sah nur kurz auf. »Reich mir doch mal bitte die Marzipanmasse rüber.«

Fast vier Stunden arbeiteten sie noch in der Backstube, dann waren die zum Teil fünfstöckigen Torten fertig.

Barbara war müde, als sie hoch in ihr Zimmer ging. In der vergangenen Nacht hatte sie nur wenig geschlafen, doch als sie daran zurückdachte, was beziehungsweise wer sie am Schlaf gehindert hatte, musste sie lächeln.

Bevor sie sich ins Bett legte, checkte sie noch ihr Handy. Christian hatte ein paarmal versucht, sie zu erreichen, ihr dann eine Nachricht hinterlassen:

Egal, wie spät es ist, ruf mich an. Ich liebe Dich.

Sofort rief Barbara ihn an, und Christian meldete sich auch gleich. Es war schön, seine zärtliche Stimme zu hören.

»Wie war dein Tag?«, wollte er wissen. »Hast du mich vermisst?«

»Ich hatte genug zu tun.« Barbara erzählte von den Torten, die sie kreiert hatten. »Ich hab zwar nur Handlangerdienste erledigen können, aber es hat Spaß gemacht. Alessandro ist ein Künstler.«

»Du, ich tendiere zur Eifersucht.« Sein warmes Lachen nahm den Worten die Schärfe.

»Das ist nicht schlimm, mein Othello. Ich habe dich sehr vermisst und liebe dich. Wir sehen uns morgen wieder. Bis dahin.«

»Ich hole dich morgen Vormittag ab, wie besprochen. Zieh bequeme Schuhe an. Ich hab eine Überraschung für dich.«

»Und die wäre? Ich stehe nicht so sehr auf Überraschungen.«

»Die wird dir gefallen, da bin ich sicher.« Christian hauchte einen Kuss ins Handy, dann fügte er lachend hinzu: »Ich will mal nicht so sein. Ehe du vor lauter Neugierde nicht einschlafen kannst, verrate ich dir: Julia freut sich auf dich.«

30. Kapitel

Noch schlaftrunken griff Barbara zu ihrem Handy, das durchdringend klingelte. Ein kurzer Blick zum Fenster zeigte ihr, dass es erst kurz nach Mitternacht war, sie hatte noch nicht mal anderthalb Stunden geschlafen.

»Ja? Hallo?«

»Barbara, Darling! Endlich kann ich dich sprechen.«

»Sven, verdammt noch mal, weißt du, wie spät es ist?«

»Egal. Ich muss mit dir reden, und tagsüber drückst du mich ja immer weg.«

»Das mach ich jetzt auch.«

»Bitte nicht. Bitte, Liebling, es tut mir alles so leid. Ich war ein Esel. Und ich flehe dich an, verzeih mir. Komm zurück zu mir. Ich liebe dich. Über alles. Dich allein.«

»Davon hab ich nicht viel gemerkt.« Barbara setzte sich im Bett auf. »Hör mir zu, Sven, ich sag es nicht noch mal: Wir sind getrennte Leute. Ich will von dir nichts mehr wissen, es ist vorbei!«

»Nein, ist es nicht! Ich akzeptiere diese Trennung nicht. Du und ich, wir gehören zusammen. Erinnere dich doch mal daran, wie schön es war, wenn wir zusammen waren. Im Bett und auch sonst.« Er holte tief Atem, und seine Stimme bekam einen weinerlichen Tonfall. »Du warst immer die Frau meines Lebens, egal, was ich an Dummheiten zwischendurch angestellt habe. Du allein bist die Mutter meiner Kinder. Darling, verzeih mir.«

»Da bin ich aber anderer Ansicht. Und jetzt hör auf mit diesem Theater, das ich dir doch nicht abnehme. Lass mich in Ruhe, Sven. Ruf mich nicht noch einmal an.« Und ehe er antworten konnte, legte sie auf.

Doch schon nach wenigen Augenblicken klingelte es erneut, und genervt drückte Barbara den Anrufer weg. Noch viermal belästigte Sven sie, dann nahm sie den Anruf endlich an und fauchte gleich los: »Wenn du mit diesem Stalken nicht aufhörst, Sven, erstatte ich Anzeige, darauf kannst du Gift nehmen. Lass mich endlich in Frieden.«

»Das könnte dir so passen, du blöde Gans. Mich wirst du nicht so einfach los. Wer bin ich denn, dass du mich abschieben kannst wie einen alten Wagen, ha?«

»Du hast getrunken, Sven.«

»Ja, hab ich. Schließlich gibt es einiges an Frust, den ich ersäufen muss. Du hast mich belogen, du Schlampe. Denkst du wirklich, ich wüsste nicht, dass du dein verdammtes Geld jetzt mit einem anderen durchbringst, ha? Hausbesitzerin bist du, und mir hast du vorgemacht, du wärst nichts anderes als eine kleine Apothekenhelferin.«

»Sven, bitte ... Das tut doch nichts zur Sache.«

»Und ob es das tut. Dachtest du wirklich, du wärst eine so scharfe Maus, dass ich es mit dir nur wegen deiner schönen Augen treibe, ha? So naiv kannst du doch nicht sein. Aber ich will dich zurück. Komm wieder her. Sofort!«

In Barbaras Augen standen Tränen. Sie wusste nicht, ob Sven diese Gemeinheiten nur im Alkoholrausch sagte oder ob er alles, was er ins Handy brüllte, auch so meinte.

»Verschwinde aus meinem Leben«, flüsterte sie noch, dann schaltete sie das Handy aus.

An Schlaf war nach diesem Anruf lange nicht zu denken. Barbara lag im Bett und starrte an die Decke. War Sven wirklich noch gemeiner, noch berechnender, als sie bisher gedacht hatte?

Wie hatte sie sich nur so in ihm täuschen können? War ihre Sehnsucht nach Zuwendung, nach einem Zuhause mit Mann und Kindern so groß, dass sie derart über seine Schwächen hinweggesehen hatte? Dass sie seinen miesen Charakter nicht hatte wahrhaben wollen?

Nein, antwortete sie sich selbst auf diese Fragen. Ich habe nicht unter allen Umständen eine Familie haben wollen. Das will ich auch jetzt noch nicht. Ich bin zufrieden so, wie es ist ...

Schließlich konzentrierten sich ihre Gedanken mehr auf Christian. Die Gedanken an Sven, an seine Gemeinheiten verblassten immer mehr. Dieser Mann, ob nur untreu oder auch berechnend und ein Lügner, war Vergangenheit. Ihr Glück hatte sie hier am Gardasee gefunden, bei Christian.

Mit diesem Gedanken schlief sie endlich ein, als im Osten schon das erste Morgenrot den Himmel färbte.

Sie schlief bis in den späten Vormittag, erwachte mit schlechtem Gewissen und beeilte sich, fertig zu werden. In einer halben Stunde wollte Christian sie abholen.

Kurze Zeit später ging sie hinüber ins Café, um schnell zu frühstücken. Die Konditorin war schon unterwegs, um der Hochzeitsgesellschaft die Torten zu liefern, aber Alessandro freute sich, dass sie mit ihm in der Backstube einen Kaffee trank.

»Dieses Mandeltörtchen musst du probieren«, drängte er. »Nur Kaffee am Morgen, das ist ungesund. Iss was.«

Um ihn nicht zu enttäuschen, kostete sie von dem runden Gebäck, das er erst vor Kurzem kreiert hatte. Es schmeckte köstlich, und Barbara lobte den Konditor so ausgiebig, wie er es sich erhofft hatte.

»Davon nehme ich zwei mit, ja?« Sie umarmte ihn flüchtig. »Heute fahren Christian und ich nach Verona.«

»O ja, da müssen Verliebte unbedingt hin.« Alessandro schmunzelte. »Sieh nur zu, dass du überhaupt einen Platz unter Julias Balkon ergatterst. Die Touristen drängen sich in dem kleinen Vorhof und verrenken sich die Hälse, nur um zu dem steinernen Balkon hochsehen zu können.« Er grinste. »Lass dich trotzdem verzaubern. Die Stadt hat nämlich mehr zu bieten als diese Shakespeare-Story.«

Davon ging Barbara aus, und sie freute sich auf Verona.

Die Stadt, die in den Windungen der Etsch lag, empfing sie mit strahlendem Sonnenschein.

Christian lenkte den Wagen nicht in eines der großen Parkhäuser, sondern fuhr durch ein paar schmale Gassen, bis sie einen rechteckigen Hinterhof erreichten.

»Was ist das hier?« Barbara sah sich um. Außer ein paar hohen, nur grob verputzten Mauern konnte sie nichts Besonderes entdecken.

»Komm mit.« Lächelnd nahm Christian ihre Hand und führte sie zu einer schmalen, grün gestrichenen Tür, die von hohen alten Oleanderbüschen, die kaum Blüten trugen, fast verdeckt wurde. »Hast du Durst? Ich finde, wir sollten den Tag in Verona mit einem Glas Wein beginnen.«

»Dagegen hab ich gar nichts.« Lächelnd folgte ihm Barbara durch die Tür, dann durch einen langen schmalen Gang, bis sie schließlich in einem alten, mit dunklen Möbeln eingerichteten Gastraum standen.

»Das ist die *Trattoria Angelina*. Mein absoluter Geheimtipp.«

Christian schmunzelte. Und so, als hätte man seine Stimme erkannt, öffnete sich eine Seitentür, und eine alte, ganz in Schwarz gekleidete Frau trat heraus. Mit einem Freudenschrei eilte sie auf Christian zu und zog ihn in die Arme.

»Christian! Welch eine Freude! Endlich bist du wieder mal hier.« Sie schob ihn von sich und musterte ihn prüfend. »Gut siehst du aus. Glücklich.« Ein kurzer Blick ging zu Barbara, die sich abseitsgehalten hatte. »Das ist ihr zu verdanken, ja?« Sie nickte Barbara zu. »Sehr gut. Sehr, sehr gut. Aber jetzt kommt, ihr habt sicher Hunger und Durst.«

Lächelnd sah Christian sich nach Barbara um. »Das ist Überraschung Nummer eins. Signora Angelina ist die beste Köchin Veronas. Und ihr Mann war ein guter Freund von mir. Er hat auch geschrieben. Wunderschöne Gedichte, aber auch hervorragende Reiseberichte über die Gegend hier und die Dolomiten.«

Angelina nickte. »Ja, seine Liebesgedichte sind mein kostbarster Besitz.« Sie lächelte Barbara zu. »Aber reden wir nicht von mir und meiner Liebe. Was ist mit euch?«

Christian griff nach Barbaras Hand und zog sie an die Lippen. »Das siehst du doch, Angelina. Barbara ...«, ein kleiner Kuss folgte, »hat mir geholfen, ins Leben zurückzufinden.«

»Darauf trinken wir.« Angelina hatte schon drei Gläser eingegossen. »Auf einen der schönsten Tage seit Langem«, sagte sie und trank ihr Glas in einem Zug leer. »Und jetzt setzt euch dahinten in den Erker, da habt ihr Luft und könnt auf die Straße schauen. Ich muss in die Küche.«

»Eine sehr bemerkenswerte Frau.« Barbara sah sich um. »Und ein ganz besonderes Restaurant, scheint mir.«

»Ja, Angelinas Trattoria ist bei Insidern berühmt. Ich war als Student das erste Mal hier. Damals mit zwei Freunden, die mich dazu überredet haben, irgendwo eine Fischsuppe zu essen. Drei

Tage war ich krank, und nur Angelinas Fürsorge ist es zu verdanken gewesen, dass ich nicht mit Vergiftungsfolgen in die Klinik musste.«

»Wieso das denn?«

»Sie hat damals noch drei Zimmer vermietet und mich in einem wohnen lassen. Sie hat mich gepflegt und aufgepäppelt, während meine Kumpels abends die Stadt unsicher gemacht haben.« Er grinste. »Die beiden sind nie mehr hierhergekommen, soviel ich weiß. Ich aber immer wieder gern.«

»Das kann ich verstehen.« Barbara sah hinaus auf die kleine Straße. Vor dem Erker, unter dem ihr kleiner Tisch stand, blühten Geranien und Lobelien. Dazwischen war Weihrauch gepflanzt, der seinen Duft durch das offene Erkerfenster verströmte.

»Wir sind nur ein paar Minuten von der Piazza Brà entfernt«, erzählte Christian, »aber hier spürt man von der Hektik, die rund um die Arena herrscht, kaum etwas.«

So war es tatsächlich. Nur wenige Touristen schlenderten durch die kleine Gasse, in der sich außer der Trattoria noch eine Espressobar, ein Schuhgeschäft, ein Zigarettenladen und eine Fleischerei befanden.

»Was wollen wir essen?« Barbara sah sich vergeblich nach einer Speisekarte um.

»Das ist immer eine Überraschung.« Christian griff über den Tisch, auf dem eine rot-weiß karierte Decke lag, nach Barbaras Hand. »Angelina kocht nur das, was sie am Morgen auf dem Markt frisch eingekauft hat. Und wenn wir Glück haben, gibt es überbackene Jakobsmuscheln. Oder eine Fischplatte. Das wäre ideal.«

»Ich lasse mich gern überraschen.«

Barbara schaute kurz hinaus auf die Gasse, wo gerade eine Familie mit drei kleinen Kindern vorüberging. Die Zwillinge, etwa fünf Jahre alt, winkten ihr zu, und spontan winkte sie zurück.

Dann sah sie beinahe erschrocken zu Christian hin. Würde er wieder panisch reagieren, so wie bei ihrem ersten gemeinsamen Essen?

Doch Christian blieb gelassen, zumindest wirkte er äußerlich ganz ruhig. Er trank einen Schluck Wein und sah in Richtung Küche, aus der Angelina gerade mit einem Vorspeisenteller kam.

»Lasst es euch schmecken.« Für einen kurzen Moment legte sie Christian die Hand auf die Schulter. »Schön, dass du wieder da bist«, sagte sie noch einmal, dann lief sie zurück in ihr Reich, aus dem es schon verführerisch duftete.

»Ihr seid sehr vertraut miteinander, stimmt's?« Barbara griff nach einer Scheibe Schinken, dann zu den überbackenen, in kleine Stücke geschnittenen Auberginen. Ganz bewusst sah sie Christian bei der Frage nicht an.

»Ja. Vor meiner Ehe war ich öfter in der Gegend, hab sogar ein Semester in Venedig studiert.« Ein jungenhaftes Lächeln glitt über sein Gesicht. »Offen gestanden haben meine Kommilitonen und ich mehr das unbeschwerte Leben als die italienische Architektur studiert.«

»Ich wusste gar nicht, dass du Architektur studiert hast.« Überrascht sah sie ihn an.

»Hab ich auch nicht. Beziehungsweise nur zwei Semester lang, parallel zur Literaturwissenschaft.« Er nahm ein paar Sardinen und einige Scheiben der köstlich eingelegten Artischocken. »Ein Semester war ich hier in Italien, dann musste ich zurück. Geldnot.« Er zwinkerte ihr zu. »Das empfand ich als grausam, denn so unbeschwert wie hier hatte ich noch nie gelebt. Aber in München ging's mir dann auch ganz gut. Noch vor dem Abschlussexamen hatte ich meinen ersten Roman veröffentlicht. Du kannst dir gar nicht vorstellen, wie sauer mein Doktorvater auf mich war, als ich ihm voller Stolz mein Buch überreichte.«

»Warum das denn?«

»Er meinte, er hätte mir mehr zugetraut als so einen billigen Krimi.«

»Und wie hast du reagiert?«

Christian zuckte nur mit den Schultern. »Gar nicht. Allerdings war ich kurzfristig versucht, ihm die Endabrechnung des Verlags zu schicken. Hab es aber dann doch gelassen. Er war ein netter Mensch, zudem schon kurz vor dem Ruhestand. Warum hätte ich ihn brüskieren sollen?«

Angelina kam an ihren Tisch und schaute auf die noch halb gefüllten Teller. »Schmeckt es euch vielleicht nicht?« Ihre Stimme klang nicht besorgt, eher empört.

»Doch, doch, es ist alles ganz köstlich«, beeilte sich Barbara zu versichern.

»Du bist die beste Köchin der Welt, das hab ich dir doch schon oft gesagt.« Christian stand auf und zog Angelina kurz in die Arme. »Aber wir haben einfach zu viel geredet, anstatt zu essen.«

»Dann ist es gut.« Angelina wandte sich um. »In fünf Minuten ist die Pasta fertig.«

»Dann sollten wir uns ranhalten.« Christian trank noch einen Schluck Wein, dann beeilte er sich, den Vorspeisenteller zu leeren.

Die Pasta war hervorragend. Steinpilze waren großzügig auf den hausgemachten Nudeln verteilt, die Soße einfach ein Gedicht.

»Ich kann nicht mehr.« Lächelnd lehnte sich Barbara zurück.

»Das darfst du Angelina nicht antun. Ihre Desserts sind berühmt.«

Tatsächlich schmeckte das Cassata-Eis, das Angelina zusammen mit einem Stück Tiramisu servierte, sündhaft gut.

»Eigentlich müsste man jetzt eine Stunde Siesta halten«, meinte Barbara und lehnte sich zurück.

»Gegen die Müdigkeit gibt es noch einen doppelten Espresso.«

Während sie den starken Kaffee tranken, sah Barbara immer wieder hinaus auf die Straße, auf der inzwischen etwas mehr Betrieb herrschte. Auch das kleine Lokal, das nur über sieben Tische verfügte, war inzwischen voll besetzt, und Angelina hatte keine Zeit mehr für sie.

»Musst du nicht bezahlen?«, fragte Barbara, als Christian die beiden Espressotassen auf den Tresen stellte, um die Trattoria zu verlassen.

»Später. Das hat noch Zeit. Angelina weiß ja, dass wir wieder zurückkommen.«

Kurz nachdem sie das Dessert gegessen hatten, hatte Christian nämlich die beiden Reisetaschen aus dem Wagen geholt und sie in einem Hinterzimmer abgestellt. Angelina hatte er gebeten, im Nachbarhaus ein Zimmer für sie zu reservieren. Sie selbst vermietete nicht mehr, das war ihr zu viel geworden.

»Dein Nachbar vermietet doch noch, oder?«

»Aber ja. Und für meine Freunde hat er immer ein Zimmer frei. Ich habe hier sogar einen Schlüssel liegen – falls es einen Notfall gibt.« Angelina lächelte. »Den Schlüssel gebe ich dir einfach mal mit.«

»Du bist die Beste. Danke.«

Angelina nickte nur und legte ihm die Hand auf die Schulter. »Sie ist eine Gute, deine Freundin. Du siehst glücklich aus.«

»Sie macht mich auch sehr glücklich.« Kurz hatte Christian die Wirtin umarmt, dann war er wieder zurück zu Barbara in die Trattoria gegangen.

»Passt sie auf unser Gepäck auf?«, fragte Barbara nun.

»Tut sie, wir können los und erst mal Julia besuchen.« Christian legte den Arm um Barbaras Schultern. »Danach können wir uns die Stadt anschauen.«

Bis zur Casa di Giulietta war es nicht weit. So wie unzählige andere Touristen standen sie unter dem steinernen Balkon.

»Der Palazzo soll das Elternhaus von Julia gewesen sein«, erklärte Christian, »historisch bewiesen ist ihre Liebe zu Romeo Montecchi allerdings nicht.«

»Macht nichts.« Barbara sah hinüber zur Statue der Julia, deren rechter Busen schon ganz blank poliert war und im Sonnenlicht golden glänzte. Dorthin zu fassen sollte Glück in der Liebe bringen. »Die Geschichte ist einfach zu schön.«

»Romantikerin.« Lächelnd sah Christian sie an.

»Muss man doch hier sein.« Sie schmiegte kurz den Kopf an seine Schulter. »Fassen wir Julia noch schnell an den Busen?«

Christian zog sie fester an sich. »Mach du das, ich bevorzuge deinen.«

Eine flüchtige Röte überzog Barbaras Gesicht, rasch machte sie sich von ihm los und ging zu der Statue der schönen, so unglücklich verliebten Julia und berührte ihren Busen.

»So, nun ist Punkt eins des Touristen-Pflichtprogramms erfüllt.« Sie lachte. »Was machen wir jetzt?«

»Möchtest du shoppen gehen? Auf der Via Mazzini gibt es alles, was das Modeherz begehrt.«

Doch Barbara winkte ab. »Ich schaue mich lieber in der Stadt um. Shoppen war ich schon in Antonias Boutique, das reicht.« Sie lachte. »So viel habe ich in den letzten Jahren nicht für Klamotten ausgegeben. Aber die Modelle waren einfach zu verführerisch.« Sie drehte sich kurz im Kreis. »Ich gefalle dir hoffentlich.« Barbara trug ein hellgrünes Hemdblusenkleid mit kleinen weißen Punkten. Ein weißer breiter Lackgürtel betonte ihre Taille.

»Immer.« Verliebt zog Christian sie wieder an sich.

So schlenderten sie über die Piazza delle Erbe, auf der auch heute noch, so wie in früheren Jahren, Markt abgehalten wurde.

»Es ist überliefert, dass Johann Wolfgang von Goethe von den hier feilgebotenen Früchten und dem Gemüse fasziniert war«, erzählte Christian. »Unser Dichterfürst hatte sich ja sofort in die oberitalienische Landschaft verliebt.«

Barbara nickte. »Das ist nachvollziehbar. Ich finde es hier auch wunderschön.« Sie wies zu einem steinernen Wasserbecken. »Das ist, habe ich gelesen, die Madonna Verona, das Wahrzeichen der Stadt.«

»Richtig. Es ist die uralte Statue einer Römerin, die man im vierzehnten Jahrhundert mit einem Kopf und Armen versehen hat.«

Langsam liefen sie weiter, bis sie zu der Kirche San Zeno kamen.

»Die müssen wir uns ansehen«, sagte Christian. »Sie ist Veronas wertvollster Kirchenbau. Darunter liegt der Stadtpatron, der heilige Zeno, begraben.«

Im ersten Moment war Barbara versucht abzulehnen. Sie hatte in Bayern schon so viele Kirchen besichtigt, dass sie kein großes Interesse daran hatte, in einen kühlen romanischen Bau zu gehen, wo doch so schönes Wetter war.

Doch dann war sie so fasziniert von den wunderbaren Bronzetüren, die im Mittelalter von einem Künstler erschaffen worden waren. Und auch das Innere der Kirche war sehenswert.

»Dieser Lettner mit seinen Skulpturen ist einmalig«, schwärmte Christian, und da konnte ihm Barbara nur zustimmen.

»Wenn wir mal mehr Zeit haben, sehen wir uns alles genauer an. Diese Kirche beherbergt unzählige Kunstschätze. Aber jetzt komm mit hinüber zur Arena.«

Draußen empfing sie wieder strahlender Sonnenschein, und Barbara blinzelte kurz gegen das Licht.

Langsam schlenderten sie in Richtung der Piazza.

»Auf der Piazza Brà muss man als Tourist einen Cappuccino getrunken haben, sonst war man nicht hier«, meinte Christian und steuerte schon einen der wenigen freien Tische an.

Eine Weile saßen sie da und sahen dem lebhaften Treiben zu. Christian hielt Barbaras Hand, und sie genoss seine vertraute Nähe.

»Magst du Verdi?«, fragte er nach einer Weile.

»Sicher. In München bin ich oft in die Oper gegangen. Meine Tante war ein richtiger Fan und hat mich schon als junges Mädchen mitgenommen. Wir waren auch in Salzburg und sogar einmal zum Neujahrskonzert in Wien. Ich weiß noch, dass ich ziemlich enttäuscht war, als sie mir diese Karten zu Weihnachten schenkte. Aber dann, als ich in diesem blumengeschmückten Saal saß und den Philharmonikern zuhörte, war ich hin und weg.«

»Das bist du hoffentlich gleich auch.« Christian holte zwei Eintrittskarten aus der Tasche seiner Leinenjacke. »*Aida* in der Arena, auch das ist ein Muss hier in Verona.«

»Du hast Karten?« Begeistert sah ihn Barbara an. »O Christian, das ist wunderbar!« Sie strahlte ihn an. »Du hast ja ein richtiges Ausflugsprogramm zusammengestellt.«

»Ich dachte mir, dass es dir gefallen würde. Darum wollte ich ja auch, dass wir hier übernachten. Die Aufführung fängt erst nach einundzwanzig Uhr an, wenn es langsam dunkel wird. Dann genießt man die Atmosphäre umso mehr.«

»Ich bin jetzt schon gespannt.« Barbara sah auf die Uhr, doch sie hatten noch Zeit bis zum Beginn der Aufführung. Also bummelten sie durch die umliegenden Straßen, und Barbara bewunderte die verschiedenen Palazzi, die von der einstigen Größe der Stadt und dem Reichtum der damaligen Bewohner zeugten.

»Die Scaliger waren zwar in Verona verhasst, das zeigt ja schon, dass sie eine Brücke über die Etsch als Fluchtweg von ihrer riesigen Burg aus gebaut haben, doch sie haben der Stadt herrliche Bauwerke hinterlassen.« Christian wies auf ein prächtiges Gebäude am Ende der Piazza dei Signori. »Das da ist der Palazzo del Governo, darin sitzt heute die Provinzregierung.«

»Du kennst dich wirklich gut aus.«

»Ich hab ja eine Weile hier gelebt, da lernt man die Stadt ganz gut kennen. Und ich interessiere mich für die alten Bauwerke, sie sind Stein gewordene Geschichte. So wie die Arena.« Er schaute auf die Uhr. »Wir sollten so langsam dorthin gehen. Es herrscht immer viel Gedränge an den Eingängen.«

»Dann komm.« Barbara hakte sich bei ihm ein. »Ich bin ja so gespannt!«

»Eine Opernaufführung in der Arena ist Kunstgenuss und Augenschmaus zugleich. Das steinerne Rund fasst auch heute noch 22 000 Menschen, und meist sind alle Plätze belegt. Es ist schon ein Erlebnis zu sehen, wie die Akteure sich über das ganze Rund verteilen.«

Davon konnte sich Barbara wenig später überzeugen. Die guten Plätze in der Mitte des Amphitheaters waren alle besetzt, aber auch auf den Steinen ringsum, die von der Frühjahrssonne noch warm waren, saßen die Zuschauer. Viele hatten Sitzkissen und Decken mitgebracht, da die Vorstellung ja erst bei Einbruch der Dunkelheit begann und es dann kühler wurde.

Pünktlich um einundzwanzig Uhr begann schließlich ein Spektakel, das Barbara nicht mehr vergessen sollte: Die vielen Tausend Besucher hatten am Eingang kostenlos Kerzen mitnehmen können, und bevor die Ouvertüre erklang, wurden die Kerzen angezündet und tauchten den antiken Bau in ein romantisches Licht.

Die Inszenierung war recht authentisch, die Kostüme so, wie

sie zu Verdis Zeiten vorgeschrieben worden waren. Barbara genoss das Ambiente ebenso wie die hervorragenden Sänger.

»Es war wundervoll«, sagte sie in der ersten Pause und sah sich begeistert in dem riesig anmutenden Rund um. »*Aida* ist die Oper, die man hier gesehen haben muss.«

»Wenn ich mich nicht irre, wurde sie hier zu Verdis hundertstem Geburtstag zum ersten Mal aufgeführt. Und der Erfolg war mindestens so groß wie bei der Uraufführung in Ägypten.«

»Das kann man nachvollziehen.«

Nach der Pause konzentrierte Barbara sich wieder auf das Geschehen auf der Bühne, wo Aida und Radamès, der ägyptische Feldherr, vergebens auf die Erfüllung ihrer Liebe hofften.

Nach der beeindruckenden Aufführung gingen Barbara und Christian zurück zu der kleinen Gasse, in der sich die *Trattoria Angelina* befand.

»Wir können doch jetzt nicht mehr läuten.« Besorgt sah Barbara auf die Uhr. »Es ist weit nach ein Uhr, und Angelina schläft sicher schon.«

»Müssen wir auch nicht.« Christian zog einen kleinen Schlüssel aus der Tasche. »Ich habe vorgesorgt und mir von Angelinas Nachbarn den Hausschlüssel geben lassen.«

»Du bist immer wieder für eine Überraschung gut.«

Er küsste sie lange und leidenschaftlich. »Warte ab, was gleich noch alles auf dich wartet«, flüsterte er dicht an ihren Lippen. »Ich zeige dir das Paradies.«

31. Kapitel

Es war ein bisschen bewölkt an diesem Montag, der auf einen strahlenden Sonntag folgte. Doch den beiden Männern, die in ihrer Fahrradkluft gerade in Riva ankamen, war es gerade recht so.

»Das war mit die verrückteste Idee, die du jemals hattest.« Keuchend wischte sich Karl Mitterer den Schweiß von der Stirn.

»Du bist einfach untrainiert, das ist dein Problem.« Sein Begleiter lachte. »Wenn du so wie ich regelmäßig mit dem Rad fahren würdest …«

»Wenn! Wenn ich gewusst hätte, dass du mich über die Alpen jagst, hätte ich mich nicht auf diese Tour eingelassen.«

»Du übertreibst mal wieder.« Jonas wies zu einem kleinen Rastplatz. »Da können wir eine Pause machen. Oder sollen wir weiterfahren bis Riva? Weit ist es nicht mehr.«

»Wir machen Pause.« Der Apotheker schob sein Rad zu einem kleinen Kiosk, vor dem ein paar Holzbänke standen. Seufzend ließ er sich auf einer nieder und streckte die Beine weit von sich. »Wenn ich nicht sofort etwas zu trinken kriege, falle ich tot um.«

»Wenn man dir zuhört und dich ansieht, könnte man denken, dass ich dir wirklich eine Alpenüberquerung mit dem Rad zugemutet hätte.« Grinsend stellte auch Jonas sein Rad ab. »Dabei sind wir bis Bozen mit dem Zug gefahren. Und von dort bis hierher haben wir schon ein Mal übernachtet.«

»Das war ja auch so geplant.« Karl fuhr sich mit der Hand übers Gesicht. »Ich bin schließlich kein Jungspund mehr. Und Athlet wollte ich in meinem Alter auch keiner mehr werden.« Er sah Jonas prüfend an. »Sag mal, hast du heimlich was eingeworfen? Du siehst noch so fit aus.«

»Ich bin fit!« Jonas grinste. »Das beweise ich doch grade.« Er ging zum Kiosk und kaufte zwei Kaffee. »Hier, das wird dich aufmuntern. Wenn du mal mit mir ins Fitnesscenter gegangen wärst, würdest du jetzt nicht so in den Seilen hängen und könntest die Gegend noch mehr genießen. Diese gezackten, fast weiß wirkenden schroffen Berge hinter uns ...« Er sah sich um. »Die Dolomiten sind immer noch zum Greifen nah, dabei haben wir sie schon lange hinter uns gelassen.«

»Jetzt komm nicht noch auf die Idee, irgendeinen Berg besteigen zu wollen. Mir reicht es schon, dass ich rauf- und runterfahren muss.« Karl atmete ein paarmal tief durch. »Schön ist es ja schon hier, aber es war dennoch eine Schnapsidee, mit dem Rad zum Gardasee zu fahren. Bis Verona kann man bequem fliegen, und wir würden entspannt und nicht so abgehetzt bei Barbara ankommen.«

»Ob sie sich überhaupt über unser Kommen freut?«

»Ganz bestimmt.« Karl trank einen Schluck Kaffee. »Und sie wird uns von Herzen gratulieren. Sie hat unsere Liebe ja immer toleriert. Darum denke ich, sollte sie eine der Ersten sein, die es erfährt.« Er hob die rechte Hand, an der ein Trauring blitzte. »Sie ist doch eine der wenigen, die von unserer Beziehung wissen.«

»Das liegt nicht an mir.« Jonas verzog leicht den Mund.

»O nein, nicht schon wieder!« Karl stand auf und machte ein paar Verrenkungen, um die angespannten Muskeln zu lockern. »Du weißt genau, warum ich unsere Beziehung nicht an die große Glocke hängen will. Ich bin Apotheker, und die Leute ...«

»Die Leute sind aufgeklärter und toleranter, als du denkst«, fiel ihm Jonas ins Wort.

»Da bin ich mal gespannt«, sagte Karl, der immer Angst hatte, Kunden zu verlieren, wenn erst bekannt wurde, dass er einen Mann liebte. Jonas hingegen war da viel offener, und auch die Kunden seiner Boutique hatten kein Problem mit seiner sexuellen Neigung. Etliche seiner Kunden waren so wie er homosexuell. Aber auch viele heterosexuelle Ehepaare waren Stammkunden, und Jonas war sich sicher, dass sich niemand daran stören würde, dass er seinen langjährigen Freund geheiratet hatte.

»Können wir weiterfahren?« Jonas schwang sich schon wieder auf sein Rad. Kurz sah er zum Himmel auf. »Die Wolken da hinten werden dichter, und nass werden möchte ich nicht.«

»Von mir aus kann's losgehen.« Karl stellte die beiden Kaffeebecher zurück, und wenig später radelten sie einträchtig weiter. Ziel war Castel Thun im Val di Non. Davon hatte Jonas durch einen Bekannten erfahren, der von der Landschaft schwärmte, aber auch von dem alten Schloss, das einst der mächtigen Grafenfamilie Thun gehört hatte. Unterhalb der Festung wollten sie heute übernachten, ehe es dann in Richtung Gardasee ging.

Als sie ihr Ziel erreichten, waren sie beide fasziniert von der Schönheit der Gegend. Wie eine Wächterin der Landschaft ragte die Festung empor, umgeben von Weinbergen und Gärten, in denen Obstbäume die ersten noch kleinen Früchte trugen.

In dem Hotel, in dem sie übernachten wollten, bekamen sie ein köstliches Essen.

»Was ist das denn?« Fragend sah Jonas den Kellner an und wies auf den Teller mit verführerisch duftenden Gnocchi, die er ihnen ungefragt als Vorspeise serviert hatte.

»Strangolapreti sind das.« Der Kellner lachte und zeigte dabei zwei große Zahnlücken. »Im Deutschen würde man sagen, es sind

›Priesterwürger‹. Jedenfalls wird es so übersetzt. Aber ich sage euch: Das sind die besten Spinatgnocchi, die ihr in ganz Italien bekommt.«

»Kalorienbomben sind das«, meinte Karl, doch dann ließ er sich die Gnocchi, die in duftender Salbeibutter schwammen, schmecken.

Hinterher gab es Lammbraten, der ebenso perfekt zubereitet war. Und der ausgezeichnete Wein rundete nicht nur das Essen ab, sondern verlieh ihnen auch die nötige Bettschwere.

Am nächsten Morgen frühstückten sie zeitig, denn die etwa siebzig Kilometer bis zum See wollten bewältigt werden.

32. Kapitel

»Da bist du ja wieder, Barbara! Der Madonna sei Dank!«

Wie aus dem Boden geschossen stand Claudio vor Barbara, die sich vor wenigen Minuten erst von Christian verabschiedet hatte. Ein wunderschönes Wochenende lag hinter ihnen, sie hatten Verona erkundet und die glanzvolle Aida-Aufführung genossen.

Zu gern hätte Christian es gesehen, wenn Barbara noch mit zu ihm nach Hause gefahren und die nächste Nacht mit ihm verbracht hätte, aber Barbara hatte abgelehnt.

»Annette kommt aus Venedig zurück, und sie ist schließlich bei mir zu Besuch, da muss ich mich mal wieder um sie kümmern.«

»Ach, ich glaube nicht, dass das notwendig sein wird.« Christian hatte wissend gelächelt. »Da gibt es, so wie ich gehört habe, doch jemanden, der das viel besser kann.«

Insgeheim stimmte ihm Barbara zu, dennoch bestand sie darauf, in ihr Zimmer bei Antonia zurückzukehren.

»Es wäre auch ihr gegenüber unhöflich, einfach fortzubleiben. Wir können uns ja morgen wieder treffen.« Während sie das sagte, hob sie sich auf die Zehenspitzen und küsste ihn.

»Ich hätte dir gern ein bisschen von der Umgebung meines Hauses gezeigt. Es liegt am Ortsrand von Albisano, und die Gegend oberhalb von Torri del Benaco ist einfach wunderschön.

Wenn man ein paar Minuten hoch in Richtung der Weinberge geht, hat man das Gefühl, in einer anderen, ganz friedlichen Welt zu sein.«

»Ich hab ja schon ein wenig gesehen.« Barbara strich ihm noch einmal zärtlich über die Wange. »Du hast dir wirklich einen wunderschönen Platz ausgesucht. Und die Umgebung erkunden wir ein andermal ganz ausführlich. Versprochen.«

Noch einmal zog er sie an sich. »Ich nehme dich beim Wort.« Liebevoll legte er die Hände um ihr Gesicht und sah ihr in die Augen. »Ich freue mich, wenn du kommst und lange bleibst.« Sein Kuss wollte kein Ende nehmen.

»Fahr endlich los, sonst werde ich noch schwach.« Sanft, aber entschieden schob Barbara ihn schließlich von sich.

»Dagegen hätte ich absolut nichts.« Noch einmal umarmte er sie. »Es ist schön, wenn du in meinen Armen schwach wirst.«

Kurz seufzte Barbara auf in der Erinnerung an die beiden Nächte, die sie miteinander verbracht hatten. Voller Zärtlichkeit, aber auch voller Leidenschaft hatte Christian sie geliebt, und sie hatte sich erfüllter und glücklicher gefühlt als je zuvor.

»Bis morgen.« Sie hatte ihn entschlossen von sich geschoben, dann war sie winkend ins Haus gegangen.

Sie hatte ihr Zimmer im ersten Stockwerk noch nicht ganz erreicht, als Claudio sich ihr in den Weg stellte.

»Meine Güte, hast du mich erschreckt!«

»Sorry. Aber ich muss dich unbedingt sprechen.«

»Ist was passiert?«

»Nein ...« Er zögerte, dann nickte er. »Doch. Wo hast du gesteckt? Ich warte seit Stunden auf dich.«

Stirnrunzelnd sah ihn Barbara an. »Ich muss dir doch keine Rechenschaft ablegen. Ich war unterwegs. In Verona, wenn du es genau wissen willst.«

Leicht verärgert sah sie ihn an. Er stand vor ihr wie ein Racheengel. Seine Pupillen waren unnatürlich groß, das fiel ihr erst jetzt auf, und auch seine Hände, die jetzt nach ihren Händen griffen, zitterten.

»Warst du allein?« Lauernd schaute er sie an.

»Also wirklich, Claudio, das geht dich gar nichts an. Aber wenn du es wissen willst: Ich war nicht allein.« Sie schob ihn von sich. »Und jetzt sag mir schon, was du von mir willst.«

»Ich brauche noch mal deine Hilfe.« Mit fahrigen Bewegungen strich er sich das Haar hinter die Ohren.

»Soll ich dich wieder irgendwohin fahren?« Barbara schüttelte den Kopf. »Das geht jetzt wirklich nicht. Ich bin müde und will schlafen gehen.«

»Das geht nicht!« Vehement schüttelte er den Kopf. »Bitte, Barbara, du musst mir noch heute helfen. Ich ... ich hab echten Stress. Und wenn ich nicht bis Mitternacht in Limone war ...« Er biss sich auf die Lippe, dennoch hörte Barbara ihn aufschluchzen.

»Um Himmels willen, was ist denn los? Du steckst ja wohl in riesigen Schwierigkeiten, was?«

»Schwierigkeiten!« Er spuckte das Wort förmlich aus. »Das kann man so nicht sagen. Aber ich hab was Wichtiges vergessen, und den Fehler muss ich noch heute korrigieren, sonst gibt's Ärger.«

»Mit wem?«

»Frag nicht! Es ist besser, wenn du nicht allzu viel weißt. Fahr mich einfach hoch nach Limone. Bitte!« Sein Tonfall wechselte von Minute zu Minute, und Barbara zögerte. Sollte sie ihm helfen? Irgendetwas, da war sie sich sicher, war faul an der ganzen Sache.

»Na gut. Aber erst mal muss ich mir was anderes anziehen.«

»Quatsch! Du siehst gut aus. Und wir halten uns ja auch nicht auf. Ich muss nur was abholen. Du musst gar nicht mit aussteigen.«

»Ehrlich, Claudio, das alles gefällt mir nicht. Wenn du Blödsinn gemacht hast, dann steh dazu. Ich hab echt keine Lust, in irgendwelche dubiosen Geschichten hineingezogen zu werden.«

Sie wollte schon in ihr Zimmer gehen, denn die Angelegenheit kam ihr immer mysteriöser vor, doch dann sah sie Claudio an, der auf einmal in sich zusammensackte, als hätte er Schläge in die Magengrube bekommen.

»Du bist meine letzte Rettung«, flüsterte er. »Bitte sei nett, und fahr mich nach Limone. Mehr musst du gar nicht tun.«

Nur noch kurz zögerte Barbara. Sie dachte daran, wie freundlich Claudio am Anfang gewesen war, dass er ihr die Gegend gezeigt und sie in seinen Freundeskreis aufgenommen hatte.

»Gibt es wirklich niemanden, den du sonst fragen könntest?« Sie gähnte verhalten. »Ich bin echt müde.«

»Nein.« Claudio fuhr sich mit der Hand übers Gesicht. »Sonst wäre ich nicht hier.«

»Und was ist mit deinem Boot?«

»Weg. Dino, der Idiot, hat es auf einen Felsen gesetzt.« Er seufzte tief auf. »Sieht so aus, als hätte ich im Moment die totale Pechsträhne. Alles läuft schief.«

»Das ist echt Mist.« Jetzt hatte Barbara wieder Mitleid mit ihm. »Also gut, ich fahre dich.« Sie öffnete die Tür zu ihrem Zimmer. »Ich bringe nur eben die Reisetasche weg und hole mir eine Jacke. Die Wagenpapiere muss ich auch noch raussuchen.«

»Meinetwegen.« Ungeduldig trat Claudio von einem Bein aufs andere. Erst als sie im Wagen saßen, beruhigte er sich.

Die Fahrt durch die einsetzende Dämmerung war für Barbara nicht ganz einfach. Immer wieder mussten sie durch enge Tunnel fahren, und häufig wurde sie von den Scheinwerfern der entgegenkommenden Autos geblendet.

Sie war froh, als sie endlich in Limone ankamen, auch Claudio atmete hörbar auf.

»Du bist ein echter Kumpel.« Kurz lächelte er Barbara an, ehe sie auf den Gutshof der weitläufigen Limonaia fuhren, die seinem Freund Matteo gehörte. Claudios Augen wirkten wieder klar, und Barbara sagte sich, dass sie sich die übergroßen Pupillen, die auf Drogenkonsum hinwiesen, wohl nur eingebildet hatte.

»Du kannst ruhig sitzen bleiben. Ich bin gleich wieder zurück.« Kaum dass der Wagen hielt, sprang Claudio auch schon heraus und schaute sich suchend um.

»Suchst du deinen Freund?« Barbara streckte den Kopf aus dem Fenster. »Da hinten im Garten ist Licht.« Sie zeigte nach links. Dort, zwischen zwei hohen alten Oleanderbüschen, befand sich ein schmaler Weg, der hinüber zu einem der Zitronenhaine führte. Die Gewächshäuser schimmerten im schwachen Mondlicht ungewöhnlich hell. »Matteo ist vielleicht noch dort.«

Claudio nickte. »Gut, danke.«

Ein bisschen wunderte sich Barbara schon, dass er sie nicht bat mitzukommen, schließlich hatte sie Matteo schon kennengelernt.

»Irgendwie komisch ist das alles«, murmelte sie leise vor sich hin und lehnte den Kopf für einen Moment zurück. Unvermittelt schlief sie ein. Erst als Claudio den Kofferraum öffnete und ein Paket dort hineinstellte, wurde sie wieder wach.

»Können wir fahren?« Verhalten gähnte sie.

»Gleich. Ich muss nur noch kurz was bereden.« Schon eilte er zurück zu dem schmalen Weg, der zu der Limonaia führte.

Barbara seufzte auf, dann stieg sie entschlossen aus und folgte ihm. Der Weg war uneben und nicht beleuchtet, doch von den beiden Gewächshäusern, die versteckt hinter einer halbhohen Hecke aus wildem Jasmin und Oleander standen, fiel genügend Licht herüber.

Vorsichtig näherte sie sich dem ersten Gewächshaus, aus dem laute Stimmen drangen. Es war nicht zu überhören, dass Matteo und Claudio miteinander stritten.

Vorsichtig bog Barbara ein paar Oleanderzweige auseinander, um besser in das Gewächshaus hineinschauen zu können. Die Glasfenster waren allerdings zum Teil weiß gestrichen, sodass sie zunächst nichts erkennen konnte.

Doch dann öffnete sich die Tür einen großen Spaltbreit, und sie konnte sehen, dass Matteo und Claudio miteinander rangen.

Matteo brüllte und schlug wütend auf Claudio ein, der sich nur schwach wehrte. Schließlich sank er kurz vor der Tür zu Boden, wo er eine Weile liegen blieb, ehe er sich aufrappelte und sich mit dem Hemdärmel das Blut vom Gesicht wischte.

Schon wollte Barbara loslaufen und ihm helfen, doch im letzten Moment besann sie sich. Niemandem, schon gar nicht Claudio, war damit geholfen, dass sie sich hier erwischen ließ.

Vorsichtig ging sie zwei Schritte zurück. Keine Minute zu spät, denn nun kam Matteo herausgestürmt – und Barbara erhaschte einen Blick ins Innere des Gewächshauses.

»Das darf nicht wahr sein.« Sie schlug sich mit der Hand vor den Mund, um nicht laut aufzuschreien. Statt der erwarteten Zitronenbäume war das Gewächshaus voller Cannabispflanzen, die künstlich beleuchtet wurden.

Im ersten Impuls wollte sie Claudio aus dem Gewächshaus holen und ihn zur Rede stellen. Doch dann hörte sie Matteo zusammen mit einem anderen Mann zurückkommen. Sie trugen zwei Säcke und eine größere Kiste, die sie nun vor dem Gewächshaus abstellten.

Barbara biss sich auf die Lippe. Ihr Herz klopfte wie wild, und die Hände zitterten, als sie sich die Haare, die von einigen Oleanderzweigen zerzaust worden waren, aus der Stirn strich. Sie musste sich in Acht nehmen, durfte sich auf keinen Fall von den Männern entdeckt lassen.

Vorsichtig, sich immer wieder umschauend, lief sie zum Wagen zurück. Zitternd vor Wut, vor Enttäuschung über Claudios Lügen, aber auch vor Angst vor Matteo hockte sie sich wieder hinters Lenkrad.

Gut zehn Minuten musste sie warten, dann kam der Mann, den sie eben mit Matteo gesehen hatte, auf sie zu.

»Du sollst nach Hause fahren«, sagte er in gebrochenem Deutsch. »Claudio bleibt hier.«

»Ja aber ... Das war mit Claudio aber nicht so abgesprochen.«

»Matteo und er haben noch zu arbeiten. Also fahr.« Er zwang sich zu einem knappen Lächeln. »Es ist alles in Ordnung, also los.« Eine kurze, nicht falsch zu deutende Handbewegung unterstrich seine Worte.

Hundegebell war von irgendwoher zu hören, doch Barbara konnte das Tier, das so aufgeregt bellte, nicht sehen, und der schmale, leicht gebeugt gehende Italiener reagierte nicht darauf.

Zögernd drehte Barbara den Schlüssel im Zündschloss, sah sich noch einmal um. Langsam fuhr sie vom Hof, wartete vor dem Tor noch eine Weile, doch von Claudio keine Spur.

Barbara war unentschlossen. Sollte sie warten, sollte sie darauf bestehen, dass Claudio mit ihr zurück nach Gardone Riviera fuhr? Dann aber sagte sie sich, dass er erwachsen genug war und für alles, was mit ihm geschah, selbst die Verantwortung trug. Wer sich mit Ganoven einließ – und dass Matteo einer war, stand jetzt für sie fest –, musste sich nicht wundern, wenn er Ärger bekam.

Ein paar Hundert Meter war sie langsam die gewundene Straße hinunter in Richtung See gefahren, als sie abrupt abbremsen musste. Mit rotierendem Blaulicht stand ein Polizeiwagen quer auf der schmalen Straße und hinderte sie am Weiterfahren.

Drei Uniformierte kamen, kaum dass sie angehalten hatte, zu ihrem Wagen. Einer riss die Tür auf und schrie: »Aussteigen! Los, raus aus dem Wagen!«

33. Kapitel

Das helle Gelb der Sonne wechselte immer stärker in ein orangefarbenes Rot, das die Bergspitzen ebenso umhüllte, wie es die weitläufigen Weinberge in ein zartes Rot tauchte. Die noch jungen Triebe der Rebstöcke reckten sich ein letztes Mal an diesem Tag dem Licht entgegen, so als wollten sie für die kommende Nacht noch ein wenig Wärme tanken.

Annette sah nur flüchtig hinauf zu den Berghängen, ihr Interesse galt Stefan, der gerade mit einem Tablett aus dem Haus kam.

»Madame, es gibt eisgekühlten Champagner.« Nach einer übertrieben tiefen Verbeugung hockte er sich, das Tablett immer noch in den Händen, an den Rand des Swimmingpools.

»Du hast doch wirklich ganz ausgezeichnete Ideen!« Lachend kraulte Annette auf ihn zu und streckte den Arm aus.

»Nichts da! Komm raus, dann kriegst du was.«

»Komm du doch rein!« Übermütig bespritzte sie ihn.

»Warte, die Rache folgt später!« Er wollte sich gerade bücken und das Tablett abstellen, als Artus auf ihn zugerannt kam, einen Wasserball, den er schon vor Stunden zerbissen hatte, in der Schnauze.

»O nein!« Stefan wollte ausweichen, kam aber so schnell nicht mehr auf die Beine und verlor das Gleichgewicht. Hund und Herrchen fielen gleichzeitig ins Wasser.

»Der gute Schampus!« Annette lachte laut auf. »Das wäre ein tolles Video geworden.« Sie machte zwei Züge auf Stefan zu, der sich gerade das Wasser aus den Haaren strich.

»So ein Mistköter!« Lachend sah er sich nach Artus um, der wie wild paddelte und darauf hoffte, dass die beiden jetzt wieder mit ihm spielen würden.

»Guter Hund!« Annette nahm Artus den zerbissenen Ball ab und warf ihn in hohem Bogen ans andere Ende des Pools.

»Los jetzt, raus mit dir, du verrückter Hund!« Stefan schwamm auf Artus zu und hob ihn aus dem Wasser. Das Spielzeug warf er ihm hinterher, und Artus amüsierte sich auf dem Rasen wieder mit den bunten Ballfetzen.

»Und jetzt zu dir.« Mit drei langen Schwimmzügen war Stefan bei Annette, die ihm lachend entgegensah.

»Willst du mich auch aus dem Wasser heben?« Sie reckte die Arme.

»O nein, da weiß ich was viel Besseres.« Schon hielt er sie umarmt und küsste sie leidenschaftlich. »Du hast viel zu viel an«, murmelte er, als er für einen kurzen Moment ihren Mund freigab. Und ohne auf eine Antwort zu warten, hakte er das knappe rote Bikini-Oberteil auf.

Annette seufzte kurz auf und bog sich in seinen Armen zurück, als er ihre Brüste sanft liebkoste, an ihrem Ohrläppchen saugte und sich unter Wasser so fest an sie presste, dass sie seine Erregung deutlich spüren konnte.

Eine Weile genossen sie das verliebte Spiel unter Wasser, bis Stefan Annette zuraunte: »Komm mit raus, ja?«

Sie musste nicht fragen, was er vorhatte, also nickte sie nur und zog sich am Beckenrand hoch. Dort lagen noch die jetzt leeren Champagnergläser.

»Schade drum.« Annette grinste.

»Im Haus gibt's Nachschub.« Stefan legte ihr den Arm um die Schultern. »Und noch viel, viel mehr.«

»Casanova!« Übermütig lachte sie ihn an.

»Nix da Casanova. Der Typ hatte viele Frauen, ich will nur noch eine einzige, nämlich dich.«

»Wunderbar! Dafür werde ich mich gleich mit einer tollen Massage bedanken.«

»Später.« Er lächelte verschmitzt. »Wenn ich mich verausgabt habe, dann kannst du mich auf diese Weise verwöhnen.«

»Angeber!« Sie hauchte ihm einen Luftkuss zu.

»Freches Biest.« Lachend hob er sie hoch und trug sie zu der breiten Couch im Wohnraum. Durch das Fenster fielen die letzten Sonnenstrahlen, malten kleine goldene Kreise auf den Boden.

Artus, der das Spiel mit dem defekten Ball leid war, saß leise jaulend vor der Tür, doch die beiden im Haus hörten ihn nicht.

»Mein freches Nixlein.« Schwer atmend ließ sich Stefan nach einer kleinen glücklichen Ewigkeit neben Annette fallen. Sacht legte er ihr eine Hand auf die Brust, die sich noch immer hob und senkte. »Was machst du nur mit mir?«

Annette kicherte. »Ich mach dich glücklich, was denn sonst?« Kurz richtete sie sich auf, sah ihn an, jetzt ganz ernst. »Ich hätte nie gedacht, dass ich mich einmal so verlieben könnte.«

Stefan antwortete nicht, doch er zog sie wieder an sich und küsste sie innig.

Eng umschlungen lagen sie da, bis Artus draußen nun laut und protestierend zu bellen begann.

»Der Ärmste, den hab ich ganz vergessen«, gestand Annette. »Komm, wir stehen auf und gehen mit ihm raus.«

»Ungern«, meinte Stefan, zog sie noch einmal an sich und küsste sie ausgiebig, ehe er ihrem Vorschlag folgte und aufstand.

»Der hat genug angerichtet. Zum Glück hab ich noch ein paar

Flaschen Schampus im Eisschrank«, meinte er, als sie, nur eingehüllt in ein Bettlaken, draußen vor dem Haus standen und Artus erst einmal ausgiebig streichelten.

»Mir schmeckt auch das Quellwasser drüben am Hang. Das ist sauber und frisch.«

»Richtig. Aber gegen ein Gläschen Schampus ...« Er ging noch einmal zurück zur Küche und holte eine Flasche aus dem Eisschrank, » ... ist doch auch nichts einzuwenden.«

»Du, ich muss mir was anziehen. Es wird kühl.« Fröstelnd zog Annette die Schultern hoch.

Tatsächlich war die Sonne hinter den Bergen verschwunden, und leichter Wind war aufgekommen.

»Das ist die Ora. So nennen die Einheimischen den Wind, der von Süden her weht. Vor allem die Surfer oben in Riva und Torbole richten sich danach. Für sie sind die Stunden, wenn diese Winde aufkommen, die besten des Tages.«

»Interessant.« Annette zog ihre Hose und das Top an, das sie auf der schmalen Bank vor der Haustür abgelegt hatte, bevor sie in den Pool gesprungen war. »Sag nur, dass du segeln kannst.«

»Kann ich. Aber ich hab hier kein Boot liegen.«

»Hier nicht ...« Fragend sah sie ihn an. »Wo denn?«

»Neugierig bist du gar nicht, oder?«

»Aber ja doch!« Sie umarmte ihn übermütig. »Ich will schließlich wissen, ob du eine gute Partie bist oder ich dich ernähren muss. Meine Praxis läuft nämlich sehr gut, das wäre also kein Problem.«

»Ja dann ...« Stefan hatte nun auch sein Hemd angezogen. »Dann werden wir wohl ein gut situiertes Paar werden.«

»Einverstanden. Aber du hast noch nicht gesagt, wo du ein Boot besitzt.«

»Zusammen mit einem Freund. Es liegt am Ammersee.« Er

zuckte mit den Schultern. »Leider stellt sich Artus blöd an, wenn wir an Deck gehen. Er zittert und jault, dass es einen Stein erweichen könnte.«

Der Hund, der seinen Namen gehört hatte, bellte zustimmend.

»Sag so was nicht.« Annette ging zu dem Labrador und kraulte ihn hinter den Ohren. »Wir zwei gehen segeln, mein Junge, glaub mir.«

»Dann bin ich ja gespannt, wie du dich als Hundetrainerin machst.« Stefan goss Champagner ein. »Was meinst du, sollen wir hier was kochen oder runter zum See fahren? Ich hab, offen gestanden, Hunger.«

»Was ist denn an Vorräten da?«

»Brot, Käse, ein paar Oliven und Tomaten, glaub ich.«

»Mir würde es genügen.«

»Mir auch. Dann könnte ich nämlich ungestört ein paar Zwischengänge einlegen.« Er zwinkerte ihr übermütig zu.

»Was du dir mal wieder vorstellst ...« Annette schaute hinunter zum See, dessen Wasser dunkel und geheimnisvoll schimmerte. Leichte Melancholie erfasste sie, wenn sie daran dachte, dass Stefan schon in zwei Tagen abreisen musste. Und auch sie konnte nicht viel länger bleiben, die Praxis war renoviert, die Arbeit musste endlich wieder aufgenommen werden. Pauline, ihre engste Mitarbeiterin, hatte sich bislang um alles gekümmert, ihr konnte sie bedingungslos vertrauen. Doch noch länger wollte und konnte sie der Angestellten die Verantwortung für die Praxis nicht überlassen.

»Ich hole dir einen Pulli, dann können wir draußen essen.« Stefan ging ins Haus.

Mit geschlossenen Augen saß Annette auf der Bank, lehnte den Kopf an die noch sonnenwarmen Steine und sah hinunter zum See, auf dem die ersten Boote ihre Beleuchtung eingeschaltet hatten.

Stefans kleines Haus lag versteckt an einem Hang. Nur einen Steinwurf entfernt, und doch nicht einsehbar, wohnten die Nachbarn, von denen er den köstlichen Wein bekam, den er jetzt sicher aus dem Vorratskeller holte. In dem alten, von einem Mann aus dem Dorf instand gesetzten Gewölbe unter dem alten Schuppen, der zum Haus gehörte, herrschte die richtige Temperatur für den Wein.

Tief atmete Annette den Duft des wilden Jasmins ein, der im Garten wuchs und sich mit dem zarten Duft der ersten Rosen mischte, die dort mit Margeriten und ein paar verwilderten Weinstöcken standen.

Die friedliche Stille wurde durch den hellen Klingelton ihres Handys unterbrochen. Suchend sah sie sich um.

»Ah, da ist es.« Schnell stand sie auf und ging hinüber zum hellen Holztisch, wo es lag.

»Annette Berger«, meldete sie sich.

»Ach, Annette, wie gut, dass ich dich erreiche. Hier ist Antonia. Antonia Moretti.«

»Hallo, Antonia. Was ist passiert? Sie klingen ja so aufgeregt.« Annette setzte sich wieder auf die Bank und schlug die langen Beine unter, eine ihrer Lieblingshaltungen.

»Wir suchen Barbara. Hast du eine Ahnung, wo sie sein könnte?«

»Ist sie nicht bei Christian?«

»Nein, heute waren sie nicht verabredet, soviel ich weiß.« Antonia zögerte einen Moment, man hörte, wie nervös sie atmete. »Hier sind zwei Freunde von ihr aus München, die sie besuchen wollen, einer ist ihr Chef.«

»Karl Mitterer? Das ist ja eine nette Überraschung. Da wird sich Barbara aber freuen.«

»Wenn wir nur wüssten, wo sie ist. Ihr Handy ist ausgeschaltet, wir haben schon einige Male versucht, sie zu erreichen.«

»Könnte sie mal wieder mit Claudio unterwegs sein?«

»Das glaube ich nicht. Mein Neffe wollte mit Freunden nach Mailand. Und Barbara hätte mir sicher gesagt, wenn sie mitgefahren wäre.«

»Ja, das denke ich auch.« Annette wurde nun auch unruhig. Es passte so gar nicht zu Barbara, spurlos zu verschwinden, ohne irgendwem Bescheid zu geben. »Ich versuche es noch mal auf ihrem Handy und melde mich, sobald ich etwas weiß.« Annette zögerte. »Macht euch keine Sorgen, Barbara ist ein großes Mädchen und sehr vernünftig, sie tut bestimmt nichts Unüberlegtes.«

»Ja. Danke.« Antonia räusperte sich mehrfach. »Die beiden Herren gehen jetzt erst mal ins Hotel. Und mir ...«, sie seufzte auf, » ... mir bleibt nur zu warten.«

»Ich melde mich, sobald ich was weiß.« Annette wollte gerade noch etwas hinzufügen, als Antonia rief: »Da kommt die Polizei! Um Himmels willen, was ist nur passiert, Madonna mia?« Ehe Annette etwas erwidern konnte, unterbrach Antonia das Gespräch.

Ein paar Sekunden lang saß Annette nachdenklich auf der Bank. Dann sprang sie auf und lief ins Haus, wo Stefan gerade dabei war, Brot, Oliven und Wein auf ein großes Tablett zu stellen.

»Lass das jetzt«, sagte sie hastig. »Wir müssen sofort rüber nach Gardone Riviera. Es ist was mit Barbara.«

»Was denn?«

»Keine Ahnung. Aber Antonia sucht sie schon eine Weile und kann sie nirgendwo erreichen. Sie macht sich Sorgen und fürchtet, ihr könnte was zugestoßen sein.« Sie hielt kurz inne. »Es passt nicht zu Barbara, einfach zu verschwinden. Sie ist so gewissenhaft, würde nie, ohne eine Nachricht zu hinterlassen, länger fortbleiben. Erinnere dich, als sie einen Tag länger als geplant in Verona war, hat sie auch sofort Bescheid gesagt.«

»Wenn du meinst …«

Annette nickte. Hastig griff sie nach ihrer Handtasche und den anderen Sachen, die in einer Ecke des Raums lagen. »Bitte beeil dich.«

»Nun reg dich nicht gleich auf.« Stefan behielt die Ruhe. »Vielleicht hat sie Bekannte getroffen und sich einfach verquatscht.«

»Glaub ich nicht, dann hätte sie sich gemeldet.«

»Na gut, fahren wir los.« Er nahm die Autoschlüssel vom Tisch. »Bald werden wir ja erfahren, was passiert ist.«

34. Kapitel

Das Haus, in dem sich Antonias Boutique befand, war hell erleuchtet. Vor dem Gebäude und in der schmalen Einfahrt links vom Haus standen zwei Polizeiautos mit rotierendem Blaulicht, und ein uniformierter Beamter war vor der Eingangstür postiert.

Als Annette und Stefan auf ihn zukamen, straffte er die Schultern und fragte knapp: »Was wollen Sie hier? Im Moment kann niemand ins Haus.«

»Ich wohne hier!« Annette ließ sich nicht einschüchtern. »Also bitte, lassen Sie mich durch.«

Doch erst nachdem er mit seinem Vorgesetzten Rücksprache gehalten hatte, ließ der junge Beamte sie ins Haus.

Oben in der Wohnung stand Antonia vor dem großen Gästezimmer, das sich Barbara und Annette im Moment teilten, und sah zu, wie zwei Beamte den Raum durchsuchten.

»Hey, das sind meine Sachen!« Annette wollte ins Zimmer stürmen und dem Carabiniere ihre Reisetasche entreißen, die der gerade öffnen wollte, doch Stefan hielt sie zurück.

»Das ist keine gute Idee«, raunte er ihr zu. »Die Männer wissen offensichtlich genau, was sie tun und tun dürfen.« Er wandte sich an den ältesten der Beamten. »Was ist eigentlich los? Warum durchsuchen Sie das Zimmer?« Er machte eine umfassende Handbewegung.

»Wer sind Sie?« Der Polizist kam auf ihn zu.

»Wir sind Freunde von Barbara Schnitzler aus Deutschland.«

»Und ich teile mir mit ihr das Zimmer«, fügte Annette hinzu. »Sie haben kein Recht, in meinen Sachen zu wühlen.«

Doch der Beamte zuckte nur mit den Schultern und sagte: »Ihre Papiere bitte.«

Annette kam der Aufforderung nach, und während der Uniformierte ihren Ausweis genauestens studierte, wandte sie sich an Antonia, die wie paralysiert dastand. »Was, zum Teufel, ist eigentlich passiert? Was soll das Ganze hier?«

»Barbara ...« Antonia biss sich auf die Lippe, um die aufsteigenden Tränen zu unterdrücken. »Barbara ist verhaftet worden.«

»Wie bitte?« Kopfschüttelnd sah Annette von ihr zu den Beamten und wieder zurück. »Das ist doch wohl ein schlechter Scherz.«

»Ich wünschte, es wäre so.«

»Was wirft man ihr denn vor?« Annette hatte Mühe, die Fassung zu bewahren. Immer wieder fuhr sie sich durch die kurzen Haare und zupfte an einer Strähne über dem linken Ohr – eine Angewohnheit, die sie seit der Kindheit nie mehr abgelegt hatte.

Noch ehe Antonia antworten konnte, kam der ältere Beamte auf sie zu und fragte: »Sie haben nichts davon gewusst?«

»Wovon denn, um Himmels willen?«

»Ihre Freundin ...« Er dehnte das Wort übermäßig lang, » ... ist ein Drogenkurier. Oder sogar selbst abhängig?« Lauernd schaute er Annette an.

»Sie sind ja verrückt!« Annette schüttelte vehement den Kopf. »Barbara ist der seriöseste Mensch, den ich kenne. Sie würde so was nie machen! Weder mit Drogen handeln noch sie konsumieren.« Sie atmete ein paarmal tief durch. »Sie ist Apothekerin. Eine sehr gute sogar. Und sie weiß, was dieses Gift mit einem Menschen machen kann.«

»Tja dann …« Ein knappes Lächeln, das mehr ironisch als freundlich war, glitt über das braun gebrannte Gesicht des Beamten, »dann irren Sie sich leider. Wir haben im Wagen Ihrer Freundin Cannabis in großen Mengen gefunden. Und ein paar Pillen, deren Wirkstoff noch nicht feststeht. Aber das werden unsere Kollegen im Labor rasch rausfinden. Es gibt ja immer neue synthetische Drogen. Leider.«

»Und ein paar Tausend Euro waren auch im Wagen«, fügte sein jüngerer Kollege hinzu.

»Das ist doch alles Unsinn. Das muss ein Missverständnis sein.«

Die Beamten durchsuchten noch eine Viertelstunde lang den ganzen Raum, ebenso das Bad.

»Nichts. Hier ist nichts«, erklärte der Ältere schließlich.

»Das war doch klar.« Annette sah ihn wütend an. »Barbara hat nichts mit Drogen zu tun. Sie macht einen längeren Urlaub hier, das ist alles.«

»Ob Ihre Aussage stimmt, wird sich herausstellen. Die Untersuchungen haben gerade erst begonnen.« Er gab seinen Kollegen einen Wink. »Wir ziehen ab.« Kurz wandte er sich noch an Antonia. »Es tut uns leid, Signora, aber wir kommen nur unseren Pflichten nach. Gute Nacht.«

»Schon gut.« Antonia winkte müde ab. »Gute Nacht.«

Erst als die beiden Polizeiwagen weggefahren waren, als sich auch die letzten Nachtschwärmer verlaufen hatten, die sich neugierig vor dem Haus aufgehalten hatten, da brach sie in Tränen aus.

»Was sollen wir denn jetzt machen? Wir können doch nicht zulassen, dass Barbara verdächtigt wird?«

»Erst mal müssen wir sie aus dem Polizeigewahrsam rausholen.« Stefan schlug sich vor die Stirn. »Ich hab ganz vergessen zu fragen, wo man sie festhält. Und ob die Polizisten überhaupt einen Durchsuchungsbefehl für das Zimmer hier hatten.«

»Hatten sie nicht. Verflixt, daran hab ich gar nicht gedacht. Sie haben mich einfach überrumpelt«, erwiderte Antonia.

»Egal, man hat ja nichts gefunden.« Annette räumte ein paar Sachen zurück, die die Polizisten offen hatten liegen lassen. »Wie denn auch? Wir haben mit Drogen nichts zu tun.«

»Richtig. Umso wichtiger ist, dass wir Barbara da rausholen. Sie wird hier auf der Polizeistation sein, denke ich.«

Doch mitten in der Nacht, das war allen klar, würde man keinen Anwalt auftreiben, der dafür sorgte, dass Barbara wieder auf freien Fuß kam.

»Warum hat sie nicht angerufen?« Annette lief nervös in Antonias Wohnzimmer auf und ab, wohin sie alle gegangen waren. An Schlaf dachte keiner von ihnen.

»Ihr Akku wird leer sein«, vermutete Stefan. »Das ist die einzig mögliche Erklärung.«

»Wir sollten Christian verständigen.« Annette suchte schon nach seiner Nummer in ihrem Handy. »Verdammt«, stieß sie dann hervor, »ich hab tatsächlich vergessen, sie einzuspeichern. Und was jetzt?«

»Jetzt müssen wir bis morgen warten«, sagte Stefan. »Morgen früh werden wir gleich etwas unternehmen.«

35. Kapitel

Langsam wichen die Schatten der Nacht dem ersten Morgenlicht. Tautropfen hingen in den Blättern der Oleanderbüsche und an den großen Palmen auf der Promenade. Außer einem Hobbyfischer, der mit seinem kleinen Boot unterwegs war, sah man niemanden.

Erst als die Sonne höher stieg, als sich der Himmel in einem strahlenden Blau zeigte, erwachten die Orte am See zum Leben.

Antonia war schon kurz vor sechs hinüber zu Marias Backstube gegangen, um frische Brötchen und Croissants zu holen. Und um ihr, die am Abend lange aus gewesen war und von den Geschehnissen nichts mitbekommen hatte, die tragischen Neuigkeiten zu erzählen.

Geschlafen hatte Antonia nicht eine Sekunde lang, und auch Annette und Stefan hatten nur ein wenig in Antonias Sesseln geruht. Umso mehr sprachen sie dem starken Kaffee zu. Jeder aß nur ein Croissant.

Sie waren noch bei ihrem kargen Frühstück, als es klingelte.

»Ich mache schon auf.« Annette hastete zur Tür und stieß in der nächsten Sekunde einen Schrei aus. »Da bist du ja endlich!«

Barbara war blass und erschöpft, und auch Christian, der neben ihr stand und den Arm um ihre Schultern gelegt hatte, sah übernächtigt aus.

»Kommt rein.« Annette gab die Tür frei. »Was war denn los? Wo warst du?«

»Im Gefängnis.« Barbara ließ sich neben Antonia in einen Sessel sinken. »Das war der reinste Wahnsinn.«

»Warum hast du dich nicht gemeldet?« Annette kniete sich vor der Freundin hin und legte ihr die Hände auf die Knie. »Meine Güte, ich wäre doch sofort gekommen.«

»Mein Handy-Akku war leer, und ich durfte nur einen Anruf tätigen.« Barbara warf einen raschen Blick zu Christian hin, der in der Tür stehen geblieben war. »Ich dachte, das alles wäre ein Irrtum, und habe bei Christian angerufen.« Sie legte eine Hand auf Annettes Arm. »Du warst doch bei Stefan, ich wollte euch nicht stören.«

»Na, das ist dir gründlich misslungen.« Annette grinste schief. Sie war so erleichtert, die Freundin gesund vor sich zu sehen, dass sie gar nicht wusste, ob sie lachen oder mit Barbara schimpfen sollte.

»Warum um Himmels willen hat man dich denn festgehalten? Hier waren Beamte und haben unser Zimmer auf den Kopf gestellt, weil sie Drogen gesucht haben.«

Barbara presste die Lippen fest aufeinander. Tränen schimmerten in ihren Augen, und sie musste ein paarmal schlucken, ehe sie erzählen konnte, was passiert war.

»Claudio und ich waren in der Limonaia seines Freundes Matteo. Doch irgendwie haben die Männer Stress miteinander gehabt, glaube ich. Einer der Angestellten von Matteo, den ich nur mal flüchtig gesehen habe, kam zu mir und erklärte, Claudio müsse noch dort bleiben, ich solle allein zurück nach Gardone fahren. Und das hab ich dann auch gemacht.«

»Du hast nicht auf Claudio gewartet?« Aufgeregt sah Antonia sie an.

Barbara zögerte einen Moment, es tat ihr leid, Antonia jetzt gleich wehtun zu müssen, doch es war unumgänglich.

»Ich ... wir ...« Noch einmal schaute sie hilflos zu Christian hinüber, der ihr auffordernd zunickte.

»Also, als wir in Limone ankamen, sagte Claudio, dass er nur kurz bei seinem Freund was abholen müsse, und er verschwand in Richtung der Gewächshäuser ...« Sie schluckte. »Na ja, irgendwann war ich es leid, im Auto zu sitzen und auf ihn zu warten. Ich ging in die Richtung, in die er verschwunden war, und sah in einem der Gewächshäuser Cannabispflanzen.«

»Nein!« Antonia schlug die Hände vors Gesicht. »Er hat mir geschworen, endgültig die Finger von diesem Giftzeug zu lassen!«

»Dann hat er gelogen.« Barbara presste für einen Moment die Lippen aufeinander. »Die sogenannte Limonaia ist in Wirklichkeit eine Ansammlung von Gewächshäusern, in denen Cannabispflanzen angebaut werden. Nur in einem, dem, in das mich Claudio bei unserem ersten Ausflug mitgenommen hat, wachsen Zitronen. Wahrscheinlich ist es das Alibi-Gewächshaus.«

»Aber warum wurdest du verhaftet?« Annette setzte sich im Schneidersitz vor die Freundin hin und hielt Barbaras Hand fest.

So kurz und sachlich wie möglich erzählte Barbara, wie Claudio ein Päckchen in den Wagen gelegt hatte, ehe er noch einmal zurück zu den Gewächshäusern gegangen war.

»Ich habe mir nichts dabei gedacht, war auch total schockiert, als ich dann sah, wie Matteo Claudio zusammengeschlagen hat.« Mitleidig schaute sie zu Antonia hinüber. »Es tut mir leid, aber ich konnte ihm nicht helfen. Und als dieser Typ kam und mich ziemlich rüde aufforderte, wegzufahren, hab ich das getan.«

»Natürlich, das war wohl auch gut so.« Antonia knetete ihre Finger. »Er ist so ein dummer Junge. Lässt sich immer wieder in irgendeinen Mist hineinziehen.«

»Tut mir leid, ich habe bei der Vernehmung auch nicht ausgesagt, dass er von dem Cannabis wusste. Aber ich konnte ja nicht verheimlichen, dass wir gemeinsam nach Limone gefahren sind. Ich hab nur gesagt, dass Claudio dort einen Freund hat, den wir besuchen wollten.« Barbara sah wieder zu Christian hin, der immer noch in der Tür stand. »Die Polizei hat das aber nicht geglaubt, fürchte ich. Denn die zwei Beamten, die mich angehalten haben, fanden sofort das Paket im Kofferraum. Die haben gar nicht lange gesucht.« Sie schluckte schwer. »Es enthielt synthetische Drogen im Wert von fast dreißigtausend Euro. Zudem drei Beutel mit kleinen Cannabistütchen.«

»Dieser Matteo steht schon länger unter Beobachtung der Polizei«, warf Christian ein. »Das habe ich vom Leiter des Polizeipostens erfahren. Und auch Claudio wird von den Beamten verdächtigt.« Er machte ein paar Schritte in den Raum und stellte sich neben Barbaras Sessel. Sanft legte er ihr eine Hand auf die Schulter. »Noch ist Barbara nicht vollständig entlastet, der Verdacht, dass sie mit den Drogenhändlern unter einer Decke steckt, besteht immer noch, da sie Claudio auch mal nach Verona gefahren hat. Dabei hat man sie schon beobachtet. Aber man hat sie vorerst gehen lassen.«

»Einfach so?« Fragend sah Stefan ihn an.

»Nicht einfach so. Aber ich kenne einen exzellenten Anwalt in Desenzano, den hab ich schon um fünf Uhr aus dem Bett geklingelt.« Ein flüchtiges Lächeln huschte über sein Gesicht. »Wir haben uns vor Jahren kennengelernt, als ich mein Haus drüben in Albisano gekauft habe. Er war damals der Notar, der alles geregelt hat. Und heute Nacht hat er ziemlich rasch dafür gesorgt, dass Barbara freikommt.«

»Und Claudio? Was ist mit ihm?« Antonia Moretti sah verzweifelt in die Runde. »Ist er verhaftet?«

Christian zuckte mit den Schultern. »Keine Ahnung. Wir haben von den Beamten nichts erfahren.«

»Und wie geht es jetzt weiter?«, wollte Annette wissen.

»Wir müssen die Ermittlungen abwarten. Mehr können wir nicht tun.«

»Ach, du liebe Güte, das hab ich ja ganz vergessen!« Antonia schlug sich gegen die Stirn. »Barbara, dein Chef und sein Freund sind hier. Sie wollten dich überraschen.«

»Karl ist hier? Am Gardasee?«

»Ja. Sie sind mit ihren Rädern da.«

»Mit Rädern? Das ist ungewöhnlich.«

»Aber es ist so. Ich war auch ein wenig überrascht, aber sie wirkten ganz fit.«

»Die beiden sind wirklich immer wieder für eine Überraschung gut.« Barbara strich sich eine Haarsträhne hinters Ohr. »Weißt du, wo sie logieren wollen?«

»Sie sind in die Villa del Sogno gezogen, nachdem sie dich hier nicht angetroffen haben.«

»Falls man die beiden Radfahrer in diesem Luxusschuppen aufgenommen hat«, warf Stefan ein.

Barbara gähnte verhalten. »Es tut mir leid, aber bei den beiden melde ich mich später. Ich bin todmüde.«

36. Kapitel

Barbara schlief bis zum frühen Nachmittag. Sie bekam nicht mit, dass Christian mit Antonia zu dem Anwalt in Desenzano fuhr, der sich sofort wieder mit der Polizei in Verbindung setzte und dort erfragte, was denn mit Claudio Moretti sei.

Doch noch gab es keine Spur von Claudio. Aber nach ihm wurde gefahndet, ebenso nach Matteo und zwei Männern, die als Angestellte von Matteo auf dem Gut gearbeitet hatten. In Verona war es bereits zu einer Verhaftung gekommen.

Antonia war verzweifelt. »Ich hab doch wirklich alles getan, um ihm zu helfen, nachdem er als Zwanzigjähriger mal mit dem Gesetz in Konflikt geraten war«, jammerte sie, als Christian und Barbara zu ihr in die Küche kamen, wo sie gerade Kaffee für alle kochte.

Annette und Stefan waren schon seit einer halben Stunde da und saßen in Antonias großem Wohnzimmer.

»Sie trifft nun wirklich keine Schuld«, versicherte Christian. »Claudio ist ein erwachsener Mann und für seine Taten selbst verantwortlich.

»Er hätte doch zu mir kommen können, wenn er Geldsorgen gehabt hätte.«

»Ich glaube nicht, dass Sie ihm immer wieder Geld für seine Spielleidenschaft gegeben hätten«, warf Stefan ein, der nun mit

Annette in die Küche gekommen war. »Denn das habe ich inzwischen herausgefunden: Er hat leidenschaftlich gezockt. Immer und immer wieder.«

»Und er hat Unsummen verloren«, fügte Annette hinzu und goss zusammen mit Barbara Kaffee ein.

»Woher wollt ihr das wissen?« Antonias Stimme klang vorwurfsvoll. Sie wollte immer noch nicht akzeptieren, dass ihr einziger Neffe kriminell war.

»Ich habe unten am Hafen mit ein paar Leuten geredet«, sagte Stefan. »Claudio besaß doch ein Boot, darum dachten wir uns, am Hafen wüsste man Näheres über ihn.«

»Er hatte ein Boot?« Antonia runzelte die Stirn. »Davon weiß ich nichts.«

»Er hat Barbara sogar mitgenommen, auf eine Tour mit Freunden«, warf Annette ein. Sie hatte Mitleid mit Antonia, doch es half ja nichts, ihr die Wahrheit zu verschweigen. Schon im Interesse von Barbara musste die Wahrheit ans Licht gebracht werden.

»Woher hatte er das denn auf einmal? Ich denke, er hatte Geldsorgen?« Kopfschüttelnd sah Antonia von einem zum anderen. Sie, die sonst immer souverän und tough wirkte, wirkte auf einmal alt und müde.

»Er hat es wohl bei einem illegalen Spiel gewonnen und dann auch bald wieder verloren.«

Barbara nickte. »So wird es wohl sein. Mir hat er allerdings gesagt, ein Freund hätte das Boot auf einen Felsen gesetzt, darum könnte er nicht damit hoch nach Limone fahren. Aber ich denke jetzt, dass das gelogen war. Er wollte einfach nur von mir kutschiert werden, es sollte wohl unauffällig wirken. Als ich dann meinte, er hätte doch ein Boot, kam diese Erklärung.« Sie zuckte mit den Schultern. »Na ja, und da er ziemlich verzweifelt und gestresst wirkte, bin ich eben noch mal mit ihm losgefahren, obwohl ich eigentlich müde war.«

»Und mein Wagen ist seit ein paar Tagen in Reparatur«, sagte Antonia, »sonst hätte er sich den sicher genommen.« Sie wirkte deprimiert und verzweifelt. »Ich kann es einfach nicht glauben«, murmelte sie dann immer wieder. »So ein dummer, dummer Kerl.«

Tröstend zog Barbara sie in die Arme. »Es tut mir so leid für dich. Und ich hoffe, dass alles nicht so schlimm wird, wie es jetzt aussieht.«

»Was wird denn jetzt?«

»Wir können gar nichts tun. Nur abwarten.« Barbara trank ihren Kaffee aus. »Ich schaue jetzt erst mal nach meinem Chef. Der wird schon denken, ich sei untergetaucht.«

»Sei nicht so makaber.« Annette, sonst immer voller Ironie und Humor, schüttelte den Kopf.

»Schon gut.« Barbara nickte ihr beruhigend zu. »Ich soll ja die Gegend nicht verlassen, bis sich alles aufgeklärt hat, also kann ich zu den beiden ins Hotel fahren.« Fragend sah sie Christian an. »Kommst du mit?«

Er zögerte kurz, dann schüttelte er den Kopf. »Nein, geh da ruhig allein hin. Ich fahre noch mal zu meinem Rechtsanwalt. Mal sehen, ob der noch was bei der Polizei herausgefunden hat.«

»Was sollte er denn herausbekommen?« Barbara sah ihn an.

»Ich weiß es nicht. Aber er hat hervorragende Kontakte, und die wollte er ja spielen lassen. Ich bin sicher, dass er mehr für dich tun kann als die Polizei. Dem Chef der Dienststelle schien vor allem daran gelegen zu sein, irgendeinen Schuldigen benennen zu können. Vielleicht will er sich auch bei der vorgesetzten Behörde wichtigmachen. Ich jedenfalls vertrau lieber meinem Anwalt.«

»Wir kommen mit«, erklärte Stefan, und Annette nickte zustimmend.

»Gut, kümmert euch.« Antonia sah verzweifelt von einem zum anderen. »Aber sobald sich was tut ...«

»Sagen wir Bescheid.«

37. Kapitel

Die Villa del Sogno lag etwas oberhalb des Sees in einem parkähnlichen Garten. Dort blühten, geschützt von hohen Palmen, die ersten Rosen, Myrte, Jasmin und Oleander in verschwenderischer Fülle. Das Hotel war eines der besten in der Gegend, und die Gäste, die hier logierten, schätzten das außergewöhnliche Ambiente des Hauses, das um 1900 erbaut worden war.

Außer einer sehr stilvollen Einrichtung besaß das Hotel einen wunderbaren Park und ein Restaurant der Spitzenklasse.

Bevor sie dorthin fuhr, telefonierte Barbara kurz mit Karl Mitterer, und so standen die beiden Männer schon an der Rezeption, als sie eintraf.

»Um Himmels willen, Barbara, was machen Sie nur für Sachen!« Spontan zog Karl sie in die Arme. »Wir waren total schockiert, als wir erfuhren, dass Sie verschwunden sind und dann in Polizeigewahrsam waren.«

»Ein Urlaubsabenteuer hat sie bestimmt nicht gesucht. Zumindest nicht so eins.« Auch Jonas Treibel umarmte Barbara. »Wobei ... Auch wir hatten hier ein kleines aufregendes Intermezzo.«

»Ach, das ist doch jetzt nicht wichtig.« Karl winkte ab. »Kommen Sie mit auf die Terrasse, Barbara. Sie müssen uns alles haargenau erzählen.«

»Verraten Sie mir doch erst einmal, was Sie hergeführt hat.«

Für einen kurzen Augenblick wurde Karl verlegen.

»Er kann es immer noch nicht aussprechen.« Jonas griff nach der Hand des Freundes. »Wir sind auf einer etwas ungewöhnlichen Hochzeitsreise und wollten Sie besuchen, Barbara.«

»Sie haben geheiratet? Wie schön!« Spontan umarmte Barbara die beiden Männer. »Ganz herzlichen Glückwunsch.«

»Danke.« Karl lächelte ein wenig verlegen. »Ich kann es im Grunde immer noch nicht glauben. Aber …« Er sah seinen Partner liebevoll an. »Wir sind jetzt seit mehr als zehn Jahren zusammen, da ist es doch legitim, endlich offiziell *Ja* zueinander zu sagen, nicht wahr?«

»Unbedingt.« Barbara zeigte auf einen Tisch im Schatten einer Palme. »Wollen wir uns da hinsetzen?« Ohne auf die Zustimmung der Männer zu warten, steuerte sie den Tisch an. »Aber jetzt weiß ich immer noch nicht, was Sie hergeführt hat, außer der Tatsache, dass Sie auf Hochzeitsreise sind.«

»Wir wollten Sie besuchen.« Jonas winkte einem der Kellner, der sofort diensteifrig zu ihnen kam, und bestellte Champagner. »Sie müssen mit uns auf die Vermählung trinken, Barbara. Und außerdem …« Er griff nach ihrer Hand. »Wir würden Ihnen gern das Du anbieten.«

»Das ist nett, danke.« Forschend sah sie von einem zum anderen. »Aber das ist noch nicht alles, oder?«

Karl wartete mit der Antwort, bis der Kellner die Gläser vollgeschenkt und sich diskret wieder zurückgezogen hatte. Dann hob er sein Glas. »Erst einmal auf Du und Du, Barbara.«

Sie prosteten sich zu, dann fügte der Apotheker hinzu: »Es gibt noch eine Neuerung in meinem … in unserem Leben: Wir ziehen aus München fort.«

»Nein! Das ist wirklich eine Überraschung.« Barbara konnte

das Gefühl, das sie bei der Nachricht erfasste, nicht genau definieren. Es war einfach zu viel, was da alles auf sie zukam. Sollte sie nach allem, was in den letzten Stunden geschehen war, jetzt auch noch ihren Job verlieren?

»Und deshalb haben wir uns was überlegt«, fuhr Jonas fort, als Karl zögerte.

»Ja, stimmt.« Karl drehte nervös am Stiel des Champagnerglases. »Wir ... also, genauer gesagt ich, wollte dir anbieten, die Apotheke zu pachten. Wir wollen uns am Tegernsee niederlassen. Da hat Jonas ja ein Haus, in dem sich schon eine Filiale seiner Boutique befindet.«

»Aber Sie ... du willst wirklich alles in München aufgeben?« Ungläubig sah Barbara ihren Chef an.

»Na ja, das Haus behalte ich. Und die Apotheke ... ich habe so lange darin gearbeitet, da wäre es mir ganz recht, mal ein bisschen kürzerzutreten.« Er lächelte Jonas an. »Es geht uns gut, wir sind jetzt schon finanziell abgesichert und möchten beide das Leben etwas mehr genießen.«

»Und du würdest mir das alles anvertrauen?« Barbara trank einen Schluck des hervorragenden Champagners, ohne wirklich etwas zu schmecken. »Das ist ein so großzügiges Angebot, da kann ich kaum Nein sagen.« Sie biss sich auf die Lippe, da ihr Tränen in die Augen stiegen. »Es ist ein verrückter Tag. Vor ein paar Stunden saß ich noch in einer Zelle, und jetzt bin ich hier und bekomme ein ganz wunderbares Angebot ...«

»Stimmt ja! Du warst in irgendwelchen Schwierigkeiten. Erzähl mal.«

So knapp wie möglich berichtete Barbara vom Geschehen der letzten Stunden, und die beiden Männer hörten geschockt zu. »Das ist ja Wahnsinn!« Jonas schüttelte immer wieder den Kopf.

»Was ist das für ein Typ, der dich in solche Schwierigkeiten bringt? Man sollte ihn windelweich prügeln.«

»Sag so was nicht allzu laut. Du weißt nicht, wie das hier aufgenommen wird.« Karl Mitterer schaute sich diskret um. »Wir hatten eh schon die größten Schwierigkeiten, hier ein Zimmer zu bekommen.«

»Warum das denn?«

Jetzt endlich konnte Karl ebenso grinsen wie Jonas.

»Nun ja, wir sind mit den Rädern hier vorgefahren und nicht in einer Luxuslimousine. Und unsere Outfits waren auch nicht diesem Haus entsprechend.«

»Au weia, dann kann ich mir das Gesicht des Empfangschefs gut vorstellen.«

»Das war sehenswert.« Jonas grinste. »Aber wir hatten Glück, ein Kunde von mir logiert ebenfalls hier und kam zufällig vorbei, als wir uns mit dem Chef der Rezeption unterhielten.«

»Wir sahen ja nicht gerade seriös aus«, warf Karl ein.

»Das ist alles relativ«, meinte Jonas. »Ein erfahrener Hotelfachmann sollte erkennen, wer vor ihm steht, und nicht nur nach Äußerlichkeiten urteilen.«

»Sei nicht so streng. Wir hatten ja Glück und bekamen dann doch noch ein Zimmer mit Seeblick.«

»Du wolltest ja nicht in die Hochzeitssuite.«

»Hör auf mit dem Unsinn.« Karl wurde wieder ernst und wandte sich an Barbara. »Also, überleg dir mein Angebot. Ich werde auch keine überteuerte Pacht verlangen.«

»Danke. Ich ... ich glaube, ich muss gar nicht allzu lange nachdenken.« Barbara streckte ihm die Hand entgegen. »Ich nehme dein Angebot gern an.«

»Wunderbar! Darauf trinken wir.« Karl goss noch einmal ein.

»Und ich verspreche dir, dass ich dir sehr, sehr faire Konditionen einräumen werde.«

»Der Tag scheint besser zu enden, als er begonnen hat.« Barbara sah hinunter zum See, dessen Wellen sich leicht im Abendwind kräuselten. Hinter den Bergen waren kleine Schönwetter-Wolken in einem samtigen Rot zu erkennen, die irgendwie an Rosen erinnerten, die im letzten Sonnenlicht noch einmal ihre ganze Schönheit entfalteten.

38. Kapitel

»Es tut mir unendlich leid, aber wir müssen zurück.« Annette umarmte die Freundin ein letztes Mal. »Wir wollten ja gestern schon abreisen, aber ich dachte, wir warten, ob die Polizei nicht doch noch herausfindet, dass du vollkommen unschuldig bist.«

»Sie haben zumindest das Verbot aufgehoben, dass ich Gardone nicht verlassen darf.« Barbara verzog leicht den Mund. »Und das ist sicher auch nur Christians Anwalt zu verdanken.« Sie hob eine Reisetasche in Annettes Auto. »Ich verstehe einfach nicht, warum sie Matteo und Claudio nicht finden.«

»Wer weiß, welche Organisation hinter alldem steckt.«

»Du meinst die Mafia?« Barbara schüttelte den Kopf. »Nein, das glaube ich nicht. Dafür sind die beiden doch zu kleine Fische. Die Mafia würde ganz anders operieren. Ich denke, dass Matteo auf eigene Faust das Cannabis angebaut und dann die Drogen mithilfe einiger Freunde vertickt hat.«

»Vielleicht hast du recht.« Annette umarmte die Freundin ein letztes Mal. »Halt die Ohren steif, Schatzi.«

»Mach ich. Und nun ab mit dir.« Barbara bemühte sich um ein fröhliches Lächeln. »Dein Stefan wartet sicher schon auf dich.«

»Wir wollten eigentlich zusammen fahren, aber wohin mit meinem Ottokar?« Sie klopfte auf die Motorhaube des flotten Zweisitzers.

»Ein paar Stunden Trennung werdet ihr hoffentlich überleben.«

»Ich werde es austesten.« Annette stieg ein und ließ den Motor an. »Bis bald in München.«

Barbara winkte der Freundin nach, bis der Wagen nicht mehr zu sehen war, dann ging sie langsam zurück in ihr Zimmer. Einsam fühlte sie sich plötzlich, und ihre Sehnsucht nach Christian wurde beinahe übermächtig.

Bei Sven habe ich nie das Gefühl gehabt, nur ein halber Mensch zu sein, wenn er nicht da war, ging es ihr durch den Sinn. Unsere Trennungen, die oft recht lang waren, haben mir nichts ausgemacht. Christian vermisse ich aber schon nach wenigen Stunden, dachte sie.

Um sich abzulenken, begann sie aufzuräumen. Annette hatte beim Packen ein leichtes Chaos hinterlassen.

Noch vier Stunden bis zum frühen Nachmittag, dann war sie wieder mit Christian verabredet!

Suchend sah sie sich um, und als ihr Blick auf das Handy fiel, das gerade frisch aufgeladen wurde, beschloss sie, endlich einmal wieder Tante Karoline anzurufen.

Tagelang hatte sie sich nicht gemeldet, und sie wollte auch nichts von dem Verdacht berichten, unter dem sie stand. Aber sie konnte von Karls Angebot erzählen, die Apotheke zu übernehmen, und vielleicht würde sie Karoline auch endlich von Christian erzählen.

Spontan tippte sie Karolines Nummer ein.

»Na, endlich meldest du dich mal wieder!« Die Stimme der Tante klang ein wenig vorwurfsvoll. »Ist was passiert, dass du dich so in Schweigen hüllst?«

»Aber nein, alles in Ordnung.«

»Das glaube ich dir nicht.« Karolines Stimme bekam einen

strengen Unterton. »Los, sag schon, was passiert ist. Heute Morgen hab ich mit Antonia telefoniert, und die war auch so komisch.«

Barbara seufzte unterdrückt auf. Dann berichtete sie so knapp wie möglich, was passiert war.

»So eine Unverschämtheit!« Karolines Stimme hörte man an, wie zornig sie war. »Wie kommen diese Italiener dazu, dir ein Verbrechen zu unterstellen?«

»Die Drogen waren nun mal in meinem Wagen.«

»Aber die hat man dir untergeschoben, ist doch klar.«

»Es kann nur Claudio gewesen sein. Er ist Antonias Neffe, und sie ist ziemlich verzweifelt darüber, dass er auf die schiefe Bahn geraten ist.« Sie hielt kurz inne. »Die Verdächtigungen gegen mich werden sich rasch als gegenstandslos herausstellen, mach dir mal keine Sorgen.« Sekundenlang zögerte sie, dann fügte sie hinzu: »Es gibt nämlich viel Angenehmeres zu berichten.«

Ausführlich erzählte sie dann von Karls und Jonas' Besuch und von dem Angebot, die Apotheke zu übernehmen.

Sofort war Tante Karoline abgelenkt und erging sich in den schönsten Zukunftsträumen.

Nach einer Viertelstunde beendeten sie das Gespräch, und Barbara war erleichtert, dass sie gar nicht dazu gekommen war, von Christian zu erzählen. Eventuell hätte die Tante gleich wieder die Hochzeitsglocken läuten hören.

Gegen Mittag ging sie hinüber ins *Puccini*, um eine Kleinigkeit zu essen.

»Geht's dir gut?« Besorgt sah Maria sie an.

»Danke, alles in Ordnung.« Barbara lächelte sie beruhigend an. »Ich bin sicher, dass sich alles rasch aufklären wird.«

»Antonia tut mir so schrecklich leid. Sie ist ganz geknickt.«

»Mir tut sie auch leid. Und Claudio ... Ich denke, er hatte so große Spielschulden, dass er gar nicht anders konnte, als für Matteo die Drogen zu schmuggeln.«

»Das ist absolut keine Entschuldigung! Und es ist einfach unverzeihlich, dass er dich in die Sache mit hineingezogen hat.«

»Das stimmt schon, aber ich glaube, er war total verzweifelt.«

»Er war und bleibt ein schwacher, charakterloser Kerl.« Marias Gesicht rötete sich, und mit einer fahrigen Geste strich sie über die frisch gestärkte weiße Rüschenschürze, die sie im Geschäft stets trug.

Die Ankunft von einer Gruppe neuer Gäste lenkte sie zum Glück ab, und Barbara ging rasch ins Lokal, um ihr wenigstens bei der Zubereitung des Kaffees oder der Eisschalen zu helfen.

Sie arbeitete ohne Pause, bis Christian kam, um sie abzuholen.

»Gibt es was Neues?« Forschend sah ihn Barbara an, nachdem er sie zur Begrüßung geküsst hatte.

»Nein, ich hab nichts mehr gehört. Aber mein Anwalt bleibt dran, und er sagt, dass die Fahndung nach Matteo und Claudio weiterhin läuft.« Zärtlich legte er ihr den Arm um die Schultern. »Komm, vergiss die unschöne Sache einfach für die nächsten Stunden. Ich hab einen Ausflug geplant, der dich bestimmt auf andere Gedanken bringt.«

»Das tust du jetzt schon.«

Für die Worte wurde sie mit einem langen Kuss belohnt.

»Wohin fahren wir eigentlich?«, erkundigte sich Barbara, als Christian den Wagen startete.

»Nach Malcesine. Aber ich wollte mit dem Tragflügelboot rüberfahren und den Wagen stehen lassen. Das geht schneller und ist bequemer.«

»Einverstanden.« Barbara lehnte sich im Sitz zurück. »Ich

hoffe nur, es geht mir in Malcesine nicht so wie Johann Wolfgang von Goethe. Ich weiß nämlich, dass er beinahe als Spion verhaftet worden wäre, als er dort die Scaligerburg gezeichnet hat.«

»Du bist ja wieder mal sehr gut informiert.« Verliebt sah Christian sie an. »Und ich hatte gehofft, dir mit meinem Wissen über den Geheimrat imponieren zu können.«

»Tja, ich habe schon immer von Tante Karoline gehört, dass Lesen bildet.« Leise lachte sie. »Aber ich schaue mir das mittelalterliche Städtchen gern mit dir zusammen an.«

»Danke. Ich verspreche auch, nicht aus Goethes *Italienischer Reise* zu zitieren.«

»Muss nicht sein, obwohl gegen unseren Dichterfürsten nichts einzuwenden ist. Mir imponiert es schon sehr, dass er damals einige Strapazen auf sich genommen hat, um die Landschaft hier und in der weiteren Umgebung zu erkunden.«

»Da hast du recht. Was wir heute mit Auto und Flugzeug unternehmen, war damals schon ein gigantisches Unterfangen. Aber es hat ihn auch sehr inspiriert.«

Barbara lag auf der Zunge zu fragen, warum er sich nicht mehr inspirieren ließ, warum er nicht endlich wieder mit dem Schreiben anfing. Doch sie wollte die Stimmung nicht trüben und schwieg.

Langsam näherte sich das Boot dem anderen Ufer.

»Wunderschön!« Barbara sah begeistert zu dem hohen Felsen, der ein ganzes Stück in den See hineinragte und auf dem groß und trutzig die Scaligerburg thronte.

»Wollen wir gleich hochsteigen? Oder das Innere besichtigen?«

»Das muss nicht sein. Mir genügt es, mit dir durch die Straßen zu bummeln«, antwortete Barbara. »Scaligerburgen hab ich jetzt schon einige gesehen. Die in Sirmione, die imposante in Verona … Und an der kleineren Anlage in Lazise bin ich auch schon vorbeigefahren.«

»Dann lass uns sehen, was der Ort zu bieten hat. Es sei denn, du willst doch kurz zur Burg und dort die Büste Goethes fotografieren.«

»Vielleicht ein andermal. Jetzt hab ich ein besseres Motiv.« Lachend zückte Barbara ihr Handy und machte ein weiteres Foto von Christian.

Eng umschlungen schlenderten sie dann durch die engen Gassen, die noch das Flair eines mittelalterlichen Städtchens vermittelten. Vor allem die malerischen Häuserfronten gefielen Barbara, und immer wieder blieb sie stehen, um ein Foto zu machen. Mal war es ein mit herrlichen Blumen geschmückter Balkon, mal eine außergewöhnliche Malerei an einem Giebel oder die bunten größeren und kleineren Boote, die im Hafen vor Anker lagen.

»Aber den Palazzo dei Capitani müssen wir uns ansehen«, sagte Christian, als die Sonne sich schon gen Westen neigte und die Schatten länger wurden. »Das ist ein wunderschöner Bau im Stil der venezianischen Gotik.«

»Du bist ein sehr kunstbeflissener Reiseleiter.« Barbara sah lachend zu ihm auf. »Meinetwegen schauen wir uns noch ein altes Gemäuer an.«

»Den Bau sehen wir nur von außen, die mit interessanten Fresken ausgestatteten Räume des damaligen Statthalters sind nur bei besonderen Ausstellungen zu besichtigen. Aber ich zeige dir etwas viel Schöneres.« Er zog sie mit sich durch die offenen unteren Gewölbe des Hauses, hinüber zu einem Garten direkt am Ufer. Hohe Palmen spendeten diesem beinahe verwunschen wirkenden Ort Schatten. Der quadratisch angelegte Garten war der ideale Rückzugsort, den nur wenige Touristen an diesem späten Nachmittag aufsuchten.

Außer einer älteren Dame, die angeregt in ihrem Reiseführer las, war niemand da, und Christian zog Barbara in den Schatten eines duftenden Jasminstrauches. Ausgiebig und voller Leidenschaft küsste er sie, und Barbara erwiderte die Zärtlichkeiten ebenso leidenschaftlich.

Christian fuhr mit der Hand durch ihr Haar und raunte ihr zu: »Jetzt wäre ich liebend gern mit dir allein.«

Barbara erwiderte nichts, doch das verliebte Lächeln, mit dem sie ihn ansah, sagte mehr als Worte.

»Bleibst du heute Nacht bei mir?« Zärtlich zeichnete er mit dem Zeigefinger die Linie ihrer Lippen nach.

»Ich weiß nicht so recht ... Nach all den Aufregungen sollte ich wohl besser bei Antonia bleiben.«

»Ach was, sie wird sich bestimmt mit Maria zusammensetzen. Die beiden Frauen sind seit einer Ewigkeit befreundet, und sicher kann Maria Antonia noch besser trösten als du.«

»Dann ruf ich aber wenigstens an und sag Bescheid.« Schon zückte sie ihr Handy, doch bevor sie anrief, wandte sie noch ein: »Ich habe gar nichts für die Nacht dabei.«

Christian lachte leise auf. »Das musst du auch nicht.« Er legte seine Hand auf ihr Knie, und Barbara spürte, dass ihr Blut rascher durch die Adern pulsierte.

Dann konzentrierte sie sich ganz auf den Anruf.

Antonias Stimme klang immer noch ungewöhnlich matt, als sie sich meldete, doch sie hatte absolut nichts dagegen, dass Barbara bei Christian blieb.

So konnten die Verliebten ihren Bummel ungehindert fortsetzen.

»Bevor wir zu mir fahren, zeige ich dir noch den kürzesten

Fluss der Welt, zumindest behaupten die Italiener, dass er das ist. Zumindest ist er einer der kürzesten mit hundertfünfundsiebzig Metern.«

»Das ist ja nur ein Rinnsal!«

»Da irrst du dich. Der Aril hat ein recht großes Quellbecken, drei Brücken spannen sich über seinen Lauf durchs Dorf, und es gibt sogar einen Wasserfall.«

»Ich bin beeindruckt.« Barbara lachte.

»Das sollst du auch sein, zumindest dann, wenn du mit einem Bewohner von Cassone sprichst.«

Sie schlenderten eine Weile durch den kleinen Ort, der zur Gemeinde Malcesine gehörte, tranken in einem kleinen Café einen Espresso, bis Christian erschrocken auf die Uhr sah.

»Verflixt, jetzt haben wir das letzte Boot verpasst.«

»Und nun?«

Lässig zuckte er mit den Schultern. »Wir nehmen einfach ein Taxi rüber zu mir. Und morgen fahren wir mit dem ersten Boot zurück und schauen mal, was wir dann unternehmen.«

»Das nenne ich leichtfertigen Müßiggang.« Barbara lachte, doch insgeheim fragte sie sich, wann Christian daran dachte, wieder einmal zu arbeiten. Er war ein so guter Autor, es war zu schade, dass er immer noch nicht die Kraft fand, einen neuen Roman in Angriff zu nehmen.

»Genau! Und ich finde, dieses süße Nichtstun sollten wir nach Kräften auskosten.«

39. Kapitel

Barbara wurde durch unzählige kleine Küsse geweckt, die Christian ihr auf die nackte Schulter hauchte. Langsam wandte sie den Kopf und schaute in seine dunklen Augen, die sie verliebt ansahen.

»Guten Morgen.« Er küsste sie lange und ausgiebig.

»Morgen …«, konnte Barbara nur rasch zwischen zwei Küssen murmeln, dann überflutete sie eine Welle der Leidenschaft, denn Christians Hände begannen, sie genau dort zu streicheln, wo sie besonders stark auf ihn reagierte.

»Wir wollten doch früh aufstehen«, murmelte sie dicht an seinem Ohr.

»Wollten wir das?« Nur kurz hob er den Kopf und sah sie mit übermütigem Lächeln an, um sich dann wieder über sie zu beugen und jeden Zentimeter ihrer warmen Haut mit Küssen zu bedecken.

Barbara biss sich auf die Lippe, um nicht laut aufstöhnen zu müssen. Dieser Mann wusste ganz genau, wie er es anstellen musste, ihre Lust auf noch mehr Sex anzufachen. Instinktiv spreizte sie die Beine, signalisierte so, dass sie für ihn bereit war.

Erst eine kleine glückliche Ewigkeit später lagen sie erschöpft nebeneinander, doch ihre Hände machten sich gleich wieder selbstständig und tasteten voller Sehnsucht hinüber zum anderen.

Die Sonne stand schon hoch am Himmel, ehe sie schließlich das Haus verließen.

»Hey, wer bist du denn?« Beinahe wäre Barbara über eine kleine getigerte Katze gestolpert, die quer über der untersten Stufe lag und sich in der Sonne ausgiebig putzte.

»Sie gehört dem Nachbarn.« Für einen Moment beugte sich Christian herunter und streichelte die Katze, die nicht die geringsten Anstalten machte, ihren Sonnenplatz zu verlassen. »Sie kommt hin und wieder vorbei und schnorrt ein bisschen Schinken. Als Dank legt sie dann schon mal eine tote Maus vor die Tür.«

»Nett von dir, dass du das heute nicht getan hast.« Auch Barbara streichelte das samtweiche Fell der Katze, die ihre Putzarbeit unterbrach und einen kleinen Buckel machte.

»Vorsicht, jetzt nimmt sie Anlauf.« Christian lachte. »Sie ist mir schon mal aus dem Stand heraus auf die Schulter gesprungen.«

Doch dazu kam es nicht mehr, denn laut hupend fuhr das gerufene Taxi vor, was die Katze mit lautem, protestierendem Miauen und Fauchen kommentierte, ehe sie sich unter einen der kleinen Rosensträucher verzog, die neben der schmalen Auffahrt standen.

»Jetzt ist sie sauer.«

Christian winkte ab. »Heute Abend kriegt sie noch mal ein Stück Käse, das wird sie bestimmt versöhnen.«

Während der Fahrt hinunter zum Schiffsanleger sprachen sie nicht viel, doch ihre Hände hatten sie ineinander verschränkt. Immer wieder strich Christian zärtlich mit dem Daumen über Barbaras zarte Haut, was ihr ein zärtliches Lächeln entlockte.

Leichter Wind kam auf, er spielte mit Barbaras Haar, als sie an Deck des Schiffes standen und hinüber nach Gardone Riviera fuhren.

Auf der Promenade herrschte reges Treiben, die Hochsaison hatte begonnen, und immer mehr Touristen bevölkerten die Orte rund um den Gardasee.

Auch im *Puccini* waren alle Tische und Stühle besetzt, und kurz überlegte Barbara, ob sie wohl helfen sollte. Doch Renata schien alles im Griff zu haben. Lächelnd winkte sie Barbara zu, ehe sie sich wieder den neu angekommenen Gästen zuwandte.

»Du musst nicht helfen«, sagte Christian, der Barbaras Gedanken erraten hatte. »Lass uns lieber noch den Tag genießen.«

»Was hast du denn vor?« Sie zögerte. »Ich will mich auf jeden Fall kurz umziehen.«

»Einverstanden. Obwohl ... du siehst super aus.«

Doch Barbara fühlte sich in den Sachen, die sie gestern schon getragen hatte, nicht wohl und bestand darauf, sich umzuziehen.

Doch so rasch wie gedacht ging es nicht, denn kaum hatte sie sich im Bad frisch gemacht, zog Christian sie wieder in die Arme.

»Du ... Ich könnte dich immerzu lieben«, murmelte er und presste sie so fest an sich, dass sie genau spürte, wie sehr er sie begehrte.

»Ein verlockender Gedanke«, gab Barbara leise zurück. »Doch hier möchte ich nicht mit dir schlafen.« Sanft, doch entschieden schob sie ihn von sich. »Der Gedanke, dass Antonia das mitbekommen könnte, stört mich.«

Seufzend gab er sie frei. »Dann zieh dir was Züchtiges an.« Er grinste.

»Einverstanden. Was hältst du von einem weißen Blüschen und einem blauen Faltenrock?«

»Ach, auch darin würdest du verführerisch aussehen.«

Doch als er sah, dass Barbara nach einer gelben Leinenbluse und einem meerblauen Top griff, meinte er: »Und ich soll mich da beherrschen ... Das ist grausam.«

Das Summen von Barbaras Handy unterbrach ihr verliebtes Geplänkel.

»Hey, Annette! Wie geht's dir?«

»Blendend. Schau mal das Foto an, das ich gerade geschickt habe.«

»Moment.« Barbara lud das Bild hoch und stieß gleich darauf einen kleinen Schrei aus. »Das glaub ich jetzt nicht! Du bist verrückt. Ihr seid verrückt.«

»Ja. Verrückt vor Glück. Und deshalb haben wir uns verlobt. Komm bald zurück, damit wir ausgiebig feiern können.«

»Ja ... bald. Ich muss mich ja auch um die Apotheke kümmern.«

»Dann bring doch Christian mit. Er kann schließlich überall arbeiten.«

»Mach ich. Gratuliere, du verrücktes Huhn. Und auch Gratulation an Stefan. Ich hoffe, dass er weiß, auf was er sich mit dir eingelassen hat.«

»Weiß er. Und er genießt es.«

»Ich glaub's dir. Bis bald.«

»Bis ganz bald! Ich bin ja so wahnsinnig glücklich. Du auch?«

»Ja. Ich auch.« Barbara lachte leise. »Obwohl die Sache mit Claudio immer noch nicht ausgestanden ist.«

»Mach dir nichts draus, es wird sich bestimmt alles bald aufklären. Jetzt muss ich weitermachen, der nächste Patient wartet.«

Barbara hielt Christian das Handy hin, damit er sich die Fotos ansehen konnte, die Annette geschickt hatte.

»Schau dir das an ... So eine romantische Idee!«

Auf dem ersten Bild sah man Artus, Stefans braunen Labrador, wie er ein kleines Päckchen in der Schnauze trug.

Das nächste Bild zeigte nur Annettes Hand, an der ein Verlobungsring prangte. Auf einem Selfie hielten beide verliebt lachend ihre Hände mit den schmalen goldenen Ringen hoch.

»Wir sollten uns an den beiden ein Beispiel nehmen«, meinte Christian.

»Lieber nicht.« Barbara klappte das Handy zu. »So spontan wie Annette bin ich nicht. Außerdem …«

»Ja?«

»Ach, ich weiß nicht. Es geht mir eh schon alles viel zu schnell.« Wie um Entschuldigung bittend, küsste sie ihn. »Ich brauche einfach ein bisschen mehr Zeit. Zumindest mehr Zeit als Annette.«

»Aber du liebst mich doch, oder?«

Sie zögerte, dann nickte sie, ohne ihn dabei anzusehen. Ja, sie liebte ihn, doch es gab so vieles, was noch zwischen ihnen stand. Da waren ihre Erinnerungen an Sven, an seine Untreue und seine Lügen. Aber da war auch Christians traurige Vergangenheit, die er noch nicht überwunden hatte, denn sonst hätte er sicher wieder mit dem Schreiben angefangen.

»Komm jetzt, lass uns irgendwohin fahren.« Sie griff nach ihrer Handtasche. »Was hältst du davon, wenn wir uns die Grotten des Catull ansehen? Ich habe gelesen, dass die Anlage ziemlich einzigartig ist.«

»Einverstanden.« Christian ging zur Tür. »Du weißt aber schon, dass es sich dabei nicht um Grotten handelt, ja?«

»Ich bin vorbereitet.« Barbara klopfte auf ihre Tasche, in der sie stets den Reiseführer bei sich trug.

»Dann komm. Die Straßen sind sicher verstopft, und gerade in Sirmione kommt man nur schlecht voran. Die Halbinsel ist der absolute Touristenmagnet, und die historische Anlage liegt auf einer Landzunge.«

»Wir könnten ja auch erst mal was anderes machen.« Barbara wies hinüber zum See. »Auf der Isola del Garda war ich noch nicht, und sie soll sehenswert sein.«

»Stimmt. Aber dafür müssten wir uns anmelden.« Er zögerte. »Warte mal, ich versuch's schnell.« Er ging ein paar Schritte zur Seite, telefonierte auf Italienisch und kam schon wenige Minuten später zu ihr zurück.

»Tino wartet auf uns.«

»Tino? Wer ist das?«

»Ein Bekannter. Er fährt uns zur Insel, dort übergibt er uns an einen Freund, der die junge Contessa kennt. Die ist zum Glück gerade daheim und wird uns führen.«

»Eine Contessa als Reiseleiterin? Irre.«

»Die Familie arbeitet ziemlich hart, um das riesige Anwesen instand halten zu können. Dazu gehören eben auch Führungen durch das kleine Reich.«

Tatsächlich hatte Barbara das Gefühl, in ein Märchenreich zu kommen, als sie die Insel betrat. Zypressen, stufenförmig angepflanzt, wirkten wie lebendige Zinnen und Türmchen.

In der Mitte des Eilands, nur von Süden einsehbar, stand das Schloss.

»Willkommen bei uns.« Die junge Contessa reichte ihnen die Hand. »Ich sage es gleich: Allzu viel Zeit habe ich heute nicht, aber Tino meinte, Sie müssten einen Eindruck von unserer schönen Insel mit nach Hause nehmen.«

»Danke, dass Sie sich Zeit für uns nehmen«, sagte Barbara vorsichtshalber auf Englisch. Dann sah sie der Contessa, die alles andere als steif oder hochnäsig wirkte, lächelnd nach, als sie die ersten Stufen zum Schloss hochging.

Der prachtvolle Bau, erfuhren die beiden, war zwischen 1890 und 1903 errichtet worden.

»Aber schon die alten Römer haben gewusst, wie schön es hier auf der Insel ist. Es gibt einige Zeugnisse, die davon erzählen.« Sie sah sich nach dem Paar um, das ihr Hand in Hand folgte. »Ich zeige Ihnen erst einmal den englischen und den italienischen Garten. Aber nur einen Teil davon, denn wenn Sie alles erkunden wollen, müssen Sie mehrmals herkommen.«

Den Eindruck hatten Barbara und Christian auch. Sie bestaunten die alten Bäume im leicht verwilderten Park, bewunderten die exakt angelegten Gärten. Die Contessa erzählte ihnen, dass angeblich schon der heilige Franz von Assisi eine Weile auf der Insel gelebt hatte.

»Beeindruckend. Aber vor allem das Schloss.« Barbara sah hinauf zu dem zinnenbewehrten Gebäude.

»Wir nennen es nur unsere Villa.« Die Contessa lächelte. »Alle Räume sind auch nicht bewohnt. Aber ich zeige Ihnen die Räume gern. Ein andermal.« Sie sah auf ihre Uhr. »Ich habe leider einen wichtigen Termin. Aber Sie können gern wiederkommen. Tino sagt mir dann Bescheid, und ich führe Sie länger durch unser Reich.«

»Das wäre wunderbar. Ich bedanke mich jetzt schon.« Christian deutete eine kleine Verbeugung an.

Auf der Rückfahrt zum Ufer stellte Barbara fest: »Sie wirkt total normal, die Contessa. Hätte ich nicht gedacht.«

»Soweit ich weiß, arbeiten alle aus der Familie. Ihre Mutter, eine gebürtige Engländerin, und die Geschwister. Der Erhalt der Insel ist sozusagen ein Familienunternehmen.«

Barbara drehte sich noch einmal um. »So schön es ist ... Ich weiß nicht, ob ich so leben könnte.«

Christian lachte. »Sollst du ja auch nicht. Du sollst mit mir leben, ganz egal, wo.«

»Das müssen wir noch ausdiskutieren.«

»Später. Jetzt können wir noch rüber nach Sirmione fahren.« Er sah auf die Uhr. »Allzu spät ist es noch nicht.«

»Und du denkst, dass der Verkehr jetzt nicht mehr so stark ist?« Zweifelnd schaute ihn Barbara an.

»Es ist einfach ein Versuch. Und die Grotten des berühmten Catull können wir uns auch am Spätnachmittag noch ansehen.«

Sie hatten tatsächlich Glück, die Straßen waren frei, bereits nach einer knappen Stunde standen sie an dem kleinen Museum, direkt am Eingang zu dem weitläufigen Gelände.

Sie liefen eine Weile zwischen zahlreichen Ruinen herum, atmeten den Duft von Rosmarin ein, der in weitläufigen Hecken zwischen den alten Steinen wuchs, und bewunderten die für damalige Zeiten sicher immens große Anlage.

»Wie großzügig das alles einst angelegt war, kann man sich nur vage vorstellen«, sagte Barbara und las eine der vielen Tafeln, an denen erklärt wurde, was man sah und wie es vor einigen Tausend Jahren ausgesehen haben mochte. »Das hier ist das krasse Gegenteil von der Isola del Garda.«

»Aber interessant finde ich es hier auch.«

»Da hast du recht.« Sie sah sich um. »Beeindruckend, was die Menschen vor Hunderten oder gar Tausenden von Jahren schon geschaffen haben.«

»Was hältst du von einem Eis?«, fragte Christian, als sie auf einer der alten Mauern saßen und sich ausruhten. Müde streckte er die Beine weit von sich. »Ich könnte, geb ich zu, auch einen starken Espresso vertragen.«

»Einverstanden.« Sofort sprang Barbara auf. »Kultur ist gut und schön, aber jetzt sind wir klug genug.«

»Ganz meine Meinung.«

Hand in Hand gingen sie zurück zur Altstadt, wo sich in den verwinkelten Gassen etliche Cafés, Eisdielen und Boutiquen befanden. Touristen schoben sich in mehr oder weniger großen Gruppen durch die schmalen Straßen, bewunderten aus der Entfernung die hohen Burgspitzen oder schauten hinunter zum Hafen.

»Da vorn wird ein Tisch frei. Komm!« Barbara wies nach links, wo sich gerade drei Damen von einem der runden Tische erhoben. Der Tisch stand zwar direkt am Straßenrand, doch wählerisch durfte man wohl nicht sein.

Eine Kellnerin hastete herbei und fragte nach ihren Wünschen, kaum dass sie sich hingesetzt hatten.

»Ich hätte gern einen Fruchteisbecher.«

»Und ich einen doppelten Espresso. Dazu vielleicht ein kleines Vanilleeis.« Christian nickte der älteren Bedienung freundlich zu.

»Sehr gemütlich ist es hier nicht gerade«, stellte Barbara fest und sah sich um. Die Straße mündete auf einen Platz mit Kopfsteinpflaster, der wohl einer der zentralen Punkte war. Gleich fünf Straßen, die im Grunde nur schmale Gassen waren, durch die kaum ein Auto passte, liefen auf den Platz zu. »Da lob ich mir doch das *Puccini*. Das liegt zwar auch ganz zentral an Gardones Promenade, doch die Gäste werden wenigstens durch ein paar Blumenkübel vor den vorübergehenden Touristen geschützt. Und es wirkt irgendwie intimer, gemütlicher. Hier sitzt man, finde ich, wie auf einem Präsentierteller.«

Ehe Christian etwas darauf erwidern konnte, ertönten auf dem Platz laute Rufe, und ein paar Leute sprangen zur Seite, als vier Polizisten aus einer der Gassen gestürmt kamen. Sie jagten hinter zwei Männern her, die sich brutal einen Weg zwischen den Touristen hindurchbahnten. Dass zwei ältere Frauen stürzten, kümmerte sie nicht. Mit den Ellbogen stießen sie die Leute zur Seite, einer von ihnen hechtete über einen Kinderwagen, in dem ein kleiner Junge saß.

»Das ist Claudio!« Barbara sprang auf und machte einen Schritt vom Tisch fort. »Mein Gott, Claudio, was ist denn nur los?«

»Setz dich wieder!«, ermahnte Christian sie und streckte die Hand nach ihr aus. Doch wie paralysiert sah Barbara Claudio entgegen. Er trug zur schwarzen Jeans ein weißes, an der Schulter eingerissenes Hemd, um das schwarze Haar hatte er ein schwarzes Stirnband geschlungen.

Gehetzt, mit flackerndem Blick schaute er sie an. Seine Augen wirkten übergroß in dem schmalen Gesicht.

»Claudio, bleib stehen. Es hat doch keinen Sinn mehr wegzulaufen.« Sie streckte die Hand nach ihm aus. »Was hast du getan, du dummer Kerl? Sei vernünftig, stell dich der Polizei. So schlimm kann es nicht werden. Wir helfen dir.« Sie versuchte, ruhig zu bleiben, als sie auf Claudio einredete.

»Nee, ich geh nie wieder in den Knast. Und hör auf, so einen Mist zu labern. Mir kann man nicht helfen. Jetzt nicht. Das mach ich schon lieber selbst.« Er zog sie an sich und hielt sie schützend vor sich. »Sei still, dann passiert nichts«, stieß er hervor. Nervös zog er aus seiner Jacke eine Waffe hervor. Barbara spürte seinen raschen Atem dicht an ihrem Ohr, sie merkte, dass er zitterte. Aber sie spürte auch die Pistole, die er ihr in die Seite stieß.

»Bitte, Claudio, lass mich los.« Barbara versuchte, sich aus seinem Griff zu befreien. »Noch ist nichts passiert, aber wenn du schießt ...«

Claudio reagierte nicht. Gehetzt sah er sich um, entdeckte seinen Kumpel Matteo nicht mehr, der in der Menge untergetaucht war, und geriet noch mehr in Panik.

»Weg da! Alle!« Wild fuchtelte er mit der Pistole in der Luft herum. »Matteo, du mieses Schwein, wo steckst du?«

Die Polizeibeamten riefen wild durcheinander, einer brüllte seinen Kollegen Kommandos zu, und die Männer zogen ihre Waffen. In Barbaras Bewusstsein drang gedämpft, wie durch eine Watteschicht, dass die Polizisten Claudio aufforderten, sich zu ergeben. Was Claudio allerdings mit einigen Flüchen kommentierte.

»Lass mich los, bitte.« Barbara zitterte ebenso heftig wie Claudio. Ihre Stimme klang brüchig, Tränen liefen ihr über die Wangen.

»Sei vernünftig, Claudio. Ihr habt keine Chance mehr.« Christian war aufgestanden und machte Anstalten, auf Claudio und Barbara zuzugehen. Er war blass geworden, und nur mit Mühe behielt er seine Fassung.

Die Touristen, starr vor Schreck die einen, andere hysterisch schluchzend, sahen ängstlich dem Geschehen zu. Die beiden kleinen Hunde einer älteren Dame zerrten an ihren Leinen, und in ihrer Nervosität ließ die Hundebesitzerin die Leinen los. Wild kläffend rannten die Tierchen hin und her.

»Verdammte Köter!« Claudio, aufgeputscht von Drogen und gleichzeitig panisch vor Angst, zielte nun wie wild auf die Tiere und sackte im nächsten Moment zu Boden.

Leise schrie Barbara auf. Geschockt blickte sie auf den Boden, wo Claudio direkt vor ihren Füßen lag. Dann erst spürte sie den heißen Schmerz in der linken Schulter, tastete danach und sah beinahe ungläubig auf ihre blutige Hand.

Ihr unterdrückter Schmerzensschrei ging in den vielen lauten, entsetzten Schreien der Umstehenden unter. Sie fühlte Christians

Arme um ihre Taille, sah in die geschockten Gesichter von zwei Polizisten, hörte das schrille Jaulen eines der Terrier, der ebenfalls von einer Kugel getroffen worden war. Sie nahm die Hundebesitzerin wahr, die das blutende Tier in den Arm genommen hatte und sich Hilfe suchend umschaute.

Dann erst richtete sie den Blick auf den Boden, wo Claudio lag. Mit starrem Blick schaute er sie an. Seine Mundwinkel zuckten, es sah aus, als wolle er etwas sagen. Langsam hob er dann die Hand, in der er immer noch die Pistole hielt.

»Nein!«

Wer hatte da so entsetzt aufgebrüllt? Barbara erlebte die kommenden Sekunden wie durch eine dämmende Wand. Sie sah, dass Claudio sich leicht aufbäumte, als ihn eine weitere Kugel aus der Waffe eines der Polizeibeamten traf. Langsam, wie im Zeitlupentempo, ließ er die Hand mit der Waffe auf das Pflaster sinken.

Barbara presste die Lippen aufeinander. Sie sah auf Claudio nieder, der sie anstarrte. War da ein kleines Lächeln in seinen Augen? Es wirkte so, als nicke er ihr zu, dann sackte sein Kopf zur Seite.

»Der Krankenwagen ist schon unterwegs.« Der ältere Carabiniere sah sie besorgt an. »Mein junger Kollege ... Er hat viel zu früh geschossen. Es tut mir unendlich leid. Wie geht es Ihnen?«

»Es ... es geht.« Immer wieder sah Barbara zu Claudio hin, über den sich jetzt ein Polizist beugte. Er hatte seine Mütze abgesetzt, hielt sie in der linken Hand. Mit der rechten tastete er nach Claudios Puls am Hals, schaute dann zu seinen Kollegen hoch und schüttelte den Kopf.

Leise schrie Barbara auf und barg den Kopf an Christians Brust. Den Schmerz in ihrer Schulter spürte sie im Moment gar nicht, zu groß war der Schmerz, den sie empfand, wenn sie auf den toten Claudio sah. Er wirkte ganz grau. Sie blinzelte, wandte leicht den Kopf, um besser sehen zu können, doch das Bild wurde nicht klarer. Zudem stieg eine nie zuvor empfundene Hitzewelle in ihr auf.

Sie bekam kaum noch Luft, und Christians Gesicht, das jetzt auf einmal dicht über ihr war, verschwamm vor ihren Augen.

40. Kapitel

Drückende Schwüle lastete auf der Stadt. Seit Tagen stöhnten die Münchener über die Hitze und sehnten eine Abkühlung herbei.

Annette wischte sich seufzend über die Stirn, als sie die letzten Saunatücher eingesammelt und in den großen Wäschesack gestopft hatte. Normalerweise strengte sie die Arbeit nicht an, doch heute hatte sie das Gefühl, im Stehen einschlafen zu können.

Prüfend schaute sie sich in den frisch renovierten Räumen um, und ein kleines Lächeln huschte über ihr müdes Gesicht. Die Praxis sah jetzt noch besser und ansprechender aus als zuvor, der Handwerker, den sie mit allem beauftragt hatte, hatte hervorragend gearbeitet.

Sie schreckte auf, als es an der Tür läutete. »Ich bin nicht da«, murmelte sie, ging aber trotzdem zur Tür und öffnete. Das Erste, was sie sah, war ein riesiger Strauß cremefarbener Rosen. Dahinter tauchte schließlich Stefans lachendes Gesicht auf.

»Ich wollte nicht mehr warten, bis du zu Hause bist«, sagte er und drückte die Tür weiter auf. »Zwei Patienten haben abgesagt, ich konnte die Praxis früher schließen und hab mich sofort auf den Weg zu dir gemacht, geliebtes Weib.«

»Pflichtvergessen also auch noch.« Lachend schlang Annette

ihm die Arme um den Hals. Schlagartig war ihre Müdigkeit verflogen. »Und leichtsinnig. So viele herrliche Rosen. Verschwender!«

»Na ja, irgendwann wird es ja mit dem Verwöhnen nachlassen. Wenn ich dich erst ganz sicher habe, kann ich damit ja aufhören.«

»Wag es ja nicht!« Sie küsste ihn ausgiebig, und Stefan hatte Mühe, den Rosenstrauß nicht fallen zu lassen, als er sie zu umarmen versuchte.

»Komm mit nach hinten.« Annette zog ihn in ihr kleines Büro, wo sie sich suchend umschaute. »So eine große Vase hab ich hier gar nicht.«

»Ich lege sie einfach ins Waschbecken, Hauptsache, ich krieg die Hände frei.« Lachend zog er Annette dann wieder an sich, küsste sie und begann, ihren Nacken sanft zu massieren.

»Hm, das hab ich jetzt gebraucht.«

»Nur das?« Sein Lächeln war verführerisch und unwiderstehlich, und Annette wehrte sich nicht, als er ihr den Kittel aufknöpfte, ihren BH öffnete und ihre kleinen festen Brüste ebenso ausgiebig zu küssen begann wie vorher ihren Mund.

»Sind die Liegen in den Behandlungsräumen bequem?«, raunte er.

»Hm, denke schon.«

»Lass es uns testen.« Ehe sie etwas erwidern konnte, hob Stefan sie lachend hoch und trug sie hinüber in die erste Kabine. Es roch nach Massageöl und ganz leicht nach Desinfektionsmitteln.

In den nächsten Minuten vergaß Annette allen Stress. Mit geschlossenen Augen lag sie auf dem kühlen Leinen, mit dem die Liege bespannt war. Stefan bedeckte jeden Zentimeter ihrer Haut mit Küssen, ehe er begann, die Innenflächen ihrer Oberschenkel sanft zu streicheln.

»In meinem Bett wäre mehr Platz«, flüsterte Annette.

»Mag sein. Aber der Weg in den ersten Stock ist viel zu lang.«

»Wo du recht hast, hast du recht.«

»Du bekommst eben einen sehr klugen Mann.«

Das Läuten des Telefons unterbrach ihr Geplänkel.

»Geh nicht ran.«

»Wie denn auch?« Annette kicherte. »Auf mir liegen mindestens anderthalb Zentner!«

»Unverschämtes Ding! Warte nur, ich denke mir gleich eine Strafe aus.« Ein langer, inniger Kuss folgte.

Mit einem kleinen Geräusch sprang der Anrufbeantworter an.

»Hallo, Annette, hier ist Christian. Ich hab dich auf dem Handy nicht erreicht, denke mir, dass du noch in der Praxis bist und es deshalb leise gestellt hast. Bitte nicht erschrecken: Barbara ist verletzt. Es gab eine Schießerei mit der Polizei, die Claudio verhaften wollte. Und unglücklicherweise hat eine Kugel Barbara an der Schulter getroffen. Ich wollte nur Bescheid geben. Melde dich bitte.«

»Um Himmels willen!«

Vorbei die verliebte Stimmung, die unbeschwerte Heiterkeit. Annette griff nach ihrer Handtasche, in der sie ihr Handy hatte, das sie, wie immer bei der Arbeit, auf *stumm* gestellt hatte.

Mit zitternden Fingern tippte sie Christians Nummer ein.

»Um Himmels willen, was ist denn genau passiert?« Sie nahm sich nicht die Zeit für einen Gruß.

»Hallo, Annette.« Christians Stimme klang gepresst. »Es ist furchtbar! Dieser junge Polizeibeamte ...« Erst stockend, dann immer rascher erzählte er, was passiert war. »Sie liegt noch im Hospital in Desenzano auf der Intensivstation. Aber ich hoffe sehr, dass sie schon bald wieder nach Hause entlassen wird.« Er schluckte schwer. »Gestern sah es nicht gut aus, sie kriegte plötzlich Fieber, nachdem man die Kugel entfernt hatte. Doch das haben die Ärzte wieder in den Griff bekommen, sie sagen, dass Barbara spätestens heute Abend wieder ganz klar sein wird. Dann kann sie auch die Intensivstation verlassen, denke ich.«

»Soll ich zu euch kommen?«

»Nein, nein, das ist nicht notwendig. Aber ich wollte dir nur Bescheid geben.« Ein tiefer Seufzer folgte. »Ich könnte mich ohrfeigen, dass ich mit ihr durch die Gegend gefahren bin, obwohl Claudio noch auf freiem Fuß war.«

»Das ist doch Unsinn! Vorwürfe muss sich die Polizei machen. Erstens, weil sie diese Kriminellen nicht gleich gefasst hat, und zweitens, weil einer von ihnen so wild durch die Gegend geballert hat.«

»Es war ein Unfall. Ein fataler, blöder Zufall.« Christian seufzte wieder auf. »Aber zum Glück ist es nur ein Streifschuss. Claudio allerdings ist tot.«

»Das ist ... das ist furchtbar für seine Tante. Wenn du sie siehst, grüße sie von mir. Vor allem aber Barbara. Und ruft an, sobald sie telefonieren darf.«

41. Kapitel

Die schöne Frau mit dem kastanienrot schimmernden Haar, das ihr fast bis zur Taille reichte, lenkte den offenen Wagen geschickt über die kurvenreiche enge Straße, die hinauf nach Albisano führte.

In Torri del Benaco hatte sie eine kurze Pause eingelegt, einen Kaffee getrunken und im Waschraum des Cafés ihr Make-up erneuert. Christian sollte ihr nicht ansehen, dass sie seit zwei Tagen unterwegs war.

Sekundenlang kniff sie die Augen zu schmalen Schlitzen zusammen. Dieser Mistkerl! Hatte es tatsächlich gewagt, sich wieder zu verlieben! Und ihr hatte er den ewig trauernden, verzweifelten und völlig gebrochenen Mann vorgespielt. Ein Mann, der nicht mehr schreiben konnte, weil er seit dem tragischen Verlust seiner Tochter wie paralysiert war.

»Pah! Ausreden, nichts als Ausreden. Aber nicht mit mir, mein Lieber! Ich hab auch um unsere Kleine getrauert, glaub mir das. Aber das Leben geht weiter. Und es ist teuer«, sagte sie vor sich hin.

Doreen Wagner bremste abrupt ab. Beinahe hätte sie die Einfahrt zum Ferienhaus übersehen. Es waren ein paar neue Bäume und etliche Rosensträucher angepflanzt worden, und die Oleanderbüsche waren in den letzten Jahren gewachsen.

Langsam fuhr sie auf das Haus zu. Sie hatte es immer gehasst, so einsam, wie es hier lag. Aber Christian hatte ja darauf bestanden, auf diese Weise Urlaub zu machen und zu entspannen, statt in einem Luxushotel abzusteigen.

»Spießer, elender. Langweiliger blöder Spießer!« Mit einer heftigen Bewegung warf sie das lange Haar in den Nacken, ehe sie ausstieg und langsam auf das Haus zuging. Bei der Scheidung hatte Christian darauf bestanden, das Haus zu behalten. Da es ihr nichts bedeutete, hatte sie es ihm überlassen. Sollte er doch dort mit seinen Erinnerungen, seinen Depressionen leben. Sie hatte sich sehr großzügig abfinden lassen und war froh gewesen, mit dem Geld ein neues Leben auf Sylt beginnen zu können.

Allerdings war Sylt teuer. Und der Mann, von dem sie geglaubt hatte, dass er ihr ein neues, besseres und interessanteres Leben bieten könnte, hatte sie schon nach einem Jahr gegen eine andere ausgetauscht. Für einige Monate war sie mit ihm nach Dänemark gezogen, doch dort hatte sie sich noch weniger heimisch gefühlt als hier am Gardasee.

Fest presste Doreen die Lippen aufeinander, als sie den Schlüssel für die Haustür aus ihrer Designertasche zog. Das war typisch für Christian, er hatte nicht daran gedacht, ihr den Schlüssel abzunehmen. Und sie hatte ihn behalten. Aus Sentimentalität? Nein, eher aus Gedankenlosigkeit hatte sie ihn nicht zurückgegeben. Eine Tatsache, die sich jetzt als günstig herausstellte.

Für die Schönheit der Gegend hatte Doreen keinen Blick. Sie sah nicht zu den Rebhängen hoch, die im rötlichen Licht der untergehenden Sonne lagen. Sie schaute auch nicht hinunter in Richtung See. Suchend sah sie sich nach Christians Auto um. Wie sie ihn kannte, fuhr er immer noch den alten Wagen, dabei könnte er sich gewiss einen flotteren Schlitten leisten.

Doch es war kein Auto zu entdecken. Nicht einen Moment zögerte Doreen, die Haustür aufzuschließen und einfach ins Haus zu gehen.

Leichter Lavendelduft lag in der Luft, so wie früher schon.

Sie rümpfte die Nase. Den Geruch hatte sie bereits beim Kauf des Hauses ätzend gefunden, doch er hatte sich durch nichts vertreiben lassen. Einmal, sie erinnerte sich noch gut, hatte sie einen Flakon ihres teuren Parfüms auf den Boden des Marmorbads geworfen. In tausend Stücke war das teure Fläschchen zersprungen, und das Parfüm hatte für eine Weile den Lavendelduft überlagert.

Jetzt war der Geruch aber wieder da, und Doreen verzog angewidert die perfekt geschminkten Lippen.

»Chris? Bist du da?« Sie ging durch die Küche in den Wohnraum, der noch genauso möbliert war wie früher. Auf dem Tisch lagen zwei Zeitungen, und sie überflog kurz, was Christian zuletzt gelesen hatte. Ganz offensichtlich hatte er sich für eine Schießerei drüben in Sirmione interessiert, bei der eine Deutsche verletzt worden war. Das nicht sehr deutliche Foto zeigte einen Krankenwagen, einige Polizeibeamte und Christian, der die Hand einer Person hielt, die auf einer Trage lag.

Langsam legte sie die Zeitung zurück und rief noch einmal seinen Namen.

Als sie immer noch keine Antwort bekam, ging sie die Treppe zum ersten Stock hoch und öffnete die Tür zum Schlafzimmer. Hier hatte sich vieles verändert. Statt des Doppelbettes stand ein breites Bett aus Messing hier, und die Mahagonischränke von damals waren hellen Einbauschränken aus Ahorn gewichen, die den Raum größer und heller wirken ließen.

Ihr Blick fiel auf eine hellblaue große Tasche, die auf einer schmalen Kommode unter dem Fenster stand.

»Oh, là, là, Frauenbesuch hat er gehabt!« Ungeniert öffnete sie die Tasche. »Dann ist die große Trauer ja wohl passé.«

Eine Weile kramte sie kurz in der Tasche herum, legte den kleinen Beutel mit dem Schminkzeug aufs Bett. Ebenso den hauchfeinen Seidenschal, eine Sonnenbrille und ein Päckchen mit Pfefferminzbonbons.

Kurz schaute sie aus dem Fenster, vor dem ein wilder Jasminstrauch stand. Dahinter lag, wie sie noch genau wusste, Christians Parkplatz. Sicher hatte er, der keine Veränderungen liebte, noch immer keine Garage oder zumindest ein Carport für sein Auto angeschafft.

Neugierig öffnete sie eine Schranktür nach der anderen und verzog leicht den Mund, als sie die wenigen Kleidungsstücke bemerkte, von denen sie einige sogar noch kannte.

»Typisch. Geld genug, aber spießig wie eh und je.« Fest presste Doreen die Lippen zusammen. Sie dachte an die Wochen zurück, in denen sie sich mit Christian wegen der Scheidungsmodalitäten auseinandergesetzt hatte. Im Grunde war er, musste sie zugeben, großzügig gewesen. Er hatte ihr mehrere Wertpapiere überlassen und eine Eigentumswohnung. Nur das Haus hier am Gardasee hatte er unbedingt für sich haben wollen.

Ihr war es egal gewesen. Sie hatte bereits ein halbes Jahr nach dem Tod ihres Kindes einen anderen Mann kennengelernt. Einen lebenslustigen, optimistischen Mann aus dem dänischen Grenzgebiet, der ihr über den Schmerz hinweggeholfen hatte. Jens sah hervorragend aus, schien auf den ersten Blick sehr wohlhabend zu sein und gab sich weltmännisch. Er besaß ein Lokal in Kopenhagen und eines auf Sylt. Beides fand Doreen ebenso interessant wie die Tatsache, dass Jens ein sehr guter, fantasievoller Lover war. Christian hatte sie seit dem Tod des Kindes nicht mehr angerührt. Er schien wie erstarrt vor Trauer und vergrub sich in seinen Schmerz, ließ niemanden an sich heran.

Doreen litt auch, doch sie überwand den Schmerz rascher als

ihr Mann. Niemand konnte das Geschehene ungeschehen machen, ihre kleine Eva-Maria war tot, doch das Leben ging weiter. Jede Trauer musste irgendwann überwunden werden, das hatte ihr Jens auch gesagt und einiges dazugetan, dass sie wieder Spaß am Leben gefunden hatte.

Sie musste hart schlucken, als sie daran dachte, dass Jens sie vor einigen Monaten, ohne mit der Wimper zu zucken, abserviert hatte. Bei einem Skiurlaub in Sankt Moritz hatte er eine junge Schwedin kennengelernt. Verführerisch schön und Erbin eines großen Vermögens. Da war sie, die außer der kleinen Eigentumswohnung nichts mehr besaß, rasch uninteressant geworden.

Doreens Puls beschleunigte sich, als sie an die lautstarken Auseinandersetzungen mit Jens zurückdachte. Sie hatte ihm vorgeworfen, dass er ihr Geld ohne Skrupel dazu gebraucht hatte, seine defizitären Läden wieder in Schwung zu bringen. Und er ... er hatte nur gelacht und gemeint, seine Bemühungen, aus ihr eine attraktive Frau zu machen, die zu Sylt und ihm passte, wären kaum zu bezahlen.

Wenn Doreen daran dachte, dass sie seinetwegen alle Wertpapiere veräußert und ihr Konto geplündert hatte, stiegen ihr auch jetzt noch Tränen des Zorns in die Augen.

In ihrer Verzweiflung und der Leere, die auf einmal in ihr Leben zurückgekommen war, hatte sie beschlossen, Christian zu besuchen. Vielleicht liebte er sie noch. Vielleicht konnte sie, wenigstens für eine gewisse Zeit, zu ihm zurück.

Aber inzwischen gab es wohl doch eine Frau in seinem Leben. Die große hellblaue Reisetasche und auch die Handtasche im Schlafzimmer sprachen dafür.

Entschlossen durchsuchte sie die Handtasche. Ein bisschen Geld, ein paar noch nicht geschriebene Ansichtskarten, ein Päckchen Papiertaschentücher ... Und schließlich in einem Seitenfach ein Führerschein und ein Blutspenderausweis.

»Das ist sicher die Verletzte aus Sirmione.« Gedankenversunken starrte Doreen auf das Foto des Führerscheins. »Mist, verdammter. Da ist er also doch nicht so ein Eremit geworden, wie ich gehofft hatte.« Nervös drehte sie die beiden Ausweise hin und her und überlegte dabei krampfhaft, was sie jetzt tun sollte.

42. Kapitel

Unentschlossen sah sich Christian in dem großen Blumenladen um. Sein Blick fiel auf eine Bodenvase mit roten Rosen. Nein, sagte er sich, fürs Krankenhaus ist das nicht das Richtige. Auch die langstieligen Lilien ignorierte er gleich wieder. Das waren Totenblumen. Ein Gedanke, der ihm einen kalten Schauer über den Rücken jagte.

Noch immer hatte er den Schock von gestern nicht ganz überwunden. Die Schießerei in Sirmione war auch heute noch Tagesgespräch. Doch ihn interessierte die Tatsache, dass Claudio tot war und die Fahndung nach Matteo immer noch lief, nur am Rande. Wichtig war für ihn nur, dass Barbaras Verletzung nicht allzu schwer war.

Am liebsten hätte er wieder Maiglöckchen gekauft, doch ihm war klar, dass diese Blumen jetzt, im Hochsommer, nicht mehr zu haben waren.

Die Verkäuferin wartete geduldig, zeigte schließlich auf einen schon fertigen Strauß aus Teerosen und Gerbera.

»Nein, nein, der ist zu groß für die Klinik.« Christians Blick fiel auf zartgelbe, fast weiße Moosröschen. »Die da wären wohl angebracht. Stellen Sie mir bitte einen Strauß zusammen.«

Als er wenig später die Klinik betrat, lag ein kleines Lächeln auf seinem Gesicht. Früh am Morgen hatte er dort angerufen und sich nach Barbara erkundigt. Der Arzt, der Barbaras Schusswunde versorgt hatte, hatte ihm versichert, dass es der Patientin gut ginge. Sie hatte eine ruhige Nacht verbracht, und ihr Kreislauf war wieder stabil, das Fieber gesunken, und man hatte sie bereits von der Intensivstation auf ein normales Zimmer verlegen können.

Bis weit nach Mitternacht hatte Christian in der Klinik gesessen und darauf gewartet, dass Barbara aus der Narkose erwachte. Nur kurz hatte er danach mit ihr sprechen können. Sie war wieder ganz bei Besinnung gewesen und hatte ihm ein kleines zärtliches Lächeln geschenkt.

Ob sie wohl ahnte, welche Angst er um sie ausgestanden hatte? Bilder von damals waren vor seinem geistigen Auge aufgetaucht – er sah seine kleine Tochter auf dem Asphalt liegen, den Notarzt, der sich über sie beugte, hörte das Martinshorn und sah die blauen blinkenden Lichter der Polizei- und Rettungsfahrzeuge.

Das Szenario in Sirmione war nicht ganz so dramatisch gewesen, doch die Erinnerung setzte ihm gewaltig zu.

Irgendwann, er hatte jedes Zeitgefühl verloren gehabt, war ein Polizeibeamter zu ihm gekommen und hatte mit ihm gesprochen. Ein Protokoll musste angefertigt werden, den jungen Schützen, der Barbara verletzt und Claudio tödlich getroffen hatte, erwartete eine umfassende Untersuchung.

Das alles war vergessen, als er jetzt die Station betrat und behutsam an Barbaras Krankenzimmertür klopfte.

Beinahe hätte er den Blumenstrauß fallen lassen, als er sah, dass das Bett im Zimmer leer war. Für eine Sekunde setzte sein Herzschlag aus, und er musste sich zwingen, nicht laut aufzuschreien.

Hastig lief er ins Schwesternzimmer, wo zwei Pflegerinnen gerade Medikamente sortierten.

»Wo ist Frau Schnitzler?« Er, sonst immer sehr höflich, vergaß vor Aufregung zu grüßen. »Sie ist nicht in ihrem Zimmer.«

Die beiden Krankenschwestern wechselten einen raschen Blick. »Sie sind ...« Fragend sah ihn die Ältere der beiden an.

»Wir sind befreundet. Ich ... ich war dabei, als sie gestern angeschossen wurde.«

»Dann sind Sie kein Angehöriger?«

»Nein. Und Barbara ... ich meine Frau Schnitzler hat hier in Italien auch keine Verwandten.« Er machte einen Schritt auf die Schwestern zu. »Bitte, was ist mit ihr?«

Die Jüngere der beiden zögerte, sagte dann: »Sie liegt wieder auf Intensiv. Vor drei Stunden bekam sie eine Embolie, der Chef musste operieren.«

Alle Farbe wich aus Christians Gesicht.

»Hallo, nicht umfallen.« Die ältere Schwester griff vorsichtshalber nach seinem Arm, denn er sah aus, als würde er jeden Moment das Bewusstsein verlieren.

»Nein, nein, schon gut.« Er atmete ein paarmal tief durch. »Wie geht es ihr denn jetzt? Kann ich zu ihr?« Als die Schwester zögerte, fügte er fast flehend hinzu: »Sie hat hier doch niemanden außer mir.«

»Na gut. Gehen Sie da hinten durch die Glastüren, dann nach links, dann stehen Sie vor der Intensivstation. Sie müssen dort läuten.«

Ein paar Schritte konnten eine Ewigkeit dauern! Und das Warten vor der Tür, die zur Intensivstation führte, kam ihm endlos lange vor.

Dann, endlich, stand er an Barbaras Bett.

Blass lag sie da, angeschlossen an diverse Apparate, die ihre Körperfunktionen überwachten.

»Mein Kleines ...« Vorsichtig beugte er sich über sie und küsste sie behutsam auf die Stirn.

»Hallo, du.« Barbara öffnete die Augen. Ihr Blick irrte zunächst etwas orientierungslos umher, dann lächelte sie ein wenig mühsam zu Christian auf.

»Wie fühlst du dich, Liebes?« Er tastete nach ihrer Hand, die auf der hellgrünen Bettdecke lag.

»Ganz gut.« Sie drehte leicht den Kopf. »Wieso liege ich hier?«

»Genaues weiß ich auch nicht. Nur, dass du eine Embolie hattest und noch einmal operiert werden musstest.«

In diesem Moment kam ein Arzt herein, und Christian drehte sich um.

Der junge Mediziner lächelte aufmunternd. »Alles wieder im grünen Bereich«, erklärte er. »Der Chef hat Sie noch mal kurz operieren müssen, der Thrombus konnte rasch entfernt werden.« Er nahm eine Tabelle hoch, die am Bett hing, und ging die dort eingetragenen Zahlen durch. »Sicher können Sie bald wieder in Ihr Zimmer zurück.« Noch ein kurzes Lächeln in Barbaras Richtung, dann wandte er sich an Christian. »Bleiben Sie nicht zu lange. Die Patientin braucht Ruhe.«

»Ja, ja, ich gehe dann gleich wieder.«

»Schade.« Barbara hielt seine Hand fest.

»Der Doktor hat recht, du solltest schlafen, das ist die beste Medizin.«

»Küsse auch.« Sie zog ihn mit der geringen Kraft, die sie im Moment hatte, näher zu sich.

Noch eine Weile blieb er bei ihr, sah aber ein, dass sie ihre Ruhe brauchte, und verabschiedete sich mit einem langen Kuss.

Draußen war es immer noch herrlich warm, und da er keine Lust hatte, allein zu bleiben, beschloss er, ins *Puccini* zu fahren. Vielleicht hatte Maria ein bisschen Zeit zum Reden.

Langsam ging er hinüber zum Parkplatz und zuckte zusammen, als er ganz in der Nähe seines Autos eine schlanke Frau mit kastanienrotem Haar bemerkte, die sich allerdings in dem Moment herunterbeugte, sodass er sie nicht mehr so genau erkennen konnte.

»Doreen?« Er kniff die Augen zusammen, doch die Person war nicht mehr zu entdecken.

»Unsinn, ich sehe schon vor lauter Nervosität Gespenster«, murmelte er vor sich hin und startete seinen Wagen. Doreen lebte auf Sylt, sie hatten seit mehr als einem Jahr keinen Kontakt mehr gehabt. Warum sollte sie auf einmal hier am Gardasee auftauchen? Und was hätte sie hier in der Klinik zu suchen gehabt?

»Reiß dich zusammen«, sagte er sich und konzentrierte sich auf den starken Verkehr, der auf der Uferstraße herrschte.

43. Kapitel

»Das war knapp.« Doreen atmete ein paarmal tief durch, dann richtete sie sich hinter dem breiten Wohnmobil wieder auf. Ein Glück, dass sie hinter dem großen Ding in Deckung hatte gehen können. Auf keinen Fall sollte Christian sie erkennen.

Eine Weile wartete sie noch, dann ging sie hinüber zur Klinik und erkundigte sich nach Barbara Schnitzler.

»Die Patientin liegt auf der Intensiv, Sie können nicht zu ihr«, erklärte ihr die Dame an der Rezeption. Prüfend sah sie Doreen an. Die Besucherin trug eine schwarze transparente Bluse, dazu knallgelbe Jeans. Lange schwarze Perlenohrringe baumelten an ihren Ohren, und die Augen, grünlich schimmernd, waren mit schwarzem Kajalstift umrahmt. Das alles, fand die Rezeptionistin, war nicht gerade das richtige Outfit für einen Krankenbesuch.

»Wann kann ich denn zu ihr? Ich bin eine Freundin.« Doreen wippte ungeduldig mit dem Fuß.

»Das kann ich nicht sagen. Fragen Sie einfach morgen noch mal nach.«

Was blieb Doreen anderes übrig, als sich damit zufriedenzugeben und auf den nächsten Tag zu warten.

Um diese Jahreszeit hier ein Zimmer zu bekommen war beinahe unmöglich, nur in einer kleinen Pension war noch eine winzige

Kammer frei gewesen. Die Unterkunft war zwar unter ihrem Niveau, aber etwas Besseres fand sich jetzt, am frühen Abend, sicher nicht mehr.

Die halbe Nacht lang lag sie wach und grübelte darüber nach, was sie unternehmen könnte, um Christian und diese Barbara wieder auseinanderzubringen. Lange konnten sie sich noch nicht kennen, da war sie sich sicher, denn sonst hätte diese Barbara sicher bei Christian gewohnt. Sie hatte alles genau inspiziert, vorsichtig und ohne Spuren zu hinterlassen. Aber nichts hatte darauf hingedeutet, dass eine Frau über längere Zeit mit im Haus gewohnt hatte.

Unruhig warf sich Doreen auf dem schmalen Bett hin und her. Ihr war abwechselnd heiß und kalt, ein sicheres Zeichen dafür, dass sie ihre Medikamente nicht genommen hatte.

Vor knapp einem Jahr hatte Doreen die Diagnose erhalten, dass sie an einer bipolaren Störung litt. Mal war sie todtraurig und wie gelähmt, dann wieder voller Tatendrang und Euphorie.

Seit der Trennung von Jens überwogen allerdings die tristen Phasen, dazu kam die chronische Geldnot, die sie immer unruhiger machte.

Christian, da war sie sich sicher, war die einzige Möglichkeit für sie, wieder in ein sicheres, sorgloses Leben zurückkehren zu können.

»Er gehört immer noch mir«, murmelte sie und zog sich die Decke über den Kopf. »Und ich hole ihn mir zurück.«

Eine Weile gab sie sich noch völlig irrationalen Zukunftsträumen hin, bis sie schließlich in einen unruhigen Schlaf fiel.

Erst am späten Vormittag wurde sie wach, machte sich sorgfältig zurecht und fuhr zurück zur Klinik. Diesmal war sie dezenter gekleidet. Zu einer gepunkteten apricotfarbenen Seidenbluse trug sie eine enge weiße Leinenhose, die ihre perfekte Figur betonte. Das Haar, das sie ausgiebig gebürstet hatte, wurde von einer großen Sonnenbrille aus der Stirn gehalten.

An diesem Tag saß ein junger Mann hinter der Rezeption, und Doreen hatte keine Mühe, von ihm die Nummer von Barbaras Krankenzimmer zu bekommen, nachdem sie erfahren hatte, dass die Patientin nicht mehr auf der Intensivstation lag.

Ihre Sorge, dass Christian bei seiner Freundin sein könnte, erwies sich als unbegründet.

Kurz sah sie sich um, ehe sie nach kurzem Anklopfen das Einzelzimmer betrat.

Barbara lag mit geschlossenen Augen im Bett, noch immer lief eine Infusion. Unwillkürlich rümpfte Doreen die Nase, als sie das schlichte Krankenhausnachthemd sah, das den Oberkörper der Kranken nur zur Hälfte bedeckte. Die linke Schulter war verbunden, das hellgrüne Hemd nur lose darübergelegt.

Auf dem Nachttisch stand eine runde blaue Vase mit Moosröschen, ein Arrangement, das Doreen bewog, ironisch den Mund zu verziehen. Typisch Christian, schoss es ihr durch den Kopf. Nur nicht auffallen. Nur ja keinen ordentlichen, üppigen Strauß mitbringen.

»Hey du.« Langsam ging sie auf das Bett zu, und als Barbara nicht sofort reagierte, drückte sie fest deren rechte Hand, die locker auf der Bettdecke lag. »Hallo! Wach werden!«

Langsam kam Barbara zu sich. Irritiert sah sie die Fremde an, die neben ihrem Bett stand und sie mit kühlem Blick musterte.

»Sie haben sich sicher im Zimmer geirrt«, sagte sie leise. »Ich kenne Sie nicht.«

»Mich nicht. Aber meinen Mann.« Doreens Stimme klang hart. »Und ich kann dir nur raten, du Flittchen, ihn ganz schnell wieder zu vergessen. Christian gehört zu mir! Wir sind seit mehr als zehn Jahren verheiratet, und es ist schändlich, dass du diese Liebe zerstören willst.«

»Sie sind Christians Frau?« Barbara versuchte, sich aufzurichten, sank aber mit einem leisen Wehlaut wieder zurück. »Das ist nicht wahr! Christian ist geschieden.«

»Pah, hat er dir das erzählt?« Doreen zog sich einen Stuhl ans Bett. »Glaub ihm kein Wort. Er zieht immer die gleiche Masche ab.«

»Nein. Das stimmt nicht! Sie lügen, warum auch immer. Bitte gehen Sie!« Tränen schimmerten in Barbaras Augen. Ihr Herz begann, heftig zu klopfen, und die Fremde, die da leicht vornübergebeugt neben ihrem Bett saß, verschwamm vor ihren Augen.

»Glaub mir, du bist nicht die Erste, die er mit dieser Masche ins Bett kriegt.« Doreen lachte kurz auf. »Ihr seid seine neuen Inspirationen, er benutzt euch nur, glaub mir.« Ein tiefer Seufzer folgte. »Ich liebe ihn aber viel zu sehr, um ihm nicht immer wieder zu verzeihen.« Wieder legte sie Barbara die Hand auf den Arm. »Es tut mir leid, dass du verletzt bist. Aber sieh's positiv: Hier gewinnst du Abstand von ihm.«

»Nein, ich ...«

»Du wirst ihn nicht wiedersehen!« Doreen stand auf. »Ich warne dich nur einmal so freundlich wie heute. Glaub mir, du möchtest mich nicht zur Feindin haben.«

»Christian liebt mich. Mich allein. Und es ist keine Lüge, dass er geschieden ist.«

»Sei nicht so naiv, einem Mann alles zu glauben.« Doreen ging zur Tür. »Mit einer Frau wie dir amüsiert er sich nur, aber mich braucht er. Mich liebt er, egal, welchen Flirt er sich hin und wieder gönnt.« Sie zuckte mit den Schultern. »Er ist eben Künstler. Aber davon verstehst du sicher nichts. Ich aber bin mit seiner Mentalität seit Jahren vertraut, wir wissen genau, dass wir eine untrennbare Gemeinschaft sind. Also schlag ihn dir aus dem Kopf.« Damit schloss sie die Tür hinter sich.

Draußen auf dem Flur warf sie lächelnd den Kopf in den Nacken. »Die Tour hab ich dir vermasselt, mein Lieber. Aber ich bin bereit, dir zu verzeihen und noch mal neu mit dir anzufangen.«

44. Kapitel

Das Licht der Nachmittagssonne malte kleine Kringel auf die helle Schreibtischplatte und ließ das Metall des Laptops silbrig glänzen. Die beiden Zitronenbäumchen am Rand des weitläufigen Balkons, der direkt ans Arbeitszimmer und an den Schlafbereich grenzte, trugen exakt sieben Früchte.

Seit fast zwei Stunden saß Christian an seinem Schreibtisch und entwarf ein ausführliches Exposé. Hin und wieder warf er einen Blick auf die beiden Zitronenbäumchen, die er vor ein paar Tagen zusammen mit Barbara gekauft hatte.

Er lächelte, als er an den Nachmittag zurückdachte, an dem sie die Zitronenbäumchen und einen zartgelben Rosenstock erworben hatten. Zuvor waren sie in einem kleinen Lokal unten in Torri del Benaco gewesen und hatten dort köstliche hausgemachte Pasta gegessen. Unbeschwert und glücklich waren sie gewesen, und als er Barbara erzählte, dass er eine Idee für einen neuen Roman habe, war sie ihm begeistert um den Hals gefallen. Ungeachtet der vielen Menschen ringsum hatte sie ihn leidenschaftlich geküsst.

»Das ist ja wunderbar. Ich freue mich so für dich.«

»Was meinst du, wie froh meine Agentin und der Verlag sein werden. Sie drängen mich schon so lange, wieder zu arbeiten.« Sekundenlang glitt ein Schatten über sein Gesicht. »Aber bisher konnte ich es einfach nicht. Ich war wie gelähmt.« Zärtlich sah er sie an. »Du hast mir die Freude am Leben – und an der Arbeit zurückgegeben.«

»Wann fängst du mit dem Schreiben an?«

»Mal sehen, ich kann mir Zeit lassen.«

»Ach was, ich bin sicher, dass es dich drängt aufzuschreiben, was dir alles durch den Kopf geht. Auf mich musst du keine Rücksicht nehmen, ich kann mich auch allein beschäftigen.«

»Nichts da, wir erkunden noch ein paar Tage lang die Orte am See und die Umgebung«, hatte er erwidert.

Für einen Moment sah Christian nun hinüber zum breiten Bett. Noch vorgestern hatte er dort mit Barbara gelegen, sie hatten sich geliebt und miteinander gelacht.

Und jetzt lag sie verletzt in der Klinik!

Für einen kurzen Moment verdüsterte sich seine Miene, doch dann schaute er wieder auf das Display des Laptops. Es ging Barbara gut, früh am Morgen war er für eine Stunde bei ihr gewesen. Doch der Arzt riet zur Ruhe, und da Barbara immer wieder einschlief, musste er ihm recht geben. So war er wieder nach Hause gefahren und hatte angefangen zu arbeiten. Zunächst hatten sich die Gedanken nur langsam zu Sätzen formen lassen, die Idee in seinem Kopf, vage und noch nicht ausgereift, nahm jedoch, je länger er schrieb, immer konkretere Gestalt an.

Er vergaß für ein paar Stunden alles um sich herum und zuckte zusammen, als draußen ein Traktor vorfuhr. Das war sein Nachbar, der ihm, auf dem Weg zu seinem Olivenhain, selbst gemachten Käse, Olivenbrot, Tomaten und Wein vorbeibrachte. »Für Barbara«, sagte er und wünschte ihr gute Besserung.

»Ich fahre gleich zu ihr. Danke dir, Paolo. Ich hoffe, sie ist bald wieder hier und kann die Köstlichkeiten genießen.«

Christian sah auf die Uhr. Verflixt! So lange hatte er gar nicht arbeiten wollen. Aber wie so oft, wenn er schrieb, hatte er alles um sich herum vergessen.

Kurz überlegte er, ob er Barbara doch etwas von Paolos Geschenken mitnehmen sollte, verwarf den Gedanken aber wieder.

Der Weg hinüber nach Desenzano kam ihm unendlich lang vor. Auf einmal war er voller Unruhe, ein Gefühl, für das er keine logische Erklärung hatte, das aber nicht weichen wollte.

Im Blumenladen direkt vor der Klinik kaufte er ein paar zartrote Rosen. Besonders kunstvoll war der Strauß nicht gebunden, doch darauf kam es ihm jetzt nicht an. Wichtig war, Barbara ein wenig aufzuheitern.

Gerade als er an ihre Zimmertür klopfen wollte, öffnete sich diese von innen, und eine Pflegerin kam heraus. Kurz musterte sie Christian und meinte dann: »Haben Sie unsere Patientin so aufgeregt? Sie hat seit einer knappen Stunde wieder Fieber. Das gefällt uns gar nicht.«

Christian schüttelte den Kopf. »Nein, nein, sicher nicht. Ich war nur kurz am frühen Morgen hier, da lag Barbara noch auf der Intensiv.«

»Ja dann ...« Die Schwester, etwa fünfzig Jahre alt mit kurzem dunklen Haar, durch das sich erste weiße Fäden zogen, machte eine knappe Kopfbewegung. »Aber regen Sie die Patientin nicht auf. Verstanden?«

»Natürlich nicht. Danke.«

Er ging zu Barbaras Bett. Dass sie fieberte, sah man deutlich. Kleine Schweißtropfen standen auf ihrer Stirn, die Augen waren stark gerötet.

Sie presste die Lippen fest zusammen, als sie ihn bemerkte.

»Was machst du für Sachen, Liebes?« Er wollte sie küssen, doch abrupt drehte sie den Kopf zur Seite.

Christian war irritiert und runzelte die Stirn. »Was ist denn los? Geht es dir nicht gut?« Er beugte sich erneut über sie, strich ihr über die heiße Stirn und versuchte, ihren Blick zu erhaschen.

Barbara schwieg, doch ihr Atem ging rascher. »Lass mich allein«, flüsterte sie.

»Aber, Liebling, ich bin's doch, Christian.« Er fasste nach ihrer Hand, die auf der Decke lag, doch mit einem Ruck zog Barbara sie zurück.

Kopfschüttelnd sah Christian sie an. Fieberte sie so stark, dass sie ihn nicht erkannte? Nein, so wirkte sie nicht.

»Was ist denn los auf einmal?« Ohne auf ihren Widerspruch zu achten, zog er sich einen Stuhl ans Bett. Wieder griff er nach ihrer Hand und hielt sie fest. »Nun sag schon, was ist passiert?«

Aus großen Augen, die auf einmal in Tränen schwammen, sah sie ihn an. »Sei ehrlich! Bist du noch verheiratet?« Sie war kaum zu verstehen.

»Ich soll ... was? Nein, um Himmels willen, ich bin geschieden, das hab ich dir doch gesagt.« Kopfschüttelnd schaute er sie an. »Hast du was Dummes geträumt?«

»Ich ...« Barbara schluchzte auf. »Sie war da«, stieß sie kurz darauf hervor.

»Wer war da?« Christian setzte sich aufs Bett und zog Barbara in die Arme, und diesmal wehrte sie ihn nicht ab. »Sag schon, wer war da und hat dich so aufgeregt?«

»Deine Frau!«

»Was sagst du da?« Christian hatte Mühe, ruhig zu bleiben. »Doreen war hier? Woher, zum Teufel, hat sie gewusst, dass du hier liegst?«

»Keine Ahnung. Aber sie war da und hat gesagt, dass ihr beide ... dass du sie noch liebst, dass du nur hin und wieder einen Flirt brauchst. Als Inspiration sozusagen.« Ihre Stimme brach.

»Was soll ich haben? Flirts zur Inspiration? Die ist doch nicht ganz gescheit!« Nur mit Mühe konnte er sich beherrschen. Am liebsten wäre er aufgesprungen, doch er hielt Barbara noch immer fest umarmt.

»Sieh mich an«, bat er und schob sie ein wenig von sich. »Was hat Doreen dir noch erzählt?«

»Dass ihr gar nicht geschieden seid, du nur hin und wieder eine Auszeit willst und sie das toleriert.« Sie senkte den Kopf. Jetzt, da Christian bei ihr war, da sie ihn spürte, kamen ihr die Anschuldigungen der rothaarigen schönen Frau auf einmal ganz widersinnig vor.

»Dieses verdammte Miststück!« Jetzt hielt es Christian doch nicht mehr auf dem Bett. Erregt sprang er auf und lief im Zimmer hin und her. »Das ist kompletter Unsinn! Sie hat gelogen, warum auch immer.« Vorsichtig setzte er sich dann wieder dicht neben Barbara. Eindringlich sah er sie an. »Liebes, das ist alles Unsinn. Selbstverständlich bin ich geschieden, und ich liebe nur dich allein, glaub mir.«

»Ja aber ... Warum ist sie denn hergekommen? Was will sie hier und von mir?«

»Unfrieden stiften, das steht fest.« Christian griff wieder nach Barbaras Händen und zog sie an die Lippen. »Du bist die Einzige für mich«, flüsterte er. »Die Frau, die mich unendlich glücklich macht und mit der ich für immer zusammen sein will.«

Es war so wunderbar, ihm zuzuhören! Barbara schloss die Augen und lauschte seinen Worten.

»Doreen und ich haben seit mehr als einem Jahr keinen Kontakt mehr«, sagte Christian nach einer Weile. »Sie lebt auf Sylt, hat dort einen neuen Partner. Zumindest weiß ich nichts anderes.« Er machte eine kleine Pause und fuhr dann fort: »Wenn sie jetzt wirklich hier aufgetaucht sein sollte, kann das nur bedeuten, dass sie in irgendwelchen Schwierigkeiten steckt.« Er seufzte unterdrückt auf. »So war es schon immer: Wenn sie in Schwierigkeiten war, musste ich ihr heraushelfen. Ansonsten hatte sie die sogenannten Champagnerfreunde, mit denen sie um die Häuser zog und Partys feierte.«

»Und was war mit eurer Tochter?«

»Unsere Kleine ... Sie war mein ganzes Glück. Ich bin sicher, dass Doreen sie im Grunde gar nicht wirklich wollte. Doch Eva-Maria war ein Druckmittel, das sie immer wieder einsetzte, um mich auf diese Tour weichzuklopfen. Sie wusste, dass ich das Kind über alles liebte und schon allein aus diesem Grund keine Trennung wollte.« Er hielt kurz inne. »Ich habe oft überlegt, mich scheiden zu lassen und das Sorgerecht für Eva-Maria zu beantragen. Aber dann passierte dieser Unfall ...«

Barbara griff nach seiner Hand und drückte sie fest.

»Damit will ich nicht sagen, dass Doreen nicht um unsere Kleine getrauert hat. Nur denke ich, dass ihre mütterlichen Gefühle nicht so stark waren.«

»Das tut mir leid. Und auch, dass ich an dir gezweifelt habe.«

»Schon gut.« Christian lächelte sie an. »Ich habe den Schmerz endlich überwunden.«

»Deine Frau ...«

»Ex-Frau«, fiel er ihr ins Wort. »Wir sind seit Langem getrennt.«

»Schon gut. Ich frage mich nur, wieso sie überhaupt von mir wusste? Und wie hat sie mich gefunden?«

»Das werde ich herausbekommen. Und dann gnade ihr Gott!«

45. Kapitel

Auf dem Beifahrersitz lag ein riesiger Strauß roter Rosen, es war unmöglich, einfach Platz zu nehmen.

»Du bist verrückt!« Lächelnd sah Barbara zu Christian auf, der weit die Tür geöffnet hatte.

»Verrückt vor Glück. Und deshalb mussten es jetzt doch einmal rote Rosen sein.« Er küsste sie kurz, ehe er die Blumen auf den Rücksitz beförderte und Barbara half, sich hinzusetzen. »Es ist wunderbar, dass ich dich schon nach Hause holen darf.«

Barbara nickte ihm liebevoll zu. Sie hatte sich in den letzten acht Tagen hervorragend erholt. Die Wunde schmerzte zwar noch bei unbedachten Bewegungen, doch der behandelnde Arzt hatte sie mit der Auflage entlassen, sich alle zwei Tage zum Verbandwechsel und einer Kontrolle zu melden. Später würde sie eventuell noch eine Physiotherapie machen müssen, um den Arm wieder komplett bewegen zu können.

»Hast du gelesen, dass die Polizei diesen Matteo endlich gefasst hat?«, fragte Christian, während er den Wagen startete.

»Gestern war Antonia da. Sie hat mir noch ein paar Sachen gebracht und mir bei der Gelegenheit erzählt, dass die Carabinieri Matteo endlich festgenommen haben.« Ein Schatten huschte über Barbaras Gesicht. »Antonia leidet noch sehr unter Claudios Tod, aber es ist für sie, glaube ich, eine Genugtuung, dass Matteo sich vor Gericht verantworten muss. Er ist schließlich der Hauptschuldige.«

»Das steht fest. Claudio war nur einer seiner diversen Helfershelfer. Dennoch ... Er war erwachsen genug, um zu wissen, worauf er sich einließ.«

»Das stimmt. Aber er war Antonias Neffe, ihr einziger Verwandter. Und sie hat ihn geliebt wie ein eigenes Kind. Umso schwerer wiegt da wohl die Enttäuschung.« Barbara lehnte sich entspannt zurück und sah hinüber zum See, dessen Oberfläche in der Sonne silbrig glänzte. »Dabei hat sie ihm immer wieder geholfen, auf die Füße zu kommen.«

»Dieser Matteo hatte wohl einen schlechten Einfluss auf ihn. Vielleicht war es wirklich so, dass Claudio ihm am Anfang beim Bewirtschaften des Limonenhains geholfen hat. Schließlich mussten die Gewächshäuser mit den Zitronen ja auch bearbeitet werden. Und die Limonaia war ein gutes Alibi.«

»Das stimmt. Ich war, als ich zum ersten Mal dort war, richtig beeindruckt.«

»Ja, und später hat Matteo dann eine weitere Erwerbsquelle aufgetan.«

»Und Claudio mit in diese kriminellen Geschäfte hereingezogen.«

»So denke ich es mir. Die Polizei hat Matteo in der Nähe des Monte Testo geschnappt. Die Gegend südlich von Rovereto hat eine historische Bedeutung. Im Ersten Weltkrieg wurde dort erbittert gekämpft, und man hat erst vor etlichen Jahren Schützengräben und Höhlen entdeckt, in die sich die Soldaten zurückgezogen hatten. In einer der Höhlen hat sich Matteo wohl lange Zeit verkrochen. Aber man hat ihn zum Glück aufgespürt, und er wird vor Gericht gestellt werden.«

»Das alles macht Claudio auch nicht mehr lebendig.«

»Stimmt. Aber heute wollen wir uns nicht mehr mit den Erinnerungen belasten. Ich bin so unendlich froh, dass du wieder bei mir bist.«

Barbara streckte die Hand aus und streichelte kurz seinen Arm. »Ich freue mich auch drüber. Ich hab dich vermisst.«

»Ich war doch jeden Tag bei dir.«

»Ja, aber wir waren nie allein.« Eine leichte Röte stieg in ihre Wangen.

»Ich hab dich auch vermisst. Du ahnst nicht, wie sehr.«

Die ungestörte Zweisamkeit, auf die sie lange hatten verzichten müssen, kosteten sie in den nächsten Tagen aus. Nur für wenige Stunden verließen sie das Haus, saßen dann in der Sonne oder schlenderten Hand in Hand durch die Olivenhaine und Rebgärten. Morgens arbeitete Christian für zwei Stunden, und Barbara war begeistert, als er ihr sein Konzept zu lesen gab.

»Das wird mit Sicherheit wieder ein Bestseller!«

»Beschrei es ja nicht. Aber ich denke auch, dass die Idee ganz gut ist. Jedenfalls ist meine Lektorin begeistert.«

»Wieder eine Frau, auf die ich eifersüchtig sein muss.«

»Natürlich!« Christian lachte übermütig. »Ich bin der direkte Nachfahre von Casanova.«

»Ich bin beeindruckt.« Barbara küsste ihn zärtlich. »Ich weiß selber nicht, warum mich deine Ex so hat aus der Bahn werfen können. Vielleicht lag es daran, dass ich noch ziemlich benommen war von der Zeit auf der Intensivstation. Sonst hätte sie mich sicher nicht so irritieren und verunsichern können mit ihren Behauptungen.«

Sie wusste inzwischen, welche Intrige Doreen hatte spinnen wollen. Christian hatte seine geschiedene Frau zur Rede gestellt und ihr mit Konsequenzen gedroht, sollte sie sich noch einmal in sein Leben drängen. Wütend war Doreen abgereist. Zunächst wieder nach Sylt, wo sie hoffte, einen neuen wohlhabenden Mann kennenzulernen.

»Sie wird sich nie mehr ändern«, sagte Christian, als er Barbara von seiner letzten Unterredung mit Doreen erzählte. »Ich habe ihr auf den Kopf zugesagt, dass sie krank ist.«

»Und?«

»Sie hat mir fast das Gesicht zerkratzt. Aber ich bin mir sicher, dass sie eine psychische Störung hat.«

»Ein bisschen kann sie einem leidtun. Sie ist sicher tief im Innern ein unglücklicher Mensch.«

»Vielleicht.« Christian zuckte mit den Schultern. »Aber für ihr Leben ist sie nun einmal ganz allein verantwortlich.«

Barbara konnte ihm nur zustimmen. Sie selbst hatte ja auch einen großen Umweg gehen müssen, ehe sie das wahre Glück gefunden hatte. Nur noch selten dachte sie an Sven. Tante Karoline hatte ihr vor einigen Tagen am Telefon berichtet, dass er nach Kanada gezogen war. Er hatte sich noch einmal bei Karoline gemeldet und versucht, sie zu beeinflussen. Sie sollte bei Barbara für ihn sprechen, sie dazu bewegen, mit ihm einen Neuanfang zu wagen. Sven hatte wieder einmal heilige Eide geschworen, endlich treu zu bleiben, doch Karoline hatte ihm entschieden erklärt, dass er Barbara für immer vergessen musste.

Die Tante freute sich aufrichtig für Barbara, die am Gardasee dem Mann ihres Lebens begegnet war. Und sie konnte es kaum erwarten, Christian kennenzulernen. »Annette schwärmt förmlich von ihm«, hatte sie lachend gesagt. »Sie ist sicher, dass du den Mann gefunden hast, der dich für immer glücklich machen wird.«

»Das stimmt, Tante Karoline. So wie auch Annette mit ihrem Stefan endlich den Richtigen getroffen hat. Sie hat dir doch sicherlich von ihm erzählt.«

»Sie hat ihn mir vorgestellt.« Leise hatte Karoline aufgelacht. »Wir waren zusammen essen, und ich muss sagen, dass ich sie beneide. Wenn ich dreißig Jahre jünger wäre ... Dieser Stefan ist genau mein Typ.«

»Dann muss ich ja vorsichtig sein, wenn ich dich mit Christian bekannt mache.«

»Du kannst endlich wieder scherzen und lachen. Das stimmt mich froh, mein Spatzerl.«

Ein kleines liebevolles Lächeln war über Barbaras Gesicht gehuscht, als sie das Kosewort hörte, das Karoline früher oft benutzt hatte.

»Ich bin auch unendlich glücklich.«

»Dann warte ich gespannt drauf, dass ihr endlich nach München kommt.«

»Wir kommen bald. Erst muss ich aber noch ein paarmal in die Klinik zur Nachuntersuchung. Aber wir kommen sicher bald.«

»Darauf freue ich mich.« Mit einem Gruß an Christian hatte Karoline das Gespräch beendet.

46. Kapitel

»Der Verband ist ab! Endlich! Er hat mich doch sehr gestört.« Barbara hakte sich bei Christian ein, der vor der Klinik auf sie gewartet hatte. »Ich muss auch erst in zwei Wochen für eine letzte Kontrolle wieder herkommen.«

»Aber die Physiotherapie machst du noch weiter, oder?« Liebevoll und besorgt sah er sie an. Noch immer hatte Barbara leichte Schwierigkeiten, den Arm hoch über den Kopf zu heben, und die regelmäßigen Besuche bei der Therapeutin sollte sie auf keinen Fall aufgeben.

»Klar, das mach ich noch eine Weile weiter. Wichtig ist mir aber erst mal, dass die inneren Verletzungen komplett ausgeheilt sind und nichts zurückbleiben wird außer der kleinen Narbe.«

»Dann können wir doch gleich morgen einen Ausflug machen, oder? Und ich weiß auch schon, wohin.« Christian wies hinüber zu einem Eiscafé direkt am Seeufer. »Möchtest du dich mit einem Eisbecher stärken?«

»Da sag ich nicht Nein. Und zu einem Ausflug auch nicht.«

»Dann fahren wir morgen früh zeitig los. Ich bin sicher, dass dir der Idrosee gefallen wird. Er liegt nordwestlich von Salò in einer wunderschönen Umgebung.«

Leichter Wind strich durch die blühenden Oleanderbüsche, die

die Straße säumten. Schon früh am Morgen hatte die Sonne viel Kraft, und rund um den Gardasee herrschte Trubel. Es war Hochsaison, und fast jedes Bett in den Hotels und Pensionen war ausgebucht.

Als sie Salò hinter sich gelassen hatten und in Richtung des Idrosees fuhren, veränderte sich die Landschaft. Sie wurde hügeliger, und in der Ferne konnte man die Voralpen von Brescia ausmachen, die zum See hin abfielen.

»Hier kommt man sich vor wie in einer anderen Welt«, sagte Barbara. »Alles wirkt viel beschaulicher, ursprünglicher.«

»Ja, der Idrosee, den man gern den kleinen Bruder des Gardasees nennt, ist noch ein Geheimtipp. Zumindest für die meisten Touristen. Aber bei Surfern ist er sehr beliebt, denn hier herrscht fast immer guter Wind.«

»Er ist aber sehr schmal.«

»Nur im Süden. Es ist genau umgekehrt wie beim Gardasee, der ist im Süden breiter und verjüngt sich gen Norden, hier ist das Nordufer breiter und ausladender, der Süden sehr schmal.« Er bog nach links ab. »Ehe wir weiterfahren, sollten wir eine Kleinigkeit essen.«

»Hunger hab ich aber noch nicht.«

»Du wirst Appetit bekommen, wenn du siehst, was die Frauen hier an Delikatem auf den Tisch bringen. Die Fische sind frisch gefangen, und viele kochen noch so, wie sie es von ihren Großmüttern gelernt haben. Es ist köstlich.«

»Dann bin ich gespannt.«

Zunächst aber war Barbara begeistert von dem kleinen Ort, der zusammen mit ein paar anderen Ortschaften die Gemeinde Idro bildete. Die schmalen Gassen und die alten Steinhäuser wirkten ursprünglich und authentisch auf sie.

»Diese Blumenpracht ... wunderschön!« Sie zeigte auf ein altes Haus, vor dem dunkelrote Geranien, Jasmin und blauer Rittersporn in breiten alten Steintrögen standen. Bienen summten aufgeregt herum, sammelten Nektar für die weiter oben am Hang stehenden Bienenstöcke.

Es gab nur sechs Häuser im Dorfkern, und alle waren mit Blumen geschmückt. Diese alten Gebäude waren liebevoll gepflegt. Etwas weiter entfernt entdeckten sie dann einen Bauernhof, in dessen Nähe Kühe und Ziegen weideten.

»Hallo, wer bist du denn?« Barbara beugte sich zu einer schwarzen Katze herunter, die ihr schnurrend um die Beine strich.

»Das ist unsere Mucki.« Eine junge Frau in Jeans und kariertem Hemd, dessen Ärmel sie hochgekrempelt hatte, kam aus dem Gemüsegarten, der nur durch einen Jägerzaun von der schmalen Straße getrennt war. »Sie ist rollig und deshalb besonders liebebedürftig.«

»Sie ist niedlich.«

»Ihre beiden Geschwister auch. Aber die streunen gerade durch die Gegend. Kater eben.« Ein unbeschwertes Lachen folgte. Dann hob die junge Frau die Hand mit einem Bündel frisch gezogener Möhren. »Mögen Sie eine? Ich finde, direkt aus dem Garten sind sie am besten.«

»Da sag ich nicht Nein.« Barbara griff über den Zaun hinweg nach einer Möhre. »Danke. Das ist nett.« Sie zögerte, dann fragte sie: »Gibt es hier oben etwas zu essen? Oder müssen wir runter zum See?« Sie sah sich nach Christian um, der die Katze streichelte. »Hast du auch schon Appetit?«

»Offen gestanden hätte ich gegen eine Kleinigkeit nichts einzuwenden. Außerdem ist es hier wunderschön. Die Aussicht ist einmalig, und ich finde, die Ruhe hier oben am See ist einfach Balsam für die Seele.«

»Dann genießen Sie unsere Gegend doch ein wenig länger.« Die junge Frau nickte ihm zu. »Ich bin übrigens Sandra. Kommen Sie, gehen Sie einfach durch den Garten rüber auf die Terrasse. Der offizielle Weg ist zwar drüben hinter dem Haus entlang, aber Sie können gleich mit mir kommen.«

»Aber … Sie haben doch keine Gaststätte, oder?« Barbara zögerte. »Es ist mir etwas peinlich, Sie so zu überfallen.«

»Aber nein, im Gegenteil. Mein Mann und ich haben wirklich eine kleine Trattoria. Aber viel zu tun ist leider nicht hier in dem abgelegenen Ort.« Sie lächelte Barbara an. »Keine Sorge, ich bin eine ganz passable Köchin, und wenn mein Mann gleich vom See heraufkommt, hat er hoffentlich ein paar Fische dabei.«

»Dann sagen wir nicht Nein.«

Sandra ging ihnen voran auf eine mit hellen Terrakottasteinen ausgelegte Terrasse, von der aus man einen herrlichen Blick weit über das Tal zum See hatte.

»Von hier kann man fast den ganzen See überblicken«, sagte Sandra noch, ehe sie ins Haus ging, um wenig später mit einem Krug Wein zurückzukehren. »Der ist vom Weinberg meines Schwiegervaters im Trentino«, sagte sie. »Ich hoffe, er schmeckt Ihnen.«

Der Wein war tatsächlich ausgezeichnet, und auch die Antipasti, die Sandra zusammen mit selbst gebackenem Brot unaufgefordert auf den Tisch gestellt hatte, waren ausgesprochen köstlich.

»Was meinst du, sollen wir einfach hier sitzen bleiben und warten, ob es gleich noch was Warmes gibt?« Barbara hielt das Gesicht in die Sonne. »Ich find's herrlich hier.«

»Dann bleiben wir.« Christian drückte ihr die Hand. »Ich freue mich, dass dir die Gegend gefällt. Der Lago d'Idro ist eigentlich ein Geheimtipp für Surfer und Kletterer, doch ich bin früher schon ein paarmal hier gewesen, weil ich die Landschaft einmalig schön finde.«

»Dann haben wir wieder was gemeinsam.« Zärtlich lächelte ihm Barbara zu. »Es ist herrlich hier. Ich darf gar nicht dran denken, dass ich bald wieder zurück nach München muss.«

»Du musst nicht. Wir können hierbleiben, solange du willst. Schreiben kann ich hier ebenso gut wie in München. Vielleicht sogar noch besser.«

»Und was ist mit der Apotheke? Nein, nein, ich muss bald heim. Du weißt doch, dass mir Karl angeboten hat, seine Nachfolgerin zu werden. Und das ist eine einmalige Chance für mich. Wir haben ja sogar einen Vorvertrag gemacht, ehe er und Jonas zurück nach München sind.«

»Ich weiß.« Ein Schatten glitt über Christians Gesicht. »Es ist wirklich ein großzügiges Angebot, und ich freue mich auch für dich. Aber es schränkt dich schon sehr ein, das ist dir bewusst, oder?«

»Wieso?« Mit leicht gerunzelter Stirn sah ihn Barbara an.

»Na ja, wenn du die Apotheke führst, bist du immerzu eingespannt, und an spontane Urlaube können wir dann nicht denken.«

Barbara schwieg. Darüber hatte sie, musste sie zugeben, noch gar nicht nachgedacht.

»Da wird es sicher auch eine Lösung geben«, meinte sie. »Ich könnte eine weitere Mitarbeiterin einstellen. Und Karl wäre ja auch noch da, um für die Wochen, in denen wir unterwegs sind, hin und wieder nach dem Rechten zu schauen.« Sie trank einen Schluck Wein. »Das ist ja im Moment auch noch nicht spruchreif. Lass uns erst mal wieder in München sein, dann findet sich alles.«

Sandra kam auf die Terrasse und unterbrach ihre Unterhaltung. Sie hatte sich umgezogen und trug jetzt ein buntes Sommerkleid, das ihre schlanke Figur betonte.

»Mein Mann ist zurück. Und er hat sogar Flussbarsch mitgebracht. Das ist das Beste, was ich Ihnen bieten kann. Flussbarsch gebacken, gebraten oder frittiert ist immer eine Köstlichkeit. Und die Spezialität der Region.«

»Dann nehme ich gern den gebackenen Fisch«, sagte Barbara, und Christian schloss sich ihr an.

»Es dauert allerdings eine Weile, bis ich alles fertig habe.«

»Kein Problem. Wir sitzen hier ganz wunderbar«, erwiderte Barbara.

Die kleine schwarze Katze kam auf die Terrasse und ließ sich dicht neben Barbara nieder. Intensiv putzte sie sich, hörte jedoch abrupt auf, als ein größerer roter Kater ums Haus kam.

»Das ist sicher einer der Brüder«, meinte Christian und streckte die Hand nach ihm aus. Doch der Kater wandte sich ab und stolzierte hinüber zum Gemüsegarten, wo er sich lauernd vor einem der schmalen Beete niederließ.

»Rusty ist der große Jäger«, sagte Sandra, die in diesem Moment aus dem Haus kam. »Vor ihm sind keine Maus und kein kleines Kaninchen sicher.« Sie stellte zwei Teller auf den Tisch. »Ich weiß, dass es gleich noch den Flussbarsch gibt«, sagte sie, »aber meine Großmutter hat *Polenta e aole fritte* gemacht. Die müssen Sie probieren!«

»Um Himmels willen, Sie wollen uns mästen.« Barbara lachte. »Was genau ist das denn? Polenta kenne ich ja, aber das andere ...«

»Das sind *aole*, kleine Seefische mit einem sehr zarten Geschmack. Frittiert auf Polenta sind sie eine der Spezialitäten des Idrosees.«

»Ja, dann lassen wir uns doch nicht lange bitten. Sieht gut aus!« Christian probierte einen ersten Bissen. »Köstlich!«, lobte er sofort.

»Ich geb's an die Nonna weiter. Sie wird sich freuen.«

Auch Barbara kostete und sagte: »Das ist sehr, sehr gut, aber allzu viel kann ich nicht essen, sonst ist kein Platz mehr für den Flussbarsch.«

Diese Spezialität, die wenig später serviert wurde, traf genau ihren Geschmack, und sie aß mit großem Appetit.

»Danach müssen wir aber ein Stückchen laufen«, meinte sie und lehnte sich auf ihrem Stuhl zurück. »Das war hervorragend, aber viel zu viel.« Sie lachte Sandra zu. »Sie müssten eigentlich in einem großen Restaurant kochen.«

Sandra lächelte. »Nein danke, das habe ich vor Jahren mal gemacht. Ich hab in Venedig in einem exklusiven Restaurant gelernt, bin dann sogar zwei Jahre geblieben. Aber der Stress war schrecklich, und ich war froh, als ich nach der Hochzeit hier am See noch einmal neu anfangen konnte. Es ist zwar nur eine kleine Trattoria, aber wir haben etliche Stammgäste, die immer wieder herkommen und auch für ein paar Tage bleiben.«

»Das kann ich verstehen.« Barbara stand auf und streckte Sandra die Hand hin. »Danke nochmals. Wir sehen uns sicher auch noch mal wieder.«

»Das würde mich freuen.«

Rasch beglich Christian die Rechnung, dann gingen sie auf einem schmalen Weg noch ein Stück höher den Hang hinauf. Ein leichter Wind wehte von den Bergen her, was das Laufen recht angenehm machte.

Erst nach einer Stunde beschlossen sie, zum See zurückzukehren, wo inzwischen etliche Windsurfer ihr Können ausprobierten. Wie kleine Farbtupfer wirkten die bunten Segel auf dem dunklen Wasser. Der Wind hatte zugenommen, es herrschten ideale Bedingungen zum Surfen.

Ein paar Minuten schauten sie ihnen zu, dann sagte Christian: »Es gibt noch eine Sehenswürdigkeit hier oben, die du unbedingt anschauen musst. Aber wir fahren erst mal noch ein Stück gen Norden, dann müssen wir nicht zu weit laufen.«

»Einverstanden. Ich muss auch gestehen, dass mir nicht nach einem weiteren langen Fußmarsch ist.«

»Bist du müde?« Besorgt sah er sie an.

»Nein, nein, so war das nicht gemeint.«

»Ist wirklich alles in Ordnung?« Er blieb stehen und zog sie kurz an sich. »Sag es, ja?«

Lächelnd stellte sich Barbara auf die Zehenspitzen und küsste ihn. »Mir geht es wunderbar. Und ich finde es hier sehr, sehr schön.« Sie zog ihn weiter. »Du hast mich neugierig gemacht. Was gibt es hier denn noch zu entdecken?«

»Ein interessantes historisches Bauwerk. Es heißt Rocca d'Anfo und ist eine militärische Befestigungsanlage aus der Zeit Napoleons. Sie ist imposant, doch wir hätten eine Führung buchen müssen, wenn wir sie hätten besichtigen wollen. Aber schon von unten lässt sich erahnen, wie gigantisch der Komplex ist.«

Sie fuhren ein paar Kilometer gen Norden. Auf einem weitläufigen Platz hielt er an und zeigte nach oben.

»Siehst du den Rundbau da auf dem Felsen? Das ist der höchste Punkt der Anlage. Ihre Ursprünge gehen auf das fünfzehnte Jahrhundert zurück, und wenn du erst mal da oben stehst, hast du den besten Blick über das ganze Land und den See. Aber für heute wäre es auch schon viel zu spät, da hochzulaufen. Zudem ist der Komplex so umfangreich, dass man Stunden braucht, um ihn zu erkunden. Es heißt, es gibt mehr als tausendfünfhundert Treppen da oben.«

»Ach, du liebe Güte! Nein, da verzichte ich gern auf die Besichtigung.« Barbara lehnte den Kopf an seine Schulter. »Aber später könnten wir ja noch mal herkommen. Das alles zu besichtigen würde mich schon reizen.«

»Das machen wir.« Liebevoll legte er ihr den Arm um die Schultern. Er spürte, dass sie jetzt doch ein wenig erschöpft war, wenn sie es auch nicht zugeben wollte. »Ich finde, wir sollten jetzt nach Hause fahren.«

Sie widersprach nicht, und kaum dass sie im Wagen saß, schlief sie ein und wachte erst wieder auf, als sie vor Christians Ferienhaus angekommen waren.

Vorsichtig öffnete er die Tür und hob Barbara aus dem Wagen. Noch leicht schlaftrunken schlang sie ihm die Arme um den Nacken.

»Das gefällt mir«, flüsterte sie dicht an seinem Ohr.

Christian lächelte und trug sie hinauf ins Schlafzimmer. Sanft ließ er sie aufs Bett gleiten und küsste sie zärtlich.

»Hm, das ist beinahe so gut wie Sandras Essen.« Barbara zog ihn über sich.

»Beinahe so gut? Du Frechdachs!« Ein paar Minuten balgten sie sich übermütig auf dem breiten Bett.

»Gnade!« Barbara lachte. »Ich geb ja zu, dass du besser küsst, als Sandra kocht.«

»So ist es brav. Dann gibt's auch gleich eine Belohnung.«

Lächelnd schloss Barbara die Augen, als er sie behutsam auszog. Dabei küsste er sie immer wieder voller Leidenschaft. Jeden Zentimeter ihrer Haut verwöhnte er mit seinen Lippen, bis sie sich an ihn drängte und bat: »Komm zu mir. Komm endlich ganz zu mir.«

47. Kapitel

Morgendliche Stille herrschte in Gardone Riviera. Die Touristen schliefen noch, kaum ein Auto fuhr durch die engen Straßen. Die Enten und Schwäne am Seeufer erwachten fast gleichzeitig und suchten im Wasser und auf den Wiesen in Ufernähe nach Futter.

Ein Fischerboot tuckerte leise in Richtung Felice del Benaco, und der alte Mann, der einsam den grün lackierten Kahn steuerte, hielt das Gesicht den ersten wärmenden Sonnenstrahlen entgegen.

In der Backstube des Cafés *Puccini* wurde schon seit zwei Stunden gearbeitet. Der Duft von frischem Gebäck und den berühmten Vanillehörnchen erfüllte den Raum.

An einem Arbeitstisch standen Antonia und Maria und packten Hörnchen, einen Mandelkuchen und einen Zitronenkuchen in einen länglichen Karton.

»Hört auf«, sagte Alessandro grinsend, »die beiden fahren nur gerade mal vier, höchstens fünf Stunden über die Alpen bis nach München. Sie machen keine Weltreise, für die sie die ganze Verpflegung brauchen.«

»Sei still, Alessandro! Wer weiß, wann die beiden mal wieder herkommen. So haben sie wenigstens ein paar Tage lang Sachen, die sie an uns und die Tage hier am See erinnern.« Antonia wischte sich Tränen aus den Augen.

»Unsinn, sie sind doch nicht aus der Welt!«

»Das weiß ich auch«, fauchte Antonia. »Trotzdem …«

»Ich finde es ja auch schade, dass Barbara uns wieder verlässt, aber sie kann schließlich nicht ewig hier am Gardasee bleiben.« Maria schloss den Karton und band eine gelbe Schleife darum, die sie mit zwei kleinen künstlichen Zitronen verzierte. »Barbara hat ihren Beruf in München, sie war jetzt so lange hier … Irgendwann muss sie zurück in ihr altes Leben. Und in den Job.«

»Das weiß ich auch.« Antonia drehte sich zu dem Konditor um und naschte ein Stück Marzipan. »Aber ich hab sie nun mal lieb gewonnen.«

»Dann fahr doch im Winter einfach mal nach München. Deine alte Freundin würde sich bestimmt auch freuen.«

»Das mache ich auch. Das haben Karoline und ich schon besprochen.«

Ein kurzes Klopfen an der Tür ließ sie innehalten.

»Da seid ihr ja schon!« Antonia umarmte erst Barbara, dann zog sie auch Christian in die Arme. »So früh seid ihr dran …«

»Wir wollten hier noch frühstücken. Deshalb haben wir nicht auf die erste Fähre gewartet, sondern sind schon um halb sechs losgefahren und haben die Uferstraße genommen.«

»Der Kaffee ist schon fertig«, sagte Maria. »Kommt mit rüber.«

»Ich würde lieber draußen sitzen«, sagte Barbara. »Es ist zwar noch kühl, aber ich würde es gern tun.« Sie zuckte lächelnd mit den Schultern. »Dann hab ich noch mal einen schönen Blick auf den See.«

Der Wunsch wurde ihr erfüllt, und eine gute Stunde lang saßen sie gemütlich beisammen.

»Und jetzt fahren wir«, erklärte Barbara, nachdem sie gefrühstückt hatten. »Ich danke euch beiden von Herzen für alles, was ihr für mich getan habt. Es war eine wunderschöne Zeit hier für mich.« Sie umarmte erst Maria, dann Antonia. »Danke. Und bis bald.«

»Bis bald.«

Barbaras Augen waren voller Tränen, als sie sich ein letztes Mal nach den Freundinnen umschaute. Doch als sie dann neben Christian saß, konnte sie bereits wieder lächeln.

Hinter den Hügeln des Monte Baldo war die Sonne bereits aufgegangen und spiegelte sich im blauen Wasser des Sees. Kleine weiße Wolken ballten sich wie die Dolden des Jasmins am Himmel zusammen. Es war wie eine Einladung, bald zurückzukehren an diesen paradiesischen Ort.

48. Kapitel

»Du bist ein total verrücktes Huhn! Aber ich komme mit. Ist doch Ehrensache.« Barbara hakte sich bei der Freundin ein.

»Und es macht dir nichts aus, wieder in das Brautmodengeschäft zu gehen, in dem du schon mal warst?«

»Natürlich nicht. Was hat denn der Laden mit Svens Untreue zu tun? Außerdem kommt es mir vor, als wäre meine Zeit mit ihm in einem anderen Leben gewesen. Jetzt erst, mit Christian, bin ich restlos glücklich.«

Der leichte Nieselregen, der am Morgen über ganz Bayern niedergegangen war, verwandelte sich urplötzlich in Schneeregen, kaum dass die beiden Freundinnen die U-Bahn verlassen hatten.

»Es ist schon verrückt, aber dieser Sommer am Gardasee hat unser beider Leben völlig verändert.« Annette zog sich die Kapuze ihrer Jacke tiefer ins Gesicht.

»Das kannst du wohl laut sagen.« Barbara spannte ihren Schirm auf. »Wir haben beide das große Glück gefunden.« Sie sah die Freundin lachend an. »Und dass du dich mal dazu entschließen würdest, in einem weißen Kleid zu heiraten, das hätte ich nie gedacht.«

»Ich auch nicht.« Annette kicherte. »Und bis gestern war ich ja auch noch entschlossen, in meinem blauen Hosenanzug zu heiraten. Aber jetzt …«

»Jetzt kriegst du romantische Anwandlungen.«

»Verrückt, ich weiß.«

»Verrückt nur deshalb, weil du schon übermorgen heiraten wirst. Das wird eng. Hoffen wir, dass du was Passendes findest.«

Das war, wie sich wenig später herausstellte, nicht ganz so einfach. Die gertenschlanke Annette sah in den beiden romantisch-verspielten Kleidern, die ihnen die Verkäuferin zeigte, wie verkleidet aus.

»Unmöglich«, sagte Barbara. »Das bist nicht du.« Ohne sich um die Verkäuferin zu kümmern, sah sie sich selbst um und holte schließlich ein enges, schlicht geschnittenes Kleid aus dem Schrank. Der einzige Schmuck des Seidenkleids bestand in einer aufwendigen Perlenstickerei am Kragen.

»Das müsste dir stehen«, meinte sie, und tatsächlich war Annette sofort begeistert.

»Und welchen Haarschmuck möchten Sie dazu tragen?«, erkundigte sich die Verkäuferin.

»Keinen.« Annette schüttelte den Kopf. »Oder denken Sie, auf dem kurzen Haar lässt sich ein Schleier stecken?«

»Das nicht. Aber ein Reifen mit drei, vier Blüten ginge schon.«

»Nein, nein, ich will's nicht übertreiben.« Annette grinste. »Mein Verlobter wird eh einen Schock kriegen, wenn er mich so ganz in Weiß sieht.«

»Er wird dich noch mehr lieben.« Barbara lachte leise. »Falls das überhaupt möglich ist.«

Tatsächlich war Stefan hin und weg, als er am übernächsten Morgen seine Braut zu Gesicht bekam.

»Gleich fällt ihm der Brautstrauß aus den Händen«, lästerte Christian, der inzwischen mit Stefan befreundet war und der ebenso Trauzeuge war wie Barbara.

Es war nur eine kleine Hochzeitsgesellschaft, die sich zunächst auf dem Standesamt, dann in einer kleinen Kirche zusammengefunden hatte. Annette, die keine Verwandten mehr besaß, hatte ihre Angestellten und Barbaras Tante Karoline eingeladen.

Der junge Pfarrer sprach kurz, aber sehr gut über Liebe, Vertrauen und Treue, und als er dem Paar seinen Segen erteilte, griff Christian kurz nach Barbaras Hand und drückte sie fest.

»Und jetzt aufstellen zum Brautstraußwerfen«, kommandierte Annette, als sie unter Applaus der Gäste das Gotteshaus verlassen hatten.

»Unsinn, das lohnt nicht«, wehrte eine ihrer Angestellten ab. »Ich bin die einzig Ledige außer deiner Freundin.«

»Das reicht doch!« Annette grinste und warf den Strauß aus weißen Orchideen und gelben kleinen Rosen direkt in Barbaras Richtung.

Barbara hatte sich entschlossen, an diesem Tag das Festtagsdirndl anzuziehen, das sie sich vor zwei Jahren gekauft hatte. Der lange Rock aus altrosafarbener Rohseide reichte fast bis zu den Knöcheln, die um drei Töne dunklere Schürze aus Seide und Spitze betonte ihre schlanke Taille, der dezente Ausschnitt mit Spitze ließ ihren Brustansatz sehen. Eine Kette aus alten böhmischen Granaten und die dazu passenden Ohrringe waren ihr einziger Schmuck.

»Du bist wunderschön, und wenn ich nicht schon leidenschaftlich in dich verliebt wäre, würde ich mich jetzt unsterblich verlieben.« Christian legte ihr den Arm um die Schultern, als sie den kurzen Weg zu dem Restaurant gingen, in das das Brautpaar zum Festessen eingeladen hatte.

Für einen Moment schmiegte Barbara den Kopf an seine Schulter. »Ich liebe dich auch«, flüsterte sie.

»Sag mal, wo ist eigentlich Artus? Karoline wollte ihn doch

aus dem Wagen holen.« Suchend schaute Christian sich um. »Der Hund hat schließlich unser Hochzeitsgeschenk um den Hals hängen.«

»Du meinst den Gutschein, den du höchst kunstvoll gebastelt hast.«

»Natürlich, ich hab ...« Er unterbrach sich, denn in diesem Moment stürmte der Labrador laut bellend auf sein Herrchen zu und sprang erst an Stefan, dann begeistert an Annette hoch.

»Ach herrje, das gibt dreckige Pfotenabdrücke auf der weißen Seide«, stieß Barbara hervor.

Annette aber lachte nur und tätschelte den Hund, der sich immer wieder im Kreis drehte, ehe er erneut versuchte, an Stefan hochzuspringen. Die dicke rote Schleife, an der ein kleines Päckchen baumelte, hinderte ihn sehr, und er versuchte verzweifelt, aber vergeblich, sich ihrer zu entledigen.

»Nimm ihm das Ding schon ab, bevor er noch total durchdreht.« Barbara lachte.

Christian befreite schließlich den Hund von seinem »Geschenk« und überreichte es Annette.

»Jetzt bin ich aber gespannt.« Annette konnte nicht warten, bis sie im Restaurant waren, sondern öffnete das kleine Päckchen noch auf der Straße. Gleich darauf fiel sie erst Barbara, dann Christian um den Hals. »Das ist eine super-, super-, supertolle Idee! Danke!«

»Was ist es denn?«, fragte Karoline Schnitzler und sah die strahlende Braut gespannt an.

»Ein Urlaubsgutschein an den Gardasee. Und drei Tage bei dieser Superköchin oben am Idrosee. Die kennen wir ja noch nicht.« Annette umarmte Christian noch einmal. »Danke. Ich verspreche auch, dein Haus nicht auf den Kopf zu stellen.«

»Das hoffe ich doch.« Christian lachte und zog Barbara fester an sich. »Wir wollen unsere Hochzeitsreise im Frühjahr auch dorthin machen, ist doch klar.«

Barbara lächelte und zog ihn ein wenig zur Seite. Während die anderen lachend und scherzend das Restaurant betraten, ging sie mit Christian ein paar Schritte bis in den Schatten einer alten Rotbuche, die links vom Haus stand.

»Vielleicht sollten wir doch nicht bis zum Frühjahr warten«, sagte sie lächelnd, griff nach seiner Hand und legte sie auf ihren noch flachen Bauch.

Ein paar Sekunden lang sah Christian sie fragend an, dann, urplötzlich, begriff er.

»Das ist ja ... Du bist schwanger?« Behutsam umfasste er ihr Gesicht mit beiden Händen. »Ist das wirklich wahr?«

»Ich bin mir sicher.« Barbara lachte. »Schließlich bin ich Apothekerin und habe vorsichtshalber gleich zwei Tests gemacht.«

»Du ...« Lange und zärtlich küsste er sie, flüsterte dann dicht an ihren Lippen: »Der Gardasee ist auch im Winter eine Reise wert.«

»Da bin ich ganz deiner Meinung!«